서유기

일러두기

1. 이 번역은 대만의 이인서국里仁西局에서 나온 이탁오비평본李卓吾批評本 『서유기교주西遊記校注』(2000년 초판 2쇄)를 저본底本으로 삼고, 상해고적출판사上海古籍出版社 및 북경인민출판사北京人民出版社 등에서 나온 세 종류의 다른 판본을 참고로 하되, 이탁오의 이름으로 된 평점評點은 생략하고 이야기 본문만 번역한 것이다.

2. 이 번역에서 혹시 발견될 수도 있는 오류는 역자 모두의 책임이다.

3. 기본적인 줄거리를 이해하는 데 반드시 필요한 사항은 각주 형식의 역주를 두어 설명하였고, 그 외에 불교나 도교와 관련된 개념어 등에 대한 설명은 '●'으로 표시하여 각 권의 맨 뒤에 「부록」('불교 · 도교 용어 풀이')으로 실었다.

4. 주석에서 중국 고유명사의 표기는 현행 맞춤법의 규정에 따라 신해혁명(1911)을 분기점으로 하여, 그 이전은 한자 발음대로, 그 이후는 중국어 원음대로 표기하였다. 단, 현행 외래어 표기법이 중국어 원음을 올바로 나타낼 수 없다고 판단되는 경우는 예외로 두었다. 예를 들어, '曲江縣'은 현행 외래어 표기법에 따르면 '취장시앤'이라고 써야 하지만 이 책에서는 '취쟝시앤'으로 표기하였다.

5. 본문 삽화는 청나라 때의 『신설서유기도상新說西遊記圖像』에서 발췌하였다.

6. 책명은 『 』으로, 편명이나 시 등은 「 」으로 표기하였다.

7. 이 책의 「부록」에 포함된 '불교 · 도교 용어 풀이', '등장인물', '현장법사의 서역 여행도'는 서울대학교 서유기 번역 연구회의 역자들이 직접 작성한 것이다.

8. '불교 · 도교 용어 풀이'는 가나다순으로 정리했다.

西遊記

서유기

오승은 지음

홍상훈 외 옮김

8

솔

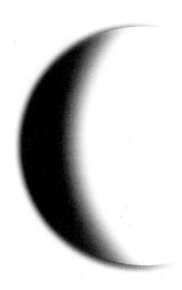

차례

제71회
손오공이 가짜 이름으로 요괴를 무찌르다

예로부터 색은 공이라 했는데
공이 색이란 말로 정말 그러하도다.
색공선을 오롯이 깨우칠 수 있다면
단약 만들 필요 뭐 있으리?
나태해지지 말고 덕행을 온전히 닦으며
고심하며 열심히 공부해야 하리라.
언젠가 수행이 다 이루어져 하늘로 오를 날 있을지니
그때는 영원히 변하지 않는 신선의 얼굴 되리라.

色即空兮自古　空言是色如然
人能悟徹色空禪　何用丹砂炮煉
德行全修休懈　工夫苦用熬煎
有時行滿始朝天　永駐仙顏不變

한편, 새태세賽太歲는 앞뒷문을 단단히 닫아걸고 손오공을 찾았어요. 해가 질 때까지 요란스럽게 뒤졌지만 종적을 알 수 없자, 박피정剝皮亭에 앉아 졸개 요괴들을 불러 방울을 들고 다니며 순찰하고 북과 딱따기를 치도록 했어요. 모두 활을 시위에 메겨 놓고 칼을 칼집에서 꺼내어 싸울 태세를 갖춘 채로 밤을 지새웠지요.

제천대성은 파리로 변신해서 문 옆에 붙어 있었어요. 문 앞쪽은 경계가 매우 심했기 때문에 그는 바로 날개를 펼쳐 후궁 문으로 날아들어가서 안을 살펴보았어요. 금성황후는 탁자에 엎드려 눈물을 방울방울 흘리며 소리 죽여 울고 있었지요. 손오공은 금성황후의 흐트러진 검은 머리채 위에 내려앉아 뭐라고 하며 우는지 들어보았어요. 금성황후는 자기도 모르게 이렇게 탄식했어요.

"주공, 저와 당신이"

전생에 부러진 향[斷頭香][1]을 피워서
이번 생에 못된 요괴 왕을 만났나 보군요.
봉황 한 쌍이 헤어진 지 삼 년이니 언제 다시 만나뵈올지?
난새 두 마리 두 곳으로 갈라져 있으니 마음이 찢어지네요.
보내신 스님이 막 소식을 전해주셨으나
좋은 인연 놀라 흩어져 한 목숨이 스러지고 말았네요.
호랑이 목의 방울 풀 수 없으니
전보다도 더 미치도록 그리워지네요.

前生燒了斷頭香　今世遭逢潑怪王
拆鳳三年何日會　分鴛兩處致悲傷
差來長老才通信　驚散佳姻一命亡
只爲金鈴難解識　相思又比舊時狂

1　부부가 도중에 헤어진 것을 비유한다.

손오공은 이 말을 듣고, 곧장 금성황후의 귀뿌리 뒤로 옮겨가서 소곤소곤 말했어요.

"황후마마, 두려워하지 마십시오. 전 귀국貴國에서 파견된 신승 손오공입니다. 아직 죽지 않았습니다. 제가 성질이 급해 화장대로 가서 금방울을 훔치고, 마마께서 요괴 왕과 술을 마실 때 몸을 빼내 앞 정자로 갔습니다. 그런데 그만 참지 못하고 열어보다가 구멍을 막아놓은 솜을 잡아당겨, 그 방울이 딸랑딸랑 울리면서 불꽃과 연기가 뿜어져 나오는 겁니다. 저는 깜짝 놀라서 금방울을 내팽개치고 원래 모습으로 돌아와 여의봉을 들고 힘껏 싸웠지만 빠져나가지 못했습니다. 놈들에게 당할까 봐 파리로 변해서 문의 지도리에 붙어서 지금까지 숨어 있었지요. 요괴놈은 더더욱 굳게 지키면서 문을 열지 않더군요. 마마께서 다시 한 번 부부의 예로 그놈을 불러들여 잠재운다면 제가 빠져나가 일을 처리하기가 좋을 테니, 그때 따로 수단을 강구해 마마를 구해드리겠습니다."

금성황후는 이 말을 듣고 머리카락이 쭈뼛 서며 몸이 벌벌 떨려왔고 놀란 마음에 가슴이 쿵쾅쿵쾅 두근거렸지요. 해서 눈물을 와락 쏟으며 물었어요.

"당신은 사람인가요, 아님 귀신인가요?"

"저는 사람도 아니고 귀신도 아닙니다. 지금 여기에서는 파리로 변해 있지요. 겁내지 마시고 빨리 요괴놈을 불러오시지요."

금성황후는 그 말을 믿지 못하고 눈물을 방울방울 흘리면서 조그마한 소리로 말했어요.

"제발 절 해치지 마세요."

"제가 어찌 감히 마마를 해치겠습니까? 못 믿으신다면 손을 펴보세요. 제가 그리로 뛰어내릴 테니까 보세요."

금성황후가 왼손을 펴자 손오공은 가볍게 날아 그 고운 손바닥에 내려앉았어요. 그건 정말 다음과 같았지요.

연꽃 술에 까만 콩 박히고
모란꽃 위에 꿀벌이 앉은 듯
수국꽃 가운데 포도알 떨어지고
백합 가지에 진하게 검은 점 찍어놓은 듯

菡萏蓮頭釘黑豆　牡丹花上歇游蜂
繡球心裡葡萄落　百合枝邊黑點濃

금성황후는 손바닥을 높이 쳐들고 손오공을 불렀어요.

"신승님!"

손오공은 앵앵하며 대답했지요.

"전 신승이 변한 겁니다."

금성황후는 그제야 손오공의 말을 믿고 물었어요.

"제가 저 요괴 왕을 청해 오면 신승님께서는 어떻게 하실 건가요?"

"옛말에 '일생을 그르치는 것은 술밖에 없다(斷送一生惟有酒)'고 했지요. 또 '만사를 망치는 데는 술만 한 것이 없다(破除萬事無過酒)'는 말도 있으니, 술이란 정말 숱한 말썽을 일으키는 것이지요. 마마께선 그저 술만 먹이시면 됩니다. 그리고 옆에서 시중드는 시녀 하나를 불러서 보여주세요. 제가 그 모습대로 변해서 옆에서 시중을 들면 손을 쓰기 좋지 않겠어요?"

금성황후는 그 말대로 즉시 시녀 하나를 불렀어요.

"춘교春嬌는 어디 있느냐?"

그러자 병풍 뒤에서 얼굴이 하얀 여우 요괴 하나가 나와 꿇어앉아 여쭈었어요.

"마마, 무슨 분부시옵니까?"

"바깥 사람들에게 비단 등을 밝히고 용뇌향과 사향을 사르라고 해라. 그리고 나를 앞뜰로 안내해라. 대왕님을 모셔 와 쉬시게 해야겠다."

춘교는 분부를 받자마자 앞쪽으로 돌아 나가 예닐곱의 사슴과 여우 요괴에게 등불 두 쌍과 휴대용 화로 한 쌍을 들고 좌우에 늘어서게 했어요. 금성황후가 일어나 두 손을 모았을 때는 제천대성은 벌써 날아가버린 뒤였어요.

멋진 손오공! 그는 날개를 펴고 곧장 얼굴이 하얀 여우 요괴의 머리 위로 날아가 털을 하나 뽑아 신선의 기운을 불어 넣고 외쳤어요.

"변해라!"

그는 그 털을 잠벌레로 변하게 한 후, 얼굴이 하얀 여우 요괴의 얼굴에 살짝 내려놓았어요. 원래 잠벌레는 사람 얼굴에 붙게 되면 콧구멍으로 기어가는데, 그렇게 되면 사람은 곧 잠에 빠지게 되지요. 춘교 역시 점점 노곤해지면서 제대로 서 있지도 못하고 끄떡끄떡 졸더니, 금방 원래 자던 자리를 찾아 쓰러져 쿨쿨 잠이 들어버렸어요. 손오공이 내려와 몸을 한 번 흔들더니 춘교와 똑같이 변해서 병풍 뒤로 돌아나가 다른 요괴들과 함께 서 있었던 것은 더 이상 말하지 않겠어요.

한편 금성황후가 다가가자 졸개 요괴 하나가 보고는 곧 새태세에게 아뢰었어요.

"대왕님, 마마께서 오셨습니다."

요괴 왕은 급히 박피정 밖으로 나가 맞이했어요. 금성황후가 말했지요.

"대왕, 지금 불도 연기도 꺼졌고 도둑놈도 사라졌습니다. 밤이 깊었으니 그만 쉬시지요."

요괴 왕은 무척 흐뭇했어요.

"황후, 조심해야 하오. 방금 그 도둑놈이 바로 손오공이란 놈이요. 그놈은 우리 선봉장을 격퇴시키고 내 밑의 장수를 죽인 후, 변신해서 여기로 들어와 우리를 속였소. 우리가 이렇게 수색하고 있는데도 전혀 그놈의 종적을 알 수 없으니 불안한 거라오."

"그놈은 아마 도망갔을 거예요. 대왕, 마음 푹 놓으시고 그만 들어가서 쉬시지요."

요괴는 금성황후가 옆에 서서 은근히 청하자 감히 거절을 못하고 졸개 요괴들에게 이렇게 분부했어요.

"너희들 모두 불조심하고 도둑놈에 잘 대비해야 한다."

그리고 금성황후와 함께 곧장 후궁으로 갔어요. 춘교의 모습으로 변한 손오공은 두 줄로 늘어선 시녀들을 따라 들어갔지요.

금성황후가 일렀어요.

"대왕님 피로 좀 푸시게 술상을 차려 오너라."

그러자 요괴 왕이 웃으며 말했어요.

"그렇지요, 그래요! 빨리 술을 가져와라. 마시면서 마마와 함께 놀란 마음이나 좀 가라앉혀야겠다."

가짜 춘교는 곧 여러 요괴들과 함께 과일과 비린 고기 안주를 차리고, 탁자와 의자를 잘 놓았어요. 금성황후가 술잔을 들었고 요괴 왕도 술을 한 잔 받자, 두 사람은 술잔을 주거니 받거니 했어요. 가짜 춘교는 옆에서 술 주전자를 들고 말했어요.

"대왕님과 마마께선 오늘 밤에야 처음 술잔을 나누시네요. 두 분 잔을 비우시고 합환주를 받으시지요."

그러고서 술을 따르자, 둘은 모두 잔을 비웠어요. 가짜 춘교가 또 말했지요.

"대왕님과 마마의 즐거운 자리이니, 시녀들 중 노래할 수 있는 이는 노래하고 춤을 잘 추는 시녀는 춤추게 하시지요."

이 말이 끝나기도 전에 노랫소리가 들리더니 음률에 맞추어 시녀들이 각기 노래를 부르거나 춤을 추었어요. 금성황후는 요괴 왕과 한참 동안 마신 후에야 노래와 춤을 멈추게 했어요. 시녀들은 두 줄로 갈라져 병풍 바깥쪽에 늘어섰어요. 다만 가짜 춘교만은 술 주전자를 들고 술시중을 들었지요. 금성황후는 요괴 왕과 부부간의 은밀한 대화를 주고받았어요. 보세요. 금성황후의 은근한 교태에 요괴 왕은 녹아났지요. 하지만 복이 그것뿐이라 손끝 하나 대지 못했어요. 아, 불쌍해라! 정말 '고양이가 돼지 오줌보 물고 공연히 좋아하는 격(貓咬尿胞空懽喜)'이었지요.

웃고 떠들다가 금성황후가 물었어요.

"대왕, 보물은 상하지 않았나요?"

"이 보물은 예전에 하늘에서 주조해 만든 것인데, 어찌 상할 수가 있겠소! 다만 그 도둑놈이 막아놓은 솜을 떼내는 바람에 표범 가죽 보따리가 타버렸소."

"그래서 어떻게 하셨어요?"

"어떻게 할 것도 없이, 내 허리춤에 차고 있소."

가짜 춘교는 이 말을 듣고 털 한 줌을 뽑아 잘게 씹어서 슬쩍 요괴 옆으로 다가가 요괴의 몸 위에 놓고, 세 번 신선의 기운을 불어넣은 뒤 몰래 외쳤어요.

"변해라!"

그러자 그 털들은 곧 세 가지 해충, 즉 이, 벼룩, 빈대로 변해서 요괴 왕의 몸속으로 파고들어가 살갗을 마구 물었어요. 요괴 왕은 참을 수가 없이 가려워서 옷 속으로 손을 집어넣어 더듬더듬

가려운 데를 긁고, 손가락으로 이 몇 마리를 잡아서 등불 앞으로 가까이 가져와 살펴보았어요. 금성황후는 그걸 보고 비아냥거렸어요.

"대왕, 옷이 더러워졌나 보군요? 한참이나 빨래를 안 하니까 이런 벌레가 생겼지요."

요괴 왕은 창피해하며 말했어요.

"난 생전 이런 벌레가 생긴 적이 없었는데, 하필이면 오늘 밤에 톡톡히 부끄러운 꼴을 보이게 됐구려."

그러자 금성황후가 웃으면서 대꾸했어요.

"대왕, 뭐가 부끄럽단 거예요? '황제의 몸에도 이 세 마리가 있다(皇帝身上也有三箇御虱哩)'고 하잖아요? 옷을 벗어보세요. 제가 잡아드리지요."

요괴 왕은 정말로 허리띠를 풀고 옷을 벗었어요. 가짜 춘교는 옆에 서서 유심히 살펴보고 있었지요. 요괴 왕이 옷을 하나씩 벗을 때마다 이와 벼룩이 꼬물거리고 옷마다 왕빈대가 줄지어 붙어 있었어요. 크고 작은 놈들이 빽빽이 들어차 개미굴에서 나오는 개미 같았어요. 세 겹째 제일 안에 입은 옷을 들추자 금방울 위에도 벌레들이 우글우글 수도 없이 붙어 있었어요. 가짜 춘교가 아뢰었어요.

"대왕님, 방울을 주십시오. 제가 이를 잡아드리겠습니다."

요괴 왕은 부끄럽기도 하고 정신도 없어서 진짜인지 가짜인지를 알아보지 못하고, 금방울 세 개를 가짜 춘교에게 넘겨주었어요. 가짜 춘교는 방울을 받아 들고 한참이나 조물조물하다가, 요괴 왕이 고개를 숙이고 옷을 털고 있는 것을 보고 바로 금방울을 숨기고 털 하나를 뽑아 세 개의 금방울로 변하게 했어요. 그 모습은 진짜와 조금도 다름이 없었지요. 가짜 춘교는 가짜 금방울을 등 앞으로 가져가 하나하나 이를 잡는 척하더니, 또 몸을 한 번 비틀어 이와 빈대, 벼룩을 다시 자기 몸으로 거둬들이고 요괴에게 건네주었어요. 요괴는 받아 들었지만, 정신이 멍해진 터라 어떻게 진짜인지 가짜인지를 구별했겠어요? 그는 두 손으로 방울을 받쳐 들고 금성황후에게 건네주었어요.

"이번에는 잘 간수하시오. 조심하고 또 조심해야 하오! 지난번처럼 되면 안 되오."

금성황후는 금방울을 건네받자 옷상자를 살짝 열어 넣고 황금 열쇠로 잠갔어요. 그리고 요괴 왕과 술을 몇 잔 더 마신 후 시녀에게 일렀지요.

"상아 침대를 깨끗하게 털고 비단 이부자리를 펴라. 대왕님과 같이 쉬겠다."

요괴 왕은 말을 더듬으며 연방 말했어요.

"어디요, 어디! 어찌 감히……. 아무래도 나는 궁녀나 하나 데리고 서궁西宮으로 가서 자는 게 낫겠으니, 왕비께서도 잘 쉬시구려."

그래서 각자 침실로 간 것은 이야기하지 않겠어요.

한편, 가짜 춘교는 손에 넣은 금방울을 허리춤에 찼어요. 그리고 본래 모습으로 돌아와 몸을 한 번 흔들더니 잠벌레를 거두어들이고 곧장 앞으로 갔어요. 그때 딱따기와 방울이 일제히 울리며 자정을 알렸지요. 멋진 제천대성! 그는 손가락을 구부려 결을 맺고 주문을 외더니 은신법隱身法을 써서 문가로 갔어요. 그리고 문이 굳게 잠겨 있는 걸 보자 여의봉을 꺼내들고 문을 가리키며 자물쇠를 푸는 해쇄법解鎖法을 써서 가볍게 열었지요. 그리고 급히 걸음을 옮겨 문밖으로 나가 버티고 서서 큰 소리로 외쳤어요.

"새태세! 우리 금성황후마마를 내놓아라!"

두세 번을 연이어 외치자 크고 작은 졸개 요괴들이 놀라서 급히 나와 보았어요. 그들은 앞문이 열려 있는 걸 보고 급히 등을 가져다 자물쇠를 찾아서 문을 다시 잠갔지요. 그리고 몇 명을 안으로 보내 보고하게 했어요.

"대왕님, 누가 대문 밖에서 대왕님 존함을 부르면서 금성황후마마를 내놓으라고 합니다!"

안에 있던 시녀들이 즉시 궁문 밖으로 나와 소곤소곤 말했어요.

"시끄럽게 떠들지 마라. 대왕님께서 막 잠드셨는데."

손오공이 또 문 앞에서 큰 소리로 떠들어댔지만, 졸개 요괴들은 감히 다시 요괴를 깨우러 갈 수 없었어요. 이렇게 서너 차례가 반복해도 아무도 감히 안에 알리질 못했지요. 제천대성은 날이 밝을 때까지 문밖에서 고래고래 소란을 피우다가, 더 이상 참지 못하고 여의봉을 빙빙 돌리며 문을 쾅쾅 두드렸어요. 크고 작은 졸개 요괴들은 놀라서 문을 막기도 하고 안으로 소식을 전하기도 했어요. 잠에서 막 깨어난 요괴 왕은 쿵쿵 쾅쾅 요란한 소리를 듣고 일어나 옷을 입고 침실 밖으로 나가서 물었어요.

"왜 이렇게 시끄러워?"

시종들은 그제야 꿇어앉아 여쭈었어요.

"나리, 어떤 놈이 동굴 밖에서 밤새도록 시끄럽게 욕을 해대더니, 지금은 또 문을 두드려댑니다."

요괴 왕이 궁문을 나서자 몇몇 소식을 전하는 졸개 요괴들이 어쩔 줄 모르고 머리가 땅에 박히도록 절하며 말했어요.

"밖에 어떤 놈이 시끄럽게 욕을 하며 금성황후마마를 내놓으랍니다. 안 된다는 '안' 자만 꺼내도 그놈은 욕설을 퍼붓는데, 아주 고약한 말들만 골라 합니다. 날이 밝아도 대왕님이 나오시지 않자 문을 두드려대고 있습니다."

"일단 문은 열지 말고, 어디서 왔고 이름은 뭔지 물어본 후 얼른 나한테 알려라."

졸개 요괴는 급히 나가 문을 사이에 두고 물었어요.

"누구요?"

"나는 주자국에서 온 외삼촌이다. 금성황후마마를 주자국으로 다시 모셔가려고 왔다!"

그 졸개 요괴는 이 말을 바로 아뢰었어요. 그러자 요괴 왕은 후궁으로 가서 어떻게 된 일인지 물어보려고 후궁으로 갔어요. 금성황후는 막 일어난 터라 아직 아침 단장도 하지 않았지요. 나리가 오신다고 시녀가 알리자, 금성황후는 급히 옷차림을 바로 하고 검은 머리를 대충 틀어 올린 후 궁 밖으로 나와 맞이했어요. 요괴 왕이 막 자리에 앉아 미처 물어보기도 전에, 또 졸개 요괴가 아뢰는 소리가 들렸어요.

"어디서 온 외삼촌인지 하는 놈이 벌써 문을 깨부수었습니다!"

요괴 왕은 껄껄 웃었어요.

"황후, 당신네 조정엔 장수가 몇이나 있소?"

"조정에 마흔 여덟 위衛[2]의 병력이 있고, 훌륭한 장수는 천 명이 되지요. 변방의 원수元帥와 총병摠兵들은 셀 수도 없습니다."

"외씨 성을 가진 장수도 있소?"[3]

"제가 궁에 있을 때는 왕을 내조하고 아침저녁으로 여러 비빈들을 통솔하는 것만 알았을 뿐 바깥일은 전혀 몰랐는데, 제가 어

2 위衛는 명대의 군대 편제이다. 요충지에 설치되며, 1위마다 5,600명이 주둔한다. 도사都司가 통솔하며 오군도독부五軍都督府에 예속되어 몇 개의 부府를 방어할 수도 있다.

3 중국어로 외할아버지를 외공外公이라고 한다. 손오공이 외할아버지라고 허풍 치며 외공이라고 말한 것인데, 이것을 새태세는 외씨 성을 가진 사람이란 뜻으로 오해한 것이다.

찌 이름을 기억하겠습니까?"

"이번에 온 자는 자기가 '외 아무개[外公]'라고 하는데, 내 생각에 『백가성百家姓』에도 외씨는 없었던 것 같소. 황후는 총명하고 출신도 고귀하여 왕궁에서 지내셨으니, 책을 많이 읽으셨겠지요? 어느 책에 이런 성이 있던가요?"

"『천자문千字文』에 밖에서 가르침을 받는다는 '외수전훈外受傳訓'이란 구절이 있는데, 그게 아닌가 싶네요."

요괴 왕이 기뻐하며 말했어요.

"맞소, 틀림없을 거요."

그러고는 바로 일어나 금성황후 곁을 떠나 박피정으로 왔어요. 그는 무장을 단단히 갖추고 요괴 병시들을 모아 점검한 후 문을 열고 바로 밖으로 나갔어요. 그리고 손에 커다란 도끼를 든 채 소리 높여 외쳤어요.

"주자국에서 온 외 아무개가 어느 놈이냐?"

손오공은 오른손으로 여의봉을 쥐고 왼손으로 자신을 가리키며 대답했어요.

"조카, 왜 날 부르는데?"

요괴 왕은 버럭 화가 치솟았어요.

"네 이놈!"

생긴 건 원숭이 같고
얼굴도 잔나비 꼴에
영락없는 귀신 몰골이면서
간도 크게도 나를 속이다니!

相貌若猴子　嘴臉似猢猻
七分眞是鬼　大膽敢欺人

손오공은 깔깔 웃었어요.

“어른도 몰라보는 이 못된 요괴놈아! 정말 사람 볼 줄 모르는 놈이로군. 내가 오백 년 전 하늘궁전에서 소란을 부렸을 때, 아홉 하늘의 신장神將들도 나를 보면 ‘어르신[老]’ 자를 붙이지 않고서는 감히 부르지도 못했어. 그런데 네놈이 날 ‘외삼촌’이라고 부르는 게 억울하단 말이냐!”

그러자 요괴 왕이 꽥 소리를 질렀어요.

“빨리 네놈의 성과 이름을 대라! 대체 무예가 얼마나 대단하기에 감히 내 동굴에 와서 함부로 날뛰느냐!”

“네가 내 성명을 물어보지 않았으면 괜찮았겠지만, 만약에 내 성명을 말하게 된다면 네놈은 몸 둘 곳이 없어질 게다. 이리 와서 얌전히 서서 들어봐라.”

내 몸을 낳으신 부모는 하늘과 땅이요
해와 달의 정화로 성스럽게 잉태되었노라.
신선의 돌이 무수한 세월 품으셔서
신령스런 뿌리 기르시니 기이하도다.
그 옛날 나를 낳으신 것은 만사형통한 정월의 길일이었고
이제 참된 진리에 귀의하여 온갖 깨우침이 조화를 이루었느니라.
여러 요괴들을 모아 두목 노릇도 했었고
뭇 요괴들을 굴복시켜 단애에서 절을 받기도 했지.
옥황상제가 칙지를 내려
태백금성이 조서도 받들고 왔노라.
나에게 하늘로 올라와 관직을 받으라는데
필마온에 봉해져 심사가 뒤틀렸지.

처음엔 수렴동에 자리 잡고 모반을 꾀하여
대담하게도 군사를 일으켜 하늘궁전을 어지럽히려 했지.
탁탑천왕과 나타태자 나서서
한바탕 싸웠으나 모두 힘을 쓸 수 없었지.
태백금성이 또 한 번 옥황상제에게 아뢰어
다시 귀순시키려는 칙지를 내렸지.
제천대성으로 봉해졌으니
그제야 비로소 동량이 되는 인재라고 할 수 있었지.
그런데 또 반도대회를 망치고
술기운에 단약을 훔쳐서 재앙 일으켰지.
태상노군이 친히 상소를 올리고
서왕모도 요대에서 옥황상제에게 배알했노라.
내가 법도를 어긴 걸 알고는
즉시 하늘 병사들을 모아 토벌령[4]을 내렸지.
십만의 흉악한 별신들이
방패와 창, 검과 극 들고 빽빽이 늘어섰고
천라지망을 온 산에 펼치고
일제히 무기 들고 사방을 크게 포위했어.
한바탕 힘겹게 싸웠지만 승부가 나지 않자
관음보살님이 현성이랑신을 추천하셨지.
양쪽이 대적해 실력을 겨루는데
그에게는 매산 육 형제가 함께했지.
각기 영웅의 기세 떨쳐 변신술을 펼쳤는데
하늘 문에 모인 세 성인 구름을 가르고 구경하셨지.

4 시 원문의 '화패火牌'는 부신符信, 부적符籍의 일종으로, 병부에서 각 성의 도독, 순무 등에게 발급하는 것이었다. 이 화패를 가지고 식량을 배급받았다.

태상노군이 금강탁을 던지니
여러 신들이 나를 잡아 영소보전으로 끌고 가더군.
세세히 고발장을 쓸 것도 없이
내 죄는 능지처참의 사형 죄였지만
도끼로 베고 망치로 내리쳐도 내 명줄 끊지 못했고
짧은 칼로 난도질하고 검으로 베어도 털끝 하나 다치지 않았지.
불로 태우고 벼락을 내리쳐도 마찬가지
나는 불로장생할 몸이니 어쩌지 못했지.
태청 도솔궁으로 압송되어
팔괘로 속에서 달구는 것으로 조치를 끝냈지.
시간이 다 되어 솥을 열었지만
나는 솥 안에서 멀쩡히 튀어나왔지.
손에 이 여의봉을 꽉 쥐고서
몸을 돌려 옥황상제의 궁궐로 쳐들어갔지.
모든 별신들 저마다 숨어버렸으니
하늘궁전에서 내 멋대로 분탕질했지.
순찰하던 영관 급히 부처님 청해 오니
석가여래께선 나에게 빼어난 능력 보여주셨지.
손바닥 안에서 재주 부렸으면서도
온 하늘을 휘돌아 다시 돌아왔다 여겼지.
부처님께선 속임수 같은 선지법 쓰셨던 것이니
나를 하늘 끝 오행산 밑에 눌러놓으셨지.
그 후로 오늘날까지 오백 년 남짓 지나
오행산에서 빠져나온 후 다시 활개치게 되었지.
당나라 승려를 보호해 서역으로 가게 됐으니

손오공 행자 바로 이 몸이니라!
서역으로 가면서 요괴를 무찔러왔으니
어느 요괴가 나를 두려워하지 않더냐!

生身父母是天地　日月精華結聖胎
仙石懷抱無歲數　靈根孕育甚奇哉
當年產我三陽泰　今日歸眞萬會諧
曾聚眾妖稱帥首　能降眾怪拜丹崖
玉皇大帝傳宣旨　太白金星捧詔來
請我上天承職裔　官封弼馬不開懷
初心造反謀山洞　大膽興兵鬧御堦
托塔天王并太子　交鋒一陣盡猥衰
金星復奏玄穹帝　再降招安敕旨來
封做齊天眞大聖　那時方稱棟梁材
又因攪亂蟠桃會　仗酒偷丹惹下災
太上老君親奏駕　西池王母拜瑤臺
情知是我欺王法　即點天兵發火牌
十萬兇星并惡曜　干戈劍戟密排排
天羅地網漫山布　齊擧刀兵大會垓
惡鬪一場無勝敗　觀音推荐二郎來
兩家對敵分高下　他有梅山兄弟儕
各逞英雄施變化　天門三聖撥雲開
老君丢了金鋼套　眾神擒我到金堦
不須詳允書供狀　罪犯凌遲殺斬災
斧剁鎚敲難損命　刀輪劍砍怎傷懷
火燒雷打只如此　無計摧殘長壽胎
押赴太清兜率院　爐中煅煉儘安排

日期滿足才開鼎　我向當中跳出來
手挺這條如意棒　翻身打上玉龍臺
各星各象皆潛躲　大鬧天宮任我歪
巡視靈官忙請佛　釋伽與我逞英才
手心之內翻觔斗　遊徧周天去復來
佛使先知賺哄法　被他壓住在天崖
到今五百餘年矣　解脫微軀又弄乖
特保唐僧西域去　悟空行者甚明白
西方路上降妖怪　那個妖邪不懼哉

요괴 왕은 손오공 행자라는 말을 듣자 이렇게 말했어요.

"알고 보니 네가 바로 하늘궁전을 시끄럽게 했던 그놈이구나. 풀려나서 당나라 중을 모시고 서쪽으로 간다면 네 갈 길이나 갈 것이지, 어째서 오지랖 넓게 남의 일에 나서서 주자국의 종노릇 하며 나한테 와서 죽으려는 거냐!"

"빌어먹을 못된 요괴놈아! 모르는 소리 마라! 주자국에서는 나를 엎드려 절하는 예로써 청했고, 또 극진히 대접해주기도 했다. 이 어르신은 그깟 왕 노릇보다 천 배나 높은 위치에 있어 왕이 부모처럼 공경하고 천지신명처럼 받드는데, 네놈은 어찌하여 '종노릇'이라고 하는 게냐! 어른도 몰라보는 이 요괴놈아, 게 섰거라! 외할아버지의 여의봉 맛 좀 봐라!"

요괴 왕은 당황해서 재빨리 몸을 피하며 도끼로 바로 앞에서 막아냈어요. 이 싸움은 정말 대단했어요! 보세요.

금테를 두른 여의봉
바람 같은 칼날의 커다란 도끼

하나는 이를 악물고 매서움 드러내고
또 하나는 이를 갈며 용맹함 펼치네.
이쪽은 제천대성이 속세에 내려온 것이고
저쪽은 못된 요괴 왕이 아래 세상에 내려온 것이라네.
둘이 뿜어낸 구름과 안개 하늘궁전까지 비추고
정말 돌이 굴러다니고 모래 날려 북두성을 가렸네.
오가는 공격 다양하니
엎치락뒤치락 금빛을 토해내네.
모두 온갖 재주 펼치고
각자 신통력 겨루네.
이쪽은 왕비를 주자국 수도로 돌려보내려 하고
저쪽은 산에서 황후와 함께 지내고자 하네.
이 싸움은 모두 다른 이유가 없는 것이니
목숨 걸고 싸우는 것은 모두 주자국 왕 때문이라네.

金箍如意棒　風刃宣花斧
一箇咬牙發狠兇　一箇切齒施威武
這箇是齊天大聖降臨凡　那箇是作怪妖王來下土
兩箇噴雲曖霧照天宮　眞是走石揚沙遮斗府
往往來來解數多　翻翻復復金光吐
齊將本事施　各把神通賭
這箇要取娘娘轉帝都　那箇喜同皇后居山塢
這場都是沒來由　捨死忘生因國主

둘은 쉰 합이 넘게 싸웠지만 승부가 나지 않았어요. 요괴 왕은 손오공이 재주가 뛰어난 것을 보고는 이길 수 없겠다고 생각해서, 도끼로 여의봉을 막으며 말했어요.

"손오공, 잠시 멈추어라. 내가 오늘 아직 아침을 먹지 못했으니까, 들어가서 밥을 좀 먹고 나서 다시 네놈과 우열을 가리겠다."

손오공은 방울을 꺼내 오려는 것인 줄 눈치채고 여의봉을 거두면서 말했어요.

"'사나이는 지친 토끼는 쫓지 않는 법(好漢不趕乏兎兒)'이지. 가, 가보라고! 죽어도 여한이 없게 실컷 먹고 오너라!"

요괴는 급히 몸을 돌려 안으로 들어가 금성황후에게 말했어요.

"빨리 보물을 꺼내 주시오!"

"보물은 뭐 하시게요?"

"오늘 아침에 싸움을 걸었던 건 바로 불경을 가지러 가는 중의 제자인 손오공 행자라는 놈인데, '외 아무개'라고 거짓으로 이름을 댄 거요. 내가 그놈과 지금까지 싸웠지만 승부를 가리지 못했소. 보물을 가지고 나가 연기와 불을 일으켜 이 원숭이놈을 바싹 구워줘야겠소."

금성황후는 이 말을 듣고 가슴이 벌렁벌렁 뛰었어요. 방울을 내주지 않자니 요괴가 의심할 테고, 방울을 내주자니 또 손오공의 목숨이 위태로울까 걱정되었지요. 이렇게 이러지도 저러지도 못하고 한참 머뭇거리고 있는데, 요괴 왕이 또 독촉을 했어요.

"빨리 내놓으시오!"

금성황후는 어쩔 수 없이 자물쇠를 열어 방울 세 개를 요괴 왕에게 건네주었어요. 요괴 왕은 그것을 받아 들자 바로 동굴 밖으로 나갔어요. 금성황후는 궁중에 앉아서 비 오듯 눈물을 흘리며 과연 손오공이 살아날 수 있을까 생각했어요. 둘 다 그것이 가짜 방울인지 몰랐던 것이지요.

요괴는 동굴 문을 나와 바로 바람이 불어오는 곳에 서서 말했어요.

"손오공, 게 서라! 내가 방울을 흔들어주마."

손오공이 낄낄 웃었어요.

"네놈만 방울이 있고, 나는 방울이 없는 줄 아느냐? 네놈만 흔들 줄 알고, 나는 흔들 줄 모르느냐고?"

"네놈한테 무슨 방울이 있는지 꺼내보아라!"

손오공은 여의봉을 수놓는 바늘만 하게 줄여 귓속에 넣고, 허리춤에서 진짜 방울 세 개를 풀어 요괴 왕에게 말했어요.

"이게 바로 내 자금령紫金鈴이지!"

요괴 왕이 그걸 보고 깜짝 놀랐어요.

"이상하다! 이상해! 저놈의 방울이 내 방울과 어쩜 저렇게 똑같을까? 같은 틀로 만들었다고 해도 덜 갈아지고 더 갈아진 데도 있고, 흠집이나 덩어리진 데에 차이가 나게 마련인데, 어떻게 이렇게 똑같을까?"

그래서 다시 물었어요.

"너 그 방울은 어디서 난 거냐?"

"이봐 조카, 그럼 네 방울은 어디서 난 건데?"

요괴 왕은 고지식해서 바로 대답했어요.

"내 이 방울은 말이다."

도의 뿌리 깊으신 태청선경의 태상노군
팔괘로에서 오랫동안 금을 단련하셨지.
방울 만들어 지극한 보물이라 칭하시고
태상노군께서는 지금까지도 남겨두셨다네.

太淸仙君道源深　八卦爐中久煉金
結就鈴兒稱至寶　老君留下到如今

손오공이 웃으며 대꾸했어요.
“이 어르신의 방울도 그때 나온 것이다.”
“어떻게 말이냐?”
“내 이 방울은 말이다.”

노자께서 단약 달이던 도솔궁
그 화로에서 금방울을 단련해내셨지.
셋이 두 배가 되어 여럿이 된 순환하는 보배이니
내 것은 암놈이요 네 것은 수놈이란다.

道祖燒丹兜率宮　金鈴摶煉在爐中
二三如六循環寶　我的雌來你的雄

요괴 왕이 말했어요.
“방울은 금단金丹의 보배라 무슨 새나 동물도 아닌데, 어떻게 수놈과 암놈의 구분이 있다는 거냐? 흔들어서 영험이 있는 게 좋은 거지.”
“말로만 해선 소용없으니, 흔들어보면 알게 될 거다. 네놈이 먼저 흔들어보아라.”
요괴 왕이 그 말에 따라 첫 번째 방울을 세 번 흔들었지만 불이 나오지 않았어요. 두 번째 방울을 세 번 흔들었지만 연기가 나오지 않았어요. 세 번째 방울도 세 번 흔들었지만 역시 모래가 나오지 않았지요. 그러자 요괴 왕은 당황했어요.
“이상하다, 이상해! 세상 인정이 변했군. 이 방울도 마누라를 무서워하나 보다. 수놈이 암놈을 보고는 안 나오는군.”
“조카, 그만해라. 내가 흔들 테니 보라고.”
대단한 원숭이! 그는 방울 셋을 한 손에 쥐고 한꺼번에 흔들었어요. 보세요. 붉은 불, 푸른 연기, 누런 모래가 일제히 뿜어져 나와 우르르 나무들과 온 산이 훨훨 탔어요. 제천대성은 입속으로 또 뭐라고 주문을 외고 동남쪽 바람의 방향인 손지巽地를 향해 외쳤어요.

"바람아, 불어라!"

그러자 정말 바람이 불길을 돋워서, 불은 바람의 위세를 업고 이글이글 새빨갛게 타올랐어요. 온 하늘이 어둑어둑 새까맣게 연기와 불로 뒤덮이고, 땅에는 온통 누런 모래가 휘몰아쳤어요. 새태세는 놀라 혼비백산했지만, 달아날 길이 없었어요. 그 불 속에서 어떻게 목숨을 구해 달아날 수 있겠어요?

그런데 하늘에서 누군가 이렇게 외치는 소리가 들렸어요.

"손오공, 내가 왔다!"

손오공이 급히 고개를 돌려 위를 쳐다보았더니, 관음보살이 왼손에 정병을 받쳐 들고, 오른손에는 버드나무 가지를 쥐고 감로수를 뿌려 불을 끄고 있었어요. 놀란 손오공은 방울을 허리춤에 감추고 합장하며 엎드려 절을 올렸어요. 관음보살이 버드나무 가지로 감로수 몇 방울을 연달아 뿌리자, 순식간에 연기와 불이 모두 사라지고 누런 모래도 흔적이 없어졌어요. 손오공이 머리를 조아리며 절을 했어요.

"대자대비하신 관음보살님께서 오시는 줄도 모르고 미처 예를 차리지 못했습니다. 그런데 어디 가시는 길이신지요?"

"이 요괴를 거두어 가려고 특별히 왔다."

"이 요괴는 무슨 내력이 있기에, 보살님께서 친히 내려오셔서 거두어 가시는 겁니까?"

"이 요괴는 내가 타던 금모후金毛犼[5]이다. 목동이 깜빡 졸아 제

5 금모후는 개와 비슷한 생김새로, 사람을 잡아먹는다고 한다.

손오공이 새태세를 물리치자 관음보살이 요괴를 거두어 가다

대로 지키지 못한 틈에 이 짐승이 쇠사슬을 물어 끊고 도망 나와서 주자국 왕의 재난을 없애주었지."

"보살님께선 말씀을 거꾸로 하시네요? 이놈은 여기에서 국왕과 왕비를 속이고 풍속을 어지럽히며 재난을 일으켰는데, 도리어 재난을 없애 주었다니, 그게 무슨 말씀이세요?"

"네가 모르는 모양이구나. 주자국의 선왕이 재위하던 시절, 그러니까 지금 국왕이 동궁태자로 아직 왕위에 오르기 전이었지. 그는 어릴 때 사냥을 무척 좋아했었단다. 인마人馬를 여럿 이끌고 매와 사냥개를 풀어 낙봉파落鳳坡 앞에 막 이르렀는데, 서방西方 불모佛母 공작대명왕보살孔雀大明王菩薩이 낳은 두 아이들, 즉 수놈과 암놈, 두 새끼 공작이 산비탈 아래에서 날개를 쉬고 있었지. 그러다가 수놈은 국왕의 화살에 죽었고 암놈은 화살이 박힌 채 서쪽으로 돌아갔지.

불모께서는 몹시 마음 아파하시더니, 국왕도 삼 년 동안 짝을 잃고 마음병을 앓게 하셨단다. 그때 내가 이 금모후를 타고 지나가다가 함께 이 말씀을 들었지. 그런데 이 짐승이 그걸 맘에 새겨두었다가 이곳에 와서 왕비를 빼앗아가 왕의 재난을 없애준 것이란다. 이제 삼 년이 되어 원업冤業이 끝나가는 터였는데, 다행히 네가 와서 왕의 병을 고쳐주었지. 나는 요괴를 거둬 가려고 특별히 온 것이란다."

"보살님, 그런 일이 있었다고 해도 어쨌거나 그놈은 왕비를 더럽혔으며, 풍속을 어지럽히고 윤리와 법을 어겼으니 죽을죄를 지은 것입니다. 지금 보살님께서 친히 내려오셔서 그놈의 죽을죄를 용서해주셨지만, 그놈이 살아서 치러야 할 죗값[活罪]은 사해주지 못하실 겁니다. 제가 그놈을 스무 대만 때리고, 보살님이 데려가시도록 놓아드리지요."

"오공아, 내가 친히 속세에 내려오기도 했으니, 내 얼굴을 봐서 그냥 다 용서해주어라. 그래도 네가 요괴를 굴복시킨 공은 그대로 있는 거야. 여의봉을 쓴다면 그놈은 바로 죽은 목숨이 되지 않겠니?"

손오공은 말씀을 어길 수 없어 절을 올리며 이렇게 말할 수밖에요.

"보살님, 그놈을 남해로 다시 거둬 가실 거면 다시는 멋대로 인간세계에 내려오지 못하게 좀 하세요. 아주 피해가 막심하다고요!"

그러자 관음보살은 소리 질러 요괴를 꾸짖었어요.

"못된 짐승아! 아직도 원래 모습으로 안 돌아오고 뭘 하느냐? 언제까지 그러고 있을 거냐!"

요괴가 재주를 넘어 원래 모습으로 돌아와 털을 한 번 털자 관음보살이 위에 올라탔어요. 관음보살이 목 아래를 보았더니, 세 개의 금방울이 없어진 거예요. 관음보살이 말했지요.

"오공아, 내 방울을 돌려다오."

"이 몸은 모르는 일입니다."

그러자 관음보살이 버럭 소리를 질렀어요.

"이런 도둑 원숭이놈 같으니! 만약 네가 이 방울을 훔쳐가지 않았다면, 손오공이 열이 덤벼도 금모후 가까이도 못 왔을 거다. 빨리 내놔!"

손오공은 살살 웃으며 대답했어요.

"정말 본 적 없는데요."

"본 적이 없다면, 내가 긴고아주緊箍兒呪를 외워주지."

손오공은 당황해서 외쳤어요.

"아이고, 그러지 마세요! 방울 여기 있습니다."

이건 정말 다음과 같았지요.

금모후 목의 금방울을 누가 풀었나?
방울 풀어준 사람이 방울 매어준 사람에게 묻네.

猻項金鈴何人解　解鈴人還問繫鈴人

관음보살은 방울을 금모후 목에 걸고 몸을 날려 높이 올라탔어요. 금모후의 네 발에 연꽃이 활짝 피어나고 온몸에 황금털이 빽빽하게 돋아났어요. 대자대비하신 관음보살께서 남해로 돌아가신 일은 더 이상 얘기하지 않겠어요.

한편, 제천대성은 옷차림을 가다듬은 후 여의봉을 휘두르며 해치동獬豸洞으로 치고 들어가 졸개 요괴들을 모조리 때려죽여 잔당을 깨끗이 처리했어요. 그리고 바로 궁 안으로 가서 금성황후에게 주자국으로 돌아가자고 청하자, 금성황후는 극진히 예를 올렸어요. 손오공은 관음보살이 요괴를 굴복시킨 것과 국왕이 왕비와 헤어지게 된 연유 등을 모두 이야기해주었어요. 그리고 부드러운 풀을 찾아 풀 용[草龍]을 하나 엮고 이렇게 말했어요.

"마마, 올라타시고 눈을 감으십시오. 무서워하실 건 없습니다. 제가 궁중으로 모셔다드리지요."

금성황후는 조심스레 분부에 따랐고, 손오공은 신통력을 부렸지요.

금성황후의 귓속에서 바람 소리가 들리는가 싶더니 둘은 한 시간 만에 성안으로 들어가 구름을 내렸어요. 손오공은 이렇게 말했지요.

"마마 눈을 뜨시지요."

금성황후는 눈을 뜨고 봉각용루鳳閣龍樓를 알아보자, 매우 기뻐하며 풀 용에서 내려와 손오공과 함께 보전에 올랐어요. 국왕이 그를 보고 급히 용상에서 내려와 금성황후의 섬섬옥수를 붙들고 그간의 이별의 정을 토로하려다가, 갑자기 땅바닥에 쓰러지며 외쳤어요.

"아이고, 손이야! 내 손!"

저팔계는 깔깔 웃어댔어요.

"꼴불견일세! 복을 누릴 팔자가 아니로군. 만나자마자 독벌레한테 쏘이니 말이야."

그러자 손오공이 꾸짖었어요.

"멍청아, 너라고 잡을 수 있을 줄 알아?"

"잡으면 어떻게 되는데?"

"마마 몸에는 독가시가 돋아 있고, 손에는 독벌레의 독이 있어. 기린산麒麟山으로 끌려가셔서 새태세놈과 삼 년을 지냈지만, 요괴놈은 마마의 몸에 손도 대보지 못했다고. 몸에 닿으면 미치도록 몸이 따갑게 되고, 손에 닿으면 손이 무지하게 아프게 되지."

여러 관리들이 그 말을 듣고 말했어요.

"그러면 이를 어쩌면 좋겠습니까?"

안팎의 여러 관리들과 비빈들은 모두 근심하고 두려워했어요. 곁에 있던 옥성궁玉聖宮, 은성궁銀聖宮은 국왕을 부축해 일으켰지요. 그들이 모두 어쩔 줄 몰라 망연자실하고 있는데, 갑자기 하늘에서 누군가가 소리를 쳤어요.

"제천대성, 제가 왔습니다."

손오공이 고개를 들어 바라보니, 이런 모습이었어요.

　긴 학 울음소리 하늘로 치솟더니

훨훨 날아 조정 앞에 이르렀네.
상서로운 빛 줄기줄기 피어오르고
경사스런 기운 하늘하늘 자욱해지네.
몸을 가린 종려나무 옷에선 구름 안개 피어 나오고
발에 신은 짚신 세상에 드문 것이라네.
손에는 용 수염 불자拂子를 들고
허리에는 비단 끈을 둘렀다네.
하늘과 땅 여기저기에서 인연을 맺고
천지를 소요하며 떠돈다네.
이는 바로 대라천의 자운신선으로서
오늘 속세에 내려와 요술을 풀어주네.

肅肅冲天鶴唳　飄飄徑至朝前
繚繞祥光道道　氤氳瑞氣翩翩
棕衣苫體放雲烟　足踏芒鞋罕見
手執龍鬚蠅箒　絲縧腰下圍纏
乾坤處處結人緣　大地逍遙游徧
此乃是大羅天上紫雲仙　今日臨凡解魘

손오공은 앞으로 나가 맞이했어요.
"장자양張紫陽, 어디 가나?"
자양진인은 바로 보전 앞으로 가 허리를 굽혀 예를 올리며 대답했어요.
"제천대성님, 저 장백단張伯端이 인사드립니다."
손오공이 답례하며 물었지요.
"자넨 어디서 오는 건가?"
"제가 삼 년 전 불회佛會에 참석하러 가는 길에 이곳을 지나가다가, 주자국 왕이 왕비와 생이별하게 되는 걸 보게 되었지요. 그런데 그 요괴가 왕비의 몸을 더럽혀 인륜을 무너뜨리면 후일 국왕과 다시 합치기가 어려울 것 같더군요. 그래서 제가 낡은 종려나무 옷을 오색찬란한 새 노을 옷으로 만들어 요괴 왕에게 바치며 왕비에게 입히라고 했습니다. 왕비가 그 옷을 입자마자 바로 독가시가 돋아났는데, 그 독가시는 바로 종려나무 털입니다. 오늘 제천대성께서 공을 이루신 걸 알고 요술을 풀어주러 온 것입니다."

"그렇다면 멀리 오느라 수고했네. 빨리 풀어주게."

자양진인이 앞으로 나아가 금성황후를 손가락으로 가리키니 곧 종려나무 옷이 벗겨졌어요. 금성황후의 몸은 예전대로 돌아왔지요. 자양진인은 그 옷을 한 번 털어 몸에 걸치고 나서 손오공에게 말했어요.

"제천대성님, 허물치 마십시오. 저는 돌아가겠습니다."

"잠깐, 국왕이 감사 인사를 드릴 텐데."

"됐습니다, 됐어요."

그리고 자양진인은 공손히 절하더니 하늘로 솟아 올라갔어요. 놀란 국왕과 왕비, 그리고 여러 대소 신하들도 모두 하늘을 향해 절했지요. 인사가 끝난 후 곧 동각東閣을 열어 네 승려들에게 감사의 자리를 마련하게 했어요.

국왕은 비빈과 신하들을 이끌고 무릎 꿇어 절을 올렸고, 부부는 이제야 다시 만나게 되었지요. 이렇게 막 즐겁게 잔치를 벌이고 있는데, 손오공이 말했어요.

"사부님, 선전포고문을 꺼내보세요."

삼장법사는 소매에서 선전포고문을 꺼내 손오공에게 건네주었어요. 손오공이 국왕에게 다시 건네주며 말했어요.

"이것은 그 요괴가 부하 장수에게 가져오게 한 것입니다. 그 부하 장수놈은 벌써 저한테 맞아 죽었지요. 왜 제가 시체를 가져와서 보고한 적이 있었잖아요? 그 뒤에 다시 산으로 가서 그 부하 장수로 변신해 동굴로 들어가서 요괴에게 거짓 보고를 했습니다. 마마를 뵙게 되어 금방울을 훔쳐냈는데, 하마터면 그놈한테 잡힐 뻔했지만, 또 한 번 변신술을 써 다시 훔쳐내고 그놈과 맞서 싸웠습니다. 다행히 관음보살께서 오셔서 그놈을 거두어 가셨고, 또 왕비와 헤어진 연유도 설명해주셨습니다……."

이렇게 처음부터 끝까지 자세히 이야기해주자, 조정의 군신과 비빈들 모두 감사하며 칭송하지 않는 이가 없었어요. 삼장법사가 말했어요.

"첫째는 현명하신 국왕 폐하의 복이시고, 둘째는 제 제자의 공입니다. 성대한 잔치를 베풀어주시니 참으로 감사하옵니다! 그러나 그만 작별 인사를 드릴까 합니다. 소승이 서쪽으로 가는 길이 늦어지면 안 되니까요."

국왕은 좀 더 머물라고 간곡히 부탁했지만, 할 수 없이 통행증명서에 도장을 찍어주고 어가를 성대히 준비시켜 삼장법사를 왕이 타는 수레에 편안히 앉게 했어요. 국왕과 비빈들 모두가 손수 수레를 밀면서 전송했지요. 정말 다음과 같았지요.

인연이 있어 근심병 다 씻어냈고
사심이 없어지니 마음이 편안해지네.

有緣洗盡憂疑病　絕念無思心自寧

결국 이렇게 가서 뒤에 다시 무슨 일이 있을지는 알 수 없으니, 이에 대해서는 다음 회를 들어보시라.

제72회
반사동의 거미 요괴

그러니까 삼장법사는 주자국 왕에게 작별을 고하고, 행장을 정돈해서 말을 몰아 서쪽으로 나아갔어요. 얼마나 많은 산과 벌판을 지나고 끝없이 펼쳐진 물길을 건넜는지 몰라요. 그렇게 가다 보니 어느덧 가을이 가고 겨울이 지나, 다시 봄빛이 아름다운 시절이 되었어요. 삼장법사 일행이 한창 녹음방초 우거진 길을 지나며 경치 구경을 하고 있는데, 문득 초가집 한 채가 눈에 띄었어요. 삼장법사가 구르듯 말에서 내려 큰길가에 멈춰 섰어요. 손오공이 물었어요.

"사부님, 이처럼 길이 평탄하고 아무 변고도 없는데, 왜 걸음을 멈추시는 겁니까?"

저팔계가 말했어요.

"형님은 어째 그리 꽉 막혔소? 오래도록 말을 타서 피곤하시니까 말에서 내려 경치 구경도 좀 하고 쉬게 해드려야 할 게 아니오?"

삼장법사가 말했어요.

"경치를 구경하려는 게 아니다. 저기 보이는 게 인가 같으니, 내가 직접 가서 공양을 구하려고 그런다."

손오공이 웃으며 말했어요.

"어? 사부님 지금 무슨 말씀을 하시는 겁니까? 공양을 자시고 싶으면 제가 가서 밥을 구해 오겠습니다. '하루 스승은 평생 부모와 같다(一日爲師 終身爲父)'는 속담도 있지 않습니까? 제자는 떡하니 앉아 있고 사부님을 시켜 밥을 구하러 가게 하는 법이 세상천지 어디에 있답니까?"

"그렇게 얘기할 게 아니다. 평소에는 아무리 봐도 끝없이 인적하나 없는 곳이라 너희들이 먼 길도 마다 않고 공양을 구해다 주었다. 허나 오늘은 인가가 지척이라 부르면 대답할 수 있는 거리이니, 내가 한번 직접 가보려는 게다."

저팔계가 말했어요.

"고집부리지 마세요, 사부님. '셋이 길을 나서면 막내가 고생한다(三人出外 小的兒苦)'는 말도 있지 않습니까? 하물며 사부님은 저희 아버지뻘이시요, 저희들은 모두 사부님 제자란 말입니다. 옛말에 이르길 '일이 생기면 제자가 나서 수고를 한다(有事弟子服其勞)'고 했습니다. 제가 다녀오겠습니다."

그러자 삼장법사가 말했어요.

"얘들아, 오늘은 날씨가 맑아서, 비바람 궂은 그런 때와는 다르다. 그런 때야 너희들이 먼 길을 다녀와야겠지만, 이 인가에는 내가 가야겠다. 공양 밥이 있든 없든 곧 돌아오면 될 게 아니냐?"

옆에 있던 사오정이 끼어들어 웃으며 말했어요.

"형님, 여러 말 하실 것 없소. 사부님 마음이 저러신데, 굳이 거역할 필요 없잖소? 사부님을 노엽게 하면, 우리가 공양을 얻어와도 잡숫지 않으실 거요."

저팔계가 그 말을 좇아 얼른 바리때를 꺼내 삼장법사에게 주었어요. 삼장법사가 옷을 갈아입고 모자를 바꿔 쓰고, 어슬렁어

슬렁 걸어서 곧장 그 집 앞으로 다가가 보니, 아주 훌륭한 곳이었어요.

돌다리 높이 솟고
고목들 울창하게 늘어섰네.
돌다리 높이 솟아
졸졸졸 흐르는 물 큰 시내로 이어지고
고목들 울창하여
짹짹짹 날짐승들 먼 산에서 시끄럽게 우짖네.
다리 저편에 초가집 몇 채
맑고 고아한 풍취 신선의 암자 같고
또 작은 창 하나 있어
깨끗하고 밝으니 도관인 듯하구나.
창 앞에 홀연 아름다운 네 여인 보이는데
모두 봉황과 난새를 수놓으며 바느질하고 있구나.

石橋高聳　古樹森齊
石橋高聳　潺潺流水接長溪
古樹森齊　聒聒幽禽鳴遠岱
橋那邊有數椽茅屋　清清雅雅若仙菴
又有那一座蓬窓　白白明明欺道院
窓前忽見四佳人　都在那裡刺鳳描鸞做針線

삼장법사는 그 집에 남정네 없이 여인들만 넷이 있는 걸 보고, 감히 들어가지 못하고 멈춰 섰다가 키 큰 나무 우거진 숲속으로 피했어요. 그 여인들의 모습을 보면, 하나하나가 다 이러했답니다.

규중 여인네 마음 돌처럼 굳고
고상한 성품 봄날처럼 좋구나.
아리따운 얼굴에 노을 같은 붉은빛 서리고
붉은 입술에 빨간 연지가 고르구나.
눈썹은 자그맣게 옆으로 걸린 달처럼 휘고
가는 귀밑머리 갓 피어난 구름처럼 늘어졌네.
꽃 틈에 섞여 서면
날아다니는 벌들 진짜 꽃인 줄 알겠네.

閨心堅似石　蘭性喜如春
嬌臉紅霞襯　朱唇絳脂勻
蛾眉橫月小　蟬鬢疊雲新
若到花間立　遊蜂錯認眞

한 시간가량 서 있자니, 주위가 어찌나 조용한지 닭이나 개 짖는 소리조차 들리지 않았어요. 삼장법사는 혼자 곰곰 생각했어요.

'공양을 얻어 갈 재간도 없다면 제자들에게 비웃음을 살 거야. 소위 사부라고 하는 내가 공양도 못 구하면, 제자 노릇 하는 이들이 어떻게 부처님을 뵈러 갈 수 있겠어?'

삼장법사는 어쩔 도리가 없는지라, 다소 꺼림칙하긴 했지만 걸음을 옮겨 다리로 올라갔어요. 다시 몇 걸음 걷자니, 그 초가집 안의 목향木香 정자 아래 세 여인이 공을 차고 있는 모습이 보였어요. 여러분, 보세요. 세 여인은 아까 그 넷과는 또 생김새가 딴판이었으니, 바로 이런 모습이었어요.

쪽빛 소매 바람에 휘날리며

담황빛 치맛자락 끌고 다니네.
휘날리는 쪽빛 소매
낮게 드리워 섬섬옥수 감싸고
끌리는 담황빛 치마 밑으로
앙증맞게 조그만 발이 살짝 보이네.
용모와 자태 더없이 완벽해라
움직이는 발놀림 천태만상이네.
처음 공을 차 넘기니 높낮이가 다르고
길게 차 보내니 정말 찌르는 듯 재빠르구나.
몸을 돌려 담을 넘는 꽃처럼 높이 발길질하고
뒷걸음쳐 몸을 뒤집어 성큼 바다를 건너듯 발을 내딛네.
진흙 덩어리 같은 둥근 공 하나 가볍게 받아
총알처럼 재빨리 되돌려 보내네.
부처님 머리 위의 야명주처럼 머리로 받고
정확하게 발끝으로 쪼개듯 날카롭게 차 보내네.
작은 벽돌 같은 발로 잘도 공을 맞추고
누운 물고기처럼 다리를 비틀어 차네.
허리를 곧게 펴고 무릎 구부려 쪼그려 앉고
머리 비틀어 날갯짓하듯 발을 놀리네.
걸상을 넘는 솜씨 환호성이 일게 하고
어깨에 걸친 비단 얼마나 멋지게 휘날리는지!
바지 끈 묶고 마음대로 오가니
목걸이도 따라서 이리저리 흔들리네.
차는 솜씨는 거꾸로 흐르는 황하의
여울목에서 금빛 잉어 사려는 듯 절묘하여
저쪽은 이겼다고 잘못 생각했는데

이쪽은 몸을 돌려 바로 차 넘기네.
틀림없이 정강이로 받는가 싶었는데
얌전하게 발끝으로 집어 차네.
뒤꿈치 들다 짚신 벗겨지니
거꾸로 꿰어 신고 고개 돌려 공을 받네.
뒷걸음치면 어깨 장식이 펄럭이지만
갈고리 때문에 줄곧 떨어지지 않네.
납작한 대바구니 천천히 내려오니
서로 먼저 구멍에 공을 넣으려 애쓰네.
바구니 가운데 공을 차 넣으니
미인들 일제히 갈채를 보내네.
모두들 땀이 흘러 지분이 비단 치마에 배고
노곤하고 기분이 풀어지자 비로소 환호하며 놀이를 끝내네.

飄揚翠袖　搖拽緗裙

飄揚翠袖　低籠着玉笋纖纖
搖拽緗裙　半露出金蓮窄窄
形容體勢十分全　動靜脚跟千樣躧
拿頭過論有高低　張泛送來眞又楷
轉身踢箇出墻花　退步翻成大過海
輕接一團泥　單鎗急對拐
明珠上佛頭　實捏來尖拽
窄磚偏會拿　臥魚將脚拯
平腰折膝蹲　扭頂翹跟躧
扳凳能喧泛　披肩甚脫灑
絞襠任往來　鎖項隨搖擺
踢的是黃河水倒流　金魚灘上買

那箇錯認是頭兒　這箇轉身就打拐
端然捧上膁　周正尖來捽
提跟潩草鞋　倒插回頭採
退步泛肩粧　鉤兒只一歹
版篗下來長　便把奪門揣
踢到美心時　佳人齊喝采
一箇箇汗流粉膩透羅裳　興懶情疎方叫海

그 광경은 말로 이루 다 표현할 수 없었으니, 그걸 증명하는 시가 있지요.

공차기 하는 때는 바로 춘삼월
시원한 봄바람 고운 미녀들 앞으로 불어오네.
분 바른 얼굴이 땀에 젖으니 꽃이 이슬을 머금은 듯
초승달 같은 눈썹에 먼지 앉으니 버드나무에 안개가 서린 듯
쪽빛 소매 낮게 드리워져 섬섬옥수 감싸고
담황빛 치마 비스듬히 끌리어 조그만 발 살짝 드러내네.
몇 번인가 차고 나니 아가씨들 기운이 빠져
구름 같은 머리 흐트러지고 머리 쪽이 비뚤어졌네.

蹴踘當場三月天　仙風吹下素嬋娟
汗沾粉面花含露　塵染蛾眉柳帶烟
翠袖低垂籠玉笋　緗裙斜拽露金蓮
幾回踢罷嬌無力　雲鬢蓬鬆寶髻偏

삼장법사는 한참 보고 있다가 다리 끝으로 걸어가 목소리를 높여 되는대로 말을 건네보았어요.

"보살님들, 소승이 부처님의 인연으로 이곳에 오게 되었으니, 먹을 것을 좀 보시해주십시오."

여인들은 이 소릴 듣고 저마다 기뻐하며 바느질하던 것도 팽개치고, 공도 내던지고, 모두 생글생글 웃으며 문밖으로 나와 맞으며 말했어요.

"스님, 미처 영접하러 나오지 못해 죄송합니다. 누추한 저희 집까지 오셨는데, 탁발하시는 스님을 감히 막을 수야 없지요. 잠시 안으로 드시지요."

삼장법사는 이 말을 듣고 속으로 이렇게 생각했어요.

'훌륭하구나! 정말 훌륭해! 서방은 과연 부처님의 땅이로구나! 여인들까지도 이렇게 탁발승을 홀대하지 않으니, 남자들은 오죽 경건한 마음으로 부처님을 받들고 있을까!'

삼장법사는 앞으로 다가가 인사를 하고 여인들을 따라 그 초가집으로 들어갔어요. 그런데 목향 정자를 지나서 보니, 웬걸! 그 안에는 무슨 방이나 복도 같은 게 하나도 없었어요. 보이는 거라곤 모두 이런 모습이었답니다.

높은 산봉우리 우뚝 솟고
이어진 산자락 아득히 뻗었네.
높은 산봉우리 우뚝 솟아 구름에 닿고
이어진 산자락 아득히 뻗어 바다로 통하네.
문 어귀 돌다리
냇물이 굽이굽이 감돌아 흐르고
정원에 심은 복숭아나무와 살구나무
천 그루 천 알이 탐스러움을 다투네.
등나무 쑥 덩굴 얼기설기 네댓 나무에 걸려 있고

지초 난초 숱한 꽃봉오리 향기를 내뿜네.
멀리 보이는 동굴, 신선 사는 봉래도인가 싶고
근처의 숲은 태화산을 능가하네.
예가 바로 요사스런 신선이 숨어 살 만한 곳
이웃집 하나 없이 홀로 서 있네.

巒頭高聳　地脉遙長
巒頭高聳接雲烟　地脉遙長通海岳
門近石橋　九曲九灣流水顧
園栽桃李　千顆千樹鬪穠華
藤薛掛懸三五樹　芝蘭香散萬千花
遠觀洞府欺蓬島　近覩山林壓太華
正是妖仙尋隱處　更無鄰舍獨成家

한 여인이 앞으로 나서서 두 쪽으로 된 돌문을 밀어 열고, 삼장법사를 안으로 청해 들였어요. 삼장법사는 그대로 들어가는 수밖에 없었지요. 고개를 들어 보니, 놓여 있는 것은 죄다 돌 탁자, 돌 의자로 냉기가 싸늘하게 감돌았어요. 삼장법사는 내심 놀라 속으로 가만히 생각했어요.

‘이번 걸음은 길한 일보다 흉한 일이 많겠는걸? 정말 불길해.’

여인들이 생글생글 웃으며 다 같이 말했어요.

“스님, 앉으세요.”

삼장법사는 어쩔 수 없이 앉을 수밖에요. 순간 그는 냉기에 오싹 진저리를 쳤어요. 여인들이 물었어요.

“스님께선 어느 산에 오셨어요? 무슨 일로 시주를 받으시나요? 다리와 길을 고치고 절과 탑을 세우려는 거예요, 아니면 불상을 만들고 불경을 찍으려는 거예요? 시주첩이라도 있으면 좀 보여주세요."

"전 시주 받는 중이 아닙니다."

"시주를 받는 것도 아니면, 여기엔 뭘 하러 오셨어요?"

"저는 동녘 땅 위대한 당나라에서 파견되어 서천西天 대뇌음사大雷音寺로 경전을 가지러 가는 사람이올시다. 마침 이곳을 지나다가 허기가 져서 귀댁을 찾게 되었으니, 밥 한 끼만 얻으면 곧 물러가겠습니다."

"예, 예, 좋아요! '멀리서 오신 스님이 경문을 잘 읽으신다(遠來的和尙好看經)'는 말도 있지요. 애들아, 꾸물대지 말고 어서 공양을 준비해라."

그리고 세 여인이 남아 삼장법사 곁에서 인연이 어쩌니 저쩌니 하면서 얘기를 주고받았어요. 나머지 여인 넷은 부엌으로 가 옷소매를 걷어붙이고 불을 지피고 솥을 닦았어요. 그런데 여러분, 그들이 마련한 음식이 어떤 것들인지 아세요? 다름 아닌 사람의 기름으로 볶고 지지고, 사람의 고기를 찌고 삶은 것들이었어요. 시커먼 수염을 푹 고아 밀기울처럼 만들고, 사람의 골을 저며 두부 조각처럼 볶았지요. 그것들을 두 접시에 담아 들고 들어와 돌 탁자 위에 내려놓으며 삼장법사에게 말했어요.

"어서 드세요. 갑작스럽게 만드느라 미처 좋은 음식을 마련하지 못했어요. 우선 드시고 시장기나 면하시면, 차차 음식을 더 내오겠습니다."

삼장법사가 냄새를 맡아보니 비린내가 물씬 풍기는지라, 감히 먹을 엄두를 내지 못하고 몸을 굽혀 합장하며 말했어요.

"보살님들, 소승은 날 때부터 소식素食만 해왔습니다."

여인들이 웃으며 말했어요.

"스님, 이건 소식이에요!"

"아미타불! 이런 소식을 저 같은 중이 먹는다면 부처님 뵙고 경전을 받아 올 생각은 꿈에도 하지 말아야 합니다."

"스님, 출가하신 분이 보시한 음식을 이것저것 가리면 안 되지요."

"감히 그럴 리가요! 아닙니다. 저는 위대한 당나라 황제의 어명을 받아 서쪽으로 오는 내내 작은 미물 하나 해친 적이 없고 곤경에 처한 사람을 보면 구해주었습니다. 쌀알이 생기면 입에 넣고 실오라기를 얻으면 이어서 몸을 가렸지요. 어찌 감히 보시한 음식을 골라가며 먹겠습니까?"

그러자 여인들이 웃으며 말했어요.

"스님께선 보시한 음식을 가리지 않는다고 하시지만, 어쩐지 찾아온 손님이 주인을 나무라는 듯하네요. 변변찮은 음식이라 탓하지 마시고 좀 들어보세요."

"진짜 못 먹겠습니다. 계율을 어기게 될까 봐서요. 보살님들, 생물을 가둬 기르는 것보다 놓아주는 게 낫다고, 저를 나가게 해주십시오."

삼장법사가 뿌리치고 돌아가려 했지만, 여인들이 문을 가로막고 서서 어디 놓아주려 하나요? 그들은 모두 이렇게 말했어요.

"제 발로 굴러들어 왔나 했더니, 이거 말을 되게 안 듣네! '방귀 뀌고 손으로 가리는(放了屁兒 卻使手掩)' 격이로군! 어딜 가려고?"

그들 모두 어느 정도 무예를 할 줄 알고 손발 또한 날렵하여, 삼장법사를 붙잡아 덥석 양을 잡아끌듯 당겨 탁 땅바닥에 내동댕이쳤어요. 그리고 여럿이 달려들어 꼼짝 못 하게 해놓고 밧줄로 꽁꽁 묶어 대들보에 높이 매달아 놓았지요. 이렇게 매달아 놓는 것도 이름이 있어 신선이 길을 가리키는 듯한 자세인 선인지로仙人指路라고 하지요.

이 방법은 다름 아닌 이런 것이었어요. 한 손은 앞으로 내밀게 해 끈으로 매달아 걸고, 다른 한 손을 허리에 대고 묶어 고정시킨 뒤 밧줄로 묶어 매달고, 두 다리는 뒤로 뻗게 해 밧줄로 한데 묶어 매달아놓는 것이지요. 밧줄 세 가닥이 삼장법사를 대들보에 매단 셈으로, 등은 위로 가고 배는 아래를 향하고 있었지요. 삼장법사는 아픔을 참다못해 눈물을 흘리며 속으로 이렇게 한탄했어요.

'내 신세는 어찌 이다지도 기구한가? 좋은 집이려니 하고 공양 얻으러 왔더니, 불구덩이에 빠질 줄이야! 얘들아, 빨리 와서 구해주면 얼굴이라도 볼 수 있겠지만, 서너 시간이라도 지체하면 내 목숨은 끝장이다!'

삼장법사는 고통에 시달리면서도 유심히 여인들을 지켜보았어요. 여인들은 그를 단단히 매달고 나자 곧바로 옷을 훌훌 벗어젖혔어요. 삼장법사는 깜짝 놀라 속으로 곰곰 생각했어요.

'이렇게 옷을 벗는 걸 보니 나를 유혹하려 하거나, 아니면 내가 성급하게 정욕에 빠지게 만들 셈인가 보구나.'

그런데 알고 보니 그 여인들은 웃옷을 벗어젖히고 배를 드러낸 뒤 각기 신통력을 부리는 것이었어요. 모두들 배꼽에서 오리알만 한 굵기의 명주 끈을 마치 옥을 뿜고 은을 날리는 듯 술술 뽑아냈지요. 그 끈들이 순식간에 그 집 문을 막아버린 일은 더 이상 얘기하지 않겠어요.

한편, 손오공과 저팔계, 사오정은 모두 큰길가에 있었어요. 저팔계와 사오정은 말을 놓아먹이고 짐을 지키고 있었지만, 손오공만은 장난꾸러기라 나무에 기어올라 가지를 붙잡고 잎사귀를 헤치며 과일을 찾았어요. 그러다 문득 고개를 돌리던 그는 한 줄기 빛이 번쩍거리는 것을 보고, 깜짝 놀라 나무에서 뛰어 내려와 소리를 질렀어요.

"큰일 났다, 큰일 났어! 사부님께서 잘못되신 모양이야."

손오공이 손가락으로 가리키며 말했어요.

"저거 봐, 저 집 꼴이 왜 저 모양이지?"

저팔계와 사오정이 일제히 고개를 들어 바라보니, 그쪽은 온통 눈 같지만 눈보다도 더 하얗고, 은 같지만 은보다 더 반짝거리고 있었어요. 저팔계가 말했어요.

"망했다, 망했어! 사부님이 요괴를 만나셨어, 어서 빨리 구하러 가자."

손오공이 말했어요.

"얘야, 떠들지 좀 마라. 너희가 가봐야 별수 없으니, 이 몸이 다녀오마."

사오정이 말했어요.

"형님, 조심하십시오."

"내가 다 알아서 하마."

멋진 제천대성! 그는 호랑이 가죽 치마를 추슬러 입고 여의봉을 빼들고 성큼성큼 두세 걸음 만에 바로 그 앞에 이르렀어요. 가까이서 보니 명주 끈이 수천 겹으로 친친 감겨 이리저리 얽혀 있었는데, 씨줄 날줄로 짜인 모양이었어요. 손으로 한 번 눌러보자 끈적끈적하고 뭉클하여 손에 달라붙는 것이었어요. 손오공은 도무지 그게 뭔지 알 수가 없자 바로 여의봉을 쳐들며 혼잣말을 했어요.

"이 한 방이면 몇천 겹은 고사하고 몇만 겹이라도 다 끊어질걸?"

하지만 막 내리치려다가 손을 멈추고 다시 중얼거렸어요.

"딱딱한 거라면 끊어버릴 수 있지만, 이렇게 부드러운 건 쳐봤자 납작해지기밖에 더 하겠어? 괜히 저걸 만든 놈을 놀라게 해서 이 몸까지 둘둘 감아버리면 도리어 고약해지겠지. 일단 한번 물어보고 나서 다시 손을 쓰자."

도대체 누구한테 물어보겠다는 걸까요? 그가 곧 손가락을 구부려 결을 맺고 주문을 외자, 주문에 걸린 토지신이 토지묘에서 어쩔 줄 모르며 마치 맷돌질하듯 뱅글뱅글 맴을 돌았어요. 토지신의 부인이 말했어요.

"영감, 왜 그렇게 돌고 그러시오? 간질병이라도 생긴 게요?"

"당신은 몰라, 모른다고. 제천대성이란 작자가 왔는데, 내가 영접하러 나오지 않았다고 날 주문으로 불러내고 있소."

"영감, 그럼 가서 만나면 되지, 여기서 왜 빙빙 돌고 계시오?"

"만나러 갔다간, 아이고, 그놈의 몽둥이가 얼마나 무시무시한데! 다짜고짜 날 때리려들 거야!"

"당신같이 이렇게 늙은 양반을 그렇게 때리기야 하겠소?"

"그놈은 평생 공짜 술만 마시고 늙은이만 골라 때리는 데 이골이 났다고."

토지신 내외는 이렇게 한동안 옥신각신하다가 어쩔 수 없이 걸어 나와, 벌벌 떨며 길가에 꿇어 엎드려 외쳤지요.

"제천대성, 이곳 토지신이 문안 인사 여쭙니다."

"어서 일어나라, 괜히 바쁜 체하지 말고. 때리지 않고 그대로 보내줄 테니까. 한 가지 물어보마. 여기는 어디냐?"

"제천대성께선 어디서 오시는 길입니까?"

"동녘 땅에서 서쪽으로 오던 길이다."

"동쪽에서 오셨다면 저 산 고개를 지나오셨겠군요?"

"바로 지금 저 산 고개에 머물러 있다. 짐과 말도 아직 거기 있어."

"그 고개는 반사령盤絲嶺이라고 합니다. 고개 아래 동굴이 있는데 반사동盤絲洞이라고 하지요. 그 동굴에 일곱 요괴가 살고 있습니다."

"남자 요괴냐, 여자 요괴냐?"

"여자 요괴입니다."

"신통력이 어느 정도냐?"

"저는 힘도 없고 약한지라 그들이 재주가 얼마나 있는지 모르고, 제가 아는 거라곤 그저 이런 정도입니다. 여기서 정남쪽으로 삼 리 정도 떨어진 곳에 탁구천濯垢泉이란 온천이 있는데, 자연적으로 뜨거운 물이 솟는 곳이지요. 원래 하늘나라 일곱 선녀가 내려와 목욕하던 곳인데, 요괴가 여기로 와 살게 되면서 탁구천을 차지했습니다. 선녀들은 한번 싸워보지도 않고 고스란히 내줬답니다. 하늘의 선녀도 요괴들을 못 건드리는 걸 보면, 분명 재주가 보통이 아닐 것 같습니다."

"그 샘을 차지해서 뭘 하느냐?"

"요괴들은 온천을 차지한 후 하루에 세 번씩 나와서 목욕을 합니다. 지금 열 시가 지났는데, 열두 시가 되면 나올 겁니다."

손오공이 그 말을 다 듣고 말했어요.

"그만 돌아가라, 나 혼자서 그놈들을 잡으면 되니까."

토지신은 머리를 땅에 찧도록 절하고 나서 벌벌 떨며 자기 토지묘로 돌아갔어요.

제천대성은 신통력을 부려 몸을 한 번 흔들더니 작은 반점이 있는 파리로 변했어요. 그리고 길가 풀잎 끝에 앉아 요괴를 기다렸지요. 얼마 안 지나 사각사각하는 소리가 들려왔는데, 마치 누에가 뽕잎을 갉아먹는 소리 같기도 하고 바다에 물결이 이는 소리 같기도 했어요. 차 반 잔 마실 정도의 시간이 지나자 명주 끈은 모조리 사라지고 아까처럼 초가집이 나타났는데, 처음과 똑같은 모양이었어요.

그리고 사립문이 삐걱거리며 열리는 소리가 나더니, 안에서 웃고 떠드는 소리와 함께 일곱 여인이 걸어 나왔어요. 손오공이 몸을 숨긴 채 자세히 살펴보니, 그들은 모두 손에 손을 잡고 어깨를 맞댄 채 웃고 떠들며 나란히 다리를 건너오고 있었어요. 실로 아름다운 미인들이었지요.

옥에 비하자니 그보다 더 향기롭고
꽃과 같지만 사람의 말을 잘하는구나.
버들눈썹, 먼 산등성이처럼 걸려 있고
향긋한 입, 앵두 같은 입술을 벌리네.
비녀 끝엔 비취 새가 날아오르고
작은 발 담황색 치마 새로 살짝 어른거리네.
달의 항아가 아래 세상에 내려온 듯
선녀가 속세에 떨어진 듯하구나.

比玉香尤勝　如花語更眞
柳眉橫遠岫　檀口破櫻脣
釵頭翹翡翠　金蓮閃絳裙
却似嫦娥臨下界　仙子落凡塵

손오공이 웃으며 말했어요.

"어쩐지, 사부님께서 공양을 얻으러 가시겠다고 하더니! 알고 보니 이렇게 멋진 곳이었군! 이 일곱 미녀가 사부님을 잡아두었다면 한 끼 거리도 안 될 테고, 달리 써먹으려 해도 이틀 이상 쓰기 어려울 텐데. 돌아가며 한 놈씩 손보면 단숨에 해치우겠지만, 일단 저들이 어쩔 작정인지 한번 들어보자."

멋진 제천대성! 그는 웽 하는 소리와 함께 맨 앞에 걸어가는 여인의 구름 같은 머리 위에 가서 앉았어요. 다리를 건너자 뒤에 있던 여인이 앞으로 다가와 이렇게 말했어요.

"언니, 우리 목욕하고 나서 그 뚱뚱한 중을 쪄 먹어요."

손오공이 속으로 웃었지요.

'이 요괴들, 아주 미련하구만. 삶아 먹으면 땔감도 적게 들 텐데 하필 쪄 먹겠단 거지?'

여인들은 꽃을 따기도 하고 풀을 뜯어 풀싸움도 하면서 걸었어요. 이윽고 온천에 이르렀지요. 그곳엔 담장을 두른 문이 하나 있었는데 아주 웅장하고 화려했어요. 온 땅에 지천으로 핀 들꽃이 짙은 향기를 내뿜고 길가에는 난초, 혜초蕙草가 빽빽하게 피어 있었어요. 뒤쪽에 있던 한 여인이 앞으로 나서서 끼익 문을 밀어 열자, 그 가운데에 뜨거운 물이 괴어 있는 온천이 보였어요.

천지개벽 이래
태양이 원래 열 개가 있었는데
요임금 때의 명사수 예가
아홉 까마귀를 쏘아 땅에 떨어뜨리고
금오성金烏星[1] 하나만이 남게 되니
이것이 바로 태양의 진짜 불이라네.
천하에 아홉 군데 온천이 있으니
모두 까마귀들이 떨어져 변한 것이네.
그 아홉 개의 온천이란
바로 향랭천 반산천
온천 동합천 황산천
효안천 광분천 탕천

1 금오金烏는 태양의 별칭이다.

그리고 바로 이 탁구천일세.

自開闢以來　太陽星原貞有十
後被羿善開弓　射落九烏墜地
止存金烏一星　乃太陽之眞火也
天地有九處湯泉　俱是衆烏所化
那九陽泉　乃香冷泉　伴山泉
溫泉　東合泉　潢山泉
孝安泉　廣汾泉　湯泉
此泉乃濯垢泉

이를 증명하는 시도 있어요.

온천의 열기는 겨울 여름 변함없고
가을 석 달 내내 봄처럼 쏟아지네.
뜨거운 파도 마치 솥에 물이 끓는 듯하고
뜨거운 물결 막 끓인 국 같네.
흘러넘친 물 벼 이삭을 적셔주고
흐르다 멈춘 물도 깨끗하여 티 한 점 없네.
졸졸 흘러가니 구슬 같은 눈물방울 떠가는 듯
굽이쳐 흘러가니 옥 덩어리가 반지르르 윤기 나는 듯
매끄럽지만 원래 술처럼 빚어낸 것은 아니고
맑고 잔잔하지만 저절로 따뜻하네.
이 상서로움은 땅이 빼어나기 때문이요
이 조화는 바로 하늘이 주신 것
아름다운 이가 목욕하니 하얀 피부 미끄럽고
속세의 번잡함을 씻어내니 옥 같은 몸 산뜻하구나.

一氣無冬夏　三秋永注春
炎波如鼎沸　熱浪似湯新
分溜滋禾稼　停流潔不塵
涓涓珠淚泛　滾滾玉團津
潤滑原非釀　清平還自溫
瑞祥本地秀　造化乃天眞
佳人洗處冰肌滑　滌蕩塵煩玉體新

온천은 다섯 길이 넘는 폭에 열 길 정도 길이, 깊이는 넉 자가량 되었어요. 물이 맑아 바닥이 환하게 들여다보이는데, 바닥에서는 구슬이 굴러 나오는 듯 옥이 떠오르는 듯 물이 보글보글 솟아났어요. 사방에 예닐곱 개 구멍이 나 있어 그리로 물이 흘러나와 삼 리 밖에 있는 논까지 흘러 들어가는데, 그때까지도 물은 여전히 따뜻했어요.

온천 위에는 세 칸짜리 정자가 있었어요. 안에는 뒷벽 가까운 쪽으로 여덟 개의 다리가 달린 긴 의자가 놓여 있고, 그 양옆으로 금박 무늬에 화려한 옻칠을 한 옷걸이가 하나씩 놓여 있었어요. 손오공은 속으로 기뻐하며 왱 날아가 옷걸이 위에 앉았어요. 여러분 보세요. 여인들은 물이 맑고 뜨거운 것을 보더니, 곧 목욕을 하려고 서둘러 옷을 벗어 옷걸이에 걸쳐놓고 다 같이 아래로 내려갔어요.

단추를 끌러 열고
비단 허리띠 매듭을 풀어헤치네.
부드러운 가슴 은처럼 희고
옥 같은 몸 마치 눈과 같구나.

팔뚝은 얼음이 깔린 듯 매끄럽고
향기로운 어깨는 분칠한 듯 희네.
배는 보드랍고 솜처럼 말랑말랑
등은 윤기 나고 깨끗하네.
무릎과 팔은 반 뼘 남짓
조그만 발은 세 치밖에 안 되어라.
중간에 품은 정은
풍류혈[2]에 드러나네.

褪放紐扣兒　解開羅帶結
酥胸白似銀　玉體渾如雪
肘膊賽冰鋪　香肩欺粉貼
肚皮軟又綿　脊背光還潔
膝腕半圍團　金蓮三寸窄
中間一段情　露出風流穴

여인들은 모두 물에 뛰어들어 저마다 철벅철벅 물방울을 튀기며 물장구를 치면서 장난을 했어요. 손오공이 중얼거렸어요.

“저것들을 때릴라치면, 이 여의봉으로 연못을 한 번 휘젓기만 해도 그야말로 ‘쥐 새끼들에게 끓는 물을 끼얹듯 단번에 몰살시킬 수 있지(滾湯潑老鼠 一窩兒都是死).’ 하지만 가엾구나! 가엾어! 단숨에 때려죽일 수도 있다만, 그래봤자 이 몸의 명성만 땅에 떨어질 뿐이로다. 자고로 ‘남자는 여자와 다투지 않는다(男不與女鬪)’는 속담도 있지 않던가? 나 같은 사내대장부가 이깟 계집애 몇 명 때려죽이는 건 정말 안 될 일이지. 아서라, 그러지 말고 도망갈 뒤를 끊는 작전인 절후계絶後計를 써서 물에서 나오지 못하

2 여인의 음부를 가리킨다.

도록 꼼짝 못 하게 하는 게 낫겠다."

멋진 제천대성! 그가 손가락을 구부려 결을 맺고 주문을 외며 몸을 한 번 흔들자 굶주린 매로 변신했어요.

깃털은 눈서리 같고
눈은 밝은 별 같네.
요사스런 여우가 보아도 혼이 쏙 빠지고
교활한 토끼가 만나도 간이 다 떨어지네.
강철 같은 발톱 날카로운 칼끝처럼 재빠르고
웅장한 자태 사나운 기운이 넘친다.
능숙히 발을 놀려 배를 채우고
직접 먹이를 쫓아 날아오르길 마다 않네.
차가운 만 리 천공 오르내리며
구름 뚫고 먹잇감을 찾아 어디로든 쫓아가네.

毛如霜雪　眼若明星
妖狐見處魂皆喪　狡兎逢時膽盡驚
鋼爪鋒芒快　雄姿孟氣橫
會使老拳供口腹　不辭親手逐飛騰
萬里寒空隨上下　穿雲檢物任他行

그는 휙 하고 날개를 펼쳐 앞으로 날아가며, 날카로운 발톱을 쫙 벌려 옷걸이에 걸어둔 여인들의 옷 일곱 벌을 모조리 낚아채 갔어요. 그리고 곧장 산을 넘어 본모습으로 돌아와 저팔계와 사오정에게 갔지요.

"얘들아, 이걸 좀 봐."

그러자 멍텅구리 저팔계가 사오정을 바라보며 싱긋 웃더니 말

했어요.

"알고 보니 사부님께서 전당포에 잡혀가신 게로군."

사오정이 물었어요.

"대체 무슨 말이오?"

"사형이 사부님 옷을 전부 다 빼앗아 온 게 보이지 않니?"

손오공이 옷을 내려놓으며 말했어요.

"이건 요괴들의 옷이야."

저팔계가 물었어요.

"무슨 옷이 이렇게 많아?"

"일곱 벌이야."

"어찌 이렇게 쉽사리, 그것도 몽땅 벗겨 올 수 있었소?"

"벗기긴 뭘 벗겼다고 그래? 알고 보니 이곳은 반사령이란 곳이고, 저 마을은 반사동이라고 부른다더라. 그 안에 여자 요괴 일곱이 사는데, 우리 사부님을 잡아다 동굴 안에 매달아 놓고 모두 탁구천으로 목욕하러 가더라고. 거기는 자연적으로 뜨거운 물이 가득 나오는 곳이야. 그것들은 모두 목욕을 한 뒤 사부님을 쪄 먹을 작정을 하고 있더군.

내가 뒤를 쫓아갔다가 그것들이 옷을 벗고 물에 들어가는 걸 보고는 때려죽일까 생각도 했지만, 여의봉을 더럽히고 또 내 명성까지 땅에 떨어질 것 같더라. 그래서 손은 대지 않고 굶주린 매로 변신해 그것들의 옷을 채 가지고 온 거야. 지금쯤 모두 부끄러워서 고개도 내밀지 못하고 물속에 쭈그리고 앉아 있을걸? 우리, 얼른 가서 사부님을 구출해 길을 떠나도록 하자."

저팔계가 웃으며 말했어요.

"형님, 형님은 무슨 일을 하든 늘 꼬리를 남겨두신단 말이오. 요괴를 만났으면 때려죽일 것이지 어째서 그대로 두었소? 그러고도 사부님을 구하러 가자고? 그것들이 지금이야 부끄러워 나오지 못한다 해도, 밤이 되면 틀림없이 나올 수 있을 거요. 또 집에는 입던 옷이 있을 테니 그걸 걸쳐 입고 우릴 쫓아오겠지.

뒤쫓아 오지 않는다손 치더라도 그것들이 이곳에 오래 머물러 살면, 우리가 경전을 구해 돌아올 적에 또 여길 지나야 된단 말씀이요. '길을 갈 때는 노잣돈이 없을지언정 주먹이 없어선 안 된다(寧少路邊錢 莫少路邊拳)'는 말도 있잖소? 돌아올 때 그것들이 길을 막고 시끄럽게 굴면 또 원수가 되지 않겠소?"

"그래, 네 말대로라면 어떻게 하자는 건데?"

"내 생각엔 먼저 요괴들을 죽이고 나서 사부님을 구하러 가는 게 좋겠소. 이게 바로 풀을 뽑을 땐 뿌리까지 깨끗이 없애버린다는 계책이지."

"난 때려죽이지 않으련다. 죽이려거든 네가 가서 해."

저팔계는 정신이 번쩍 나서 뛸 듯이 기뻐하며 쇠스랑을 들고 한달음에 탁구천으로 달려갔어요. 끼익 하고 문을 열어보니, 일곱 여인이 물속에 쭈그리고 앉아 옷을 채 간 매에게 욕설을 퍼붓고 있었어요.

"이런 못된 날짐승 같으니! 고양이에게나 씹혀 먹혀라! 우리 옷을 몽땅 채 가면 우리더러 어떻게 움직이란 말이야?"

저팔계가 그만 웃음을 참지 못하고 말했어요.

"보살님들께서 예서 목욕을 하고 계셨군요. 이 중도 함께 씻는 게 어떻겠소?"

요괴들이 그를 보고 벌컥 화를 내며 대꾸했어요.

"이 스님, 너무 무례하시군요! 우린 규중처녀들이요, 그쪽은 출가한 남정네잖아요? 옛날 책에 '남녀칠세부동석(七年男女不同席)'이란 말도 있는데, 세상에! 우리랑 같은 탕에서 목욕을 하겠

반사동의 거미 요괴가 삼장법사를 유혹하고, 저팔계가 요괴들을 희롱하다

다니요!"

"날씨가 푹푹 찌니, 원, 어쩔 수가 없어 그러오. 잠깐 씻게 그냥 좀 봐주시구려. 무슨 옛날 책 타령이나 하며 동석이니 부동석이니 그러지 말고!"

멍텅구리는 다짜고짜 쇠스랑을 내던지고 검은 무명 승복을 훌훌 벗더니 풍덩 하고 물속에 뛰어들었어요. 요괴들은 약이 바짝 올라 일제히 달려들어 때리려 했어요. 하지만 저팔계가 물에 익숙한 줄 누가 알았나요?

저팔계는 물속에 들어가자 몸을 한 번 흔들어 곧 한 마리 메기 정령으로 변했어요. 요괴들이 모두 메기를 잡으려 덤벼들었지만 도무지 잡히지가 않았어요. 동쪽에서 잡으려면 스르륵 서쪽으로 빠져나가고, 서쪽에서 잡으려면 스르륵 동쪽으로 빠져나갔어요. 그렇게 메기는 미끌미끌 쏙쏙 찍찍 요괴들 다리 사이로 쑤시고 돌아다녔지요.

원래 그 물이 가슴팍에 닿을 만큼 깊은지라, 저팔계가 물 위에서 또 밑에서 한참 맴돌고 나자, 요괴들은 모두 기진맥진해 씩씩 숨이 차서 정신을 못 차렸어요.

저팔계는 그제야 물 밖으로 뛰쳐나와 본모습을 드러내고 승복을 입은 뒤, 쇠스랑을 집어 들고 호통을 쳤어요.

"내가 누구게? 너희들은 내가 메기 정령인 줄 알았지롱?"

요괴들은 그 모습을 보고 깜짝 놀라 벌벌 떨며 저팔계에게 말했어요.

"처음엔 스님이시다가 물속에선 메기로 변하여 잡을래야 잡을 수가 없더니, 이번엔 또 그런 모습으로 변하시다니요. 도대체 어디서 오신 거예요? 이름을 꼭 좀 말씀해주세요."

"이런 못된 요괴들! 정말 날 모른단 말이렷다! 나는 동녘 땅 위대한 당나라에서 경전을 가지러 가는 삼장법사의 제자로서, 바로 천봉원수 팔계 저오능이시다. 너희들, 우리 사부님을 동굴에 매달아 놓고 쪄 먹을 요량이지? 우리 사부님을 어디 그렇게 호락호락 쪄 먹을 수 있을 줄 아느냐? 어서 머리를 이리 내밀어라. 이 쇠스랑으로 하나씩 찍어 아주 깨끗이 없애주마!"

요괴들은 이 말을 듣더니 혼비백산하여 당장 물속에서 무릎을 꿇고 절하며 말했어요.

"나리, 제발 한 번만 용서해주세요! 눈은 있으나 눈동자는 없다고, 저희가 나리의 사부님을 알아뵙지 못했습니다. 동굴에 매달아 놓긴 했지만 때리거나 괴롭힌 적은 없습니다. 자비심을 베푸시어 목숨만 살려주시면, 저희가 여비를 마련해 사부님을 서천으로 모셔다드리겠어요."

저팔계가 손을 내저으며 말했어요.

"그따위 말은 필요 없다. '사탕 장수에게 한 번 속고 나면 두 번 다시 사탕발림한 말을 믿지 않는다(曾着賣糖君子哄 到今不信口甛人)'는 속담도 있어, 암, 맞는 말이고말고. 쇠스랑 한 대씩 맞고 각자 제 갈 데로 가거라!"

멍텅구리는 우악스럽고 거친 성미에 솜씨를 보일 줄만 알았지, 어디 아름다운 여인을 아끼는 마음이 있었겠어요? 그는 쇠스랑을 들더니 다짜고짜 달려들어 마구 내리찍었어요. 요괴들은 당황하여 허둥지둥, 무슨 창피함 같은 건 생각할 겨를도 없었어요. 그저 목숨이 소중한지라, 손으로 부끄러운 부분만 가리고 물속에서 뛰쳐나와 모두 정자 안으로 뛰어들어 가서는 술법을 부리기 시작했어요. 그러자 그녀들 배꼽에서 술술 명주 끈이 밀려 나와 하늘을 뒤덮을 만큼 엄청난 그물을 엮더니, 그 속에 저팔계를 가둬 버렸어요.

멍텅구리가 순간 고개를 들어 보니 하늘의 해가 보이지 않는지라 즉시 몸을 빼 밖으로 뛰쳐나가려 했지만, 한 걸음도 떼놓을 수가 없었어요. 알고 보니 다리에 끈이 휘감겨 있었고, 온 땅이 전부 끈투성이라 발을 조금이라도 움직이면 걸려 자빠지게 되어 있었어요. 저팔계는 왼쪽으로 가려다 머리를 땅바닥에 부딪치며 엎어지고, 오른쪽으로 가려다 거꾸로 처박히고, 급히 돌아서려다 또 주둥이를 땅에 처박고, 기어 일어나려다 또 곤두박질을 쳤어요.

몇 번을 그렇게 자빠지고 넘어졌는지, 멍텅구리는 그만 온몸이 저리고 맥이 풀려 머리가 빙빙 돌고 눈앞이 어질어질해서, 아예 기지도 못하고 땅바닥에 뻗어 끙끙 앓고 있었어요.

요괴들은 그를 가둔 뒤 때리지도 않고 해치지도 않은 채, 하나하나 문을 뛰쳐나와 그물로 햇빛을 가리고 동굴로 돌아갔어요. 돌다리에 이르자 진언을 외니 순식간에 그물이 거두어졌지요. 요괴들은 발가벗은 채 동굴로 뛰어들어 거시기를 가리고 히히덕거리며 삼장법사 앞을 지나 뛰어갔어요. 그리고 돌로 만든 방에 들어가 옷을 꺼내 입고 곧장 뒷문 어귀로 가 서서 큰 소리로 "얘들아, 어디 있느냐?" 하고 외쳤어요.

원래 그 요괴들에겐 각자 아들이 하나씩 있었는데, 직접 낳은 것은 아니고 모두 수양아들이었어요. 아들의 이름은 각각 밀蜜, 마螞, 노蠦, 반班, 맹蜢, 사蜡, 청蜻이라 했어요. 밀은 꿀벌, 마는 나나니벌, 노는 검은 벌, 반은 가뢰, 맹은 등에, 사는 초파리, 청은 왕잠자리였지요. 원래 이 요괴들은 하늘에다 실그물을 쳐놓고 이 일곱 곤충을 붙잡아 먹어치우려 했어요. 그런데 '날짐승에겐 날짐승의 말이 있고 들짐승에겐 들짐승의 말이 있다(禽有禽言 獸有獸語)'는 옛말처럼, 당시 이 곤충들이 목숨을 살려주면 어머니로 모시겠노라 애원을 했어요. 그 후로 이들은 봄이면 온갖 꽃을 찾아다니며 꿀을 따 바치고 여름이면 꽃가루를 날라다가 요괴들에게 효성을 다했지요. 그런데 갑자기 이렇게 부르는 소리가 들리자 일곱 아들은 일제히 앞으로 나와 물었어요.

"어머니, 무슨 분부가 계십니까?"

"얘들아! 아침에 우리가 당나라에서 온 중을 잘못 건드렸다가 그놈의 제자에게 붙들려 온천 속에 갇힌 채 톡톡히 창피를 당하고, 하마터면 목숨까지 잃을 뻔했구나. 너희들 어서 문밖으로 가서 그놈을 쫓아버리도록 해라. 이기거든 외삼촌댁으로 찾아오너라."

요괴들이 그들의 사형 집으로 도망가 입을 놀려서 말썽을 일으키게 되는 일은 더 이상 얘기하지 않겠어요.

여러분 보세요. 이 곤충들이 저마다 주먹을 문지르고 손바닥을 비비며 적을 맞아 싸우러 나왔어요.

한편, 저팔계는 넘어져서 어리벙벙 넋이 나가 있다가 문득 고개를 들어 보니, 어느새 그물이 모두 사라지고 없었어요. 그제야 더듬더듬 기어 일어나 어지러움을 참으며 왔던 길로 되돌아갔어요. 손오공을 보자 저팔계는 손을 부여잡고 이렇게 말했어요.

"형님, 지금 내 머리가 퉁퉁 붓고 얼굴은 시퍼렇지 않소?"

"어찌된 일이냐?"

"그놈의 명주 끈에 덮어씌워져서 다리에 끈이 감겨 몇 번이나 넘어졌는지 몰라요. 허리가 끌리고 등이 꺾일 정도라 한 발자국도 떼놓을 수가 없었소. 지금 겨우 그물이 모두 없어져서 간신히 목숨을 부지해 돌아온 거라오."

사오정이 그 모습을 보고 말했어요.

"망했다, 망했어! 형은 오히려 말썽만 만들어놓고 왔구려! 그 요괴들은 분명 동굴로 돌아가 사부님을 해치려 할 거요. 얼른 가서 구합시다."

손오공은 그 말을 듣기가 무섭게 달려 나갔고, 저팔계도 말을 끌고 급히 그 집 앞으로 따라왔어요. 그런데 돌다리 위에서 일곱 마리 졸개 요괴들이 길을 가로막았어요.

"게 서라! 우리들이 여기 있다!"

손오공이 그들을 보고 코웃음을 쳤어요.

"가소롭구나! 모두 쬐그마한 난쟁이 녀석들이잖아? 큰 놈이라고 해봐야 두 자 반 정도, 세 자도 안 되고, 무게도 기껏해야 일고여덟 근이나 나가려나? 열 근도 안 되겠는걸!"

그러고는 호통을 쳤어요.

"네놈들은 누구냐?"

"우리는 일곱 선녀의 아들이다. 우리 어머니를 욕되게 하고, 또 감히 분수도 모르고 여길 찾아오다니. 꼼짝 말고 게 서라! 이거나 받아라!"

멋진 요괴! 그들은 하나같이 주먹을 휘두르고 발을 구르며 우르르 덤벼들었어요. 그렇잖아도 된통 넘어져 성질이 나 있던 저팔계는 그 조그만 벌레들이 까부는 걸 보자 화가 치밀어 노발대발 사정없이 쇠스랑을 휘둘러댔어요. 요괴들은 멍텅구리가 사납게 나오자 모두 제 모습을 드러내 공중으로 날아오르며 "변해랏!" 하고 외쳤어요. 그러자 순식간에 한 마리가 열 마리로, 열 마리가 백 마리로, 백 마리가 천 마리로, 천 마리가 만 마리로, 그야말로 수를 헤아릴 수 없게 늘어났어요.

하늘을 뒤덮어 초파리가 날고

땅 가득히 왕잠자리가 춤추네.
꿀벌과 나나니벌은 이마를 겨냥하고
검은 벌은 눈을 찌르네.
가뢰는 앞뒤에서 깨물고
등에는 아래위에서 물어대네.
얼굴을 향해 온통 새카맣게 몰려드니
윙윙 날갯소리에 귀신도 기겁을 하네.

滿天飛抹蜡　徧地舞蜻蜓
蜜螞追頭額　蠦蜂扎眼睛
班毛前後咬　牛蝠上下叮
撲面漫漫黑　翛翛鬼神驚

저팔계가 당황해서 말했어요.

"형님, 경전을 구하기 쉬울 거라더니, 서방으로 가는 길엔 웬 벌레들까지 사람을 골탕 먹이는 거요?"

"겁내지 말고, 얼른 앞으로 나가 공격해!"

"머리며 얼굴이며 위아래 온몸을 수십 겹씩 에워싸고 침을 쏘아대는데 어떻게 공격하란 말이야?"

"괜찮아! 괜찮아! 내게 다 방법이 있으니까."

"형님, 방법이 있으면 빨리 해보시오. 순식간에 이 까까머리가 모두 퉁퉁 부었잖아요!"

멋진 제천대성! 그는 털을 한 주먹 뽑아 잘근잘근 씹다가 훅 내뿜으며 "황黃, 마麻, 숭䳨, 백白, 조鵰, 어魚, 요鷂로 변해라!" 하고 외쳤어요. 저팔계가 말했어요.

"형님, 황이니 마니 하는 건 또 무슨 전문용어요?"

"모르는 소리. 황은 황응黃鷹, 마는 마응麻鷹, 숭은 숭응䳨鷹, 백은

백응白鷹, 조는 조응鵰鷹, 어는 어응魚鷹, 요는 요응鷂鷹이지. 저 요괴의 아들놈들이 일곱 가지 벌레니까 내 털은 일곱 가지 매로 변한 거야."

매들은 벌레를 가장 잘 잡아먹는지라 한 입에 하나씩, 발톱으로 할퀴고 날개로 치면서 순식간에 모조리 잡아 죽였어요. 온 하늘은 흔적도 없이 깨끗해지고 대신 땅엔 몇 자나 되게 벌레들이 쌓였지요.

세 형제가 그제야 다리를 지나 바로 동굴로 들어가 보니 삼장법사가 대롱대롱 매달려 엉엉 울고 있는 것이었어요. 저팔계가 다가가 말했어요.

"사부님, 사부님이 여기에 오셔서 매달려 놀러 오신 덕분에, 그동안 제가 얼마나 자빠지고 넘어지고 했는지 모릅니다."

사오정이 말했어요.

"우선 사부님을 풀어드리고 나서 얘기합시다."

손오공이 밧줄을 끊어 삼장법사를 내려주었어요. 그리고 모두 물었어요.

"사부님, 요괴들은 어디로 갔습니까?"

"그 일곱 요괴들 모두 벌거벗은 채 저 뒤쪽으로 아들들을 부르러 갔다."

"애들아, 나와 함께 찾으러 가자!"

셋은 각기 자기 무기를 지니고 뒤뜰로 가서 찾아보았지만, 요괴들은 그림자도 보이지 않았어요. 복숭아나무며 살구나무며 모두 올라가 구석구석 찾아보았지만 전혀 보이지 않았지요. 저팔계가 말했어요.

"튀었군! 튀었어!"

사오정이 말했어요.

"더 찾을 필요 없겠어요. 사부님을 부축해 길을 떠납시다."

형제들은 다시 앞으로 돌아와 삼장법사를 말에 오르게 했어요.

"사부님, 이제부터 공양 구하는 일은 저희에게 시키십시오."

"얘들아, 앞으론 굶어 죽는 한이 있어도 다신 내 멋대로 나서지 않으마."

저팔계가 말했어요.

"사부님을 모시고 먼저 가 계시구려. 이 몸은 쇠스랑으로 이놈의 집을 부숴버려야겠소. 그 요괴들이 돌아와도 오갈 데가 없도록 말이야."

손오공이 웃으며 말했어요.

"부숴버리는 건 아무래도 힘이 들 게 아냐? 차라리 땔나무를 가져다 불을 질러 아예 끝장을 내버리는 게 나을걸?"

멋진 멍텅구리! 그가 썩은 소나무와 부러진 대나무, 마른 버들과 등나무를 구해다 불을 놓으니, 그 집은 활활 이는 불길에 깨끗이 타버렸어요. 스승과 제자 일행은 그제야 마음을 놓고 다시 길을 떠났어요.

아! 이번에 그 요괴들이 결국 어떻게 될지는 알 수 없으니, 이에 대해서는 다음 회를 들어 보시라.

제73회

삼장법사, 다목 요괴의 독에 당하다

그러니까 손오공은 삼장법사를 모시고 저팔계, 사오정과 함께 바삐 큰길로 나아가 계속 서쪽으로 갔지요. 얼마 안 되어 누각이 즐비하고 전각이 솟아 있는 곳이 나타나자, 삼장법사가 고삐를 잡아당기며 말했지요.

"얘들아, 저기는 어떤 곳일까?"

손오공이 고개를 들어 바라보니 이런 모습이었지요.

산은 누각을 빙 둘러싸고
시냇물은 정자를 돌아 흐르고 있구나.
문 앞에는 온갖 나무 빽빽이 들어서 있고
집 밖의 이름 모를 꽃들 향기로워라.
버드나무에 깃든 백로는
연기 속의 옥처럼 티 없이 희고
복숭아나무에서 지저귀는 꾀꼬리는
불 속의 황금처럼 빛나는구나.
쌍쌍이 어울린 들노루

푸른 풀밭 한가로이 밟고 노닐고
짝 이룬 산새
높은 가지와 단풍나무 끝에서 속삭이는구나.
정말 한나라 유신劉晨과 완조阮肇과 보았던 천대산天臺山의 선계仙界 같고
신선이 산다는 낭원閬苑에 뒤지지 않도다.

山環樓閣　溪遶亭臺
門前雜樹密森森　宅外野花香豔豔
柳間棲白鷺　渾如煙裡玉無瑕
桃內囀黃鶯　却是火中金有色
雙雙野鹿　忘情閑踏綠莎茵
對對山禽　飛語高枝紅樹杪
眞如劉阮天臺洞　不亞神仙閬苑家

"사부님, 저곳은 왕후의 저택도 부호의 집도 아니고, 절이나 도관道觀 같아요. 가보면 알게 되겠지요."

삼장법사는 이 말을 듣고 채찍질을 하며 길을 재촉했지요. 삼장법사 일행이 문 앞에 이르러 보니, 문 위에 '황화관黃花觀'이라고 적힌 석판이 걸려 있었어요. 삼장법사가 말을 내리자 저팔계가 냉큼 나섰지요.

"황화관이란 도사의 집입니다. 안으로 들어가 한번 만나보는 것도 좋겠네요. 그들과 우리는 차림새는 달라도 수행한다는 점에서는 같으니까요."

사오정도 맞장구를 쳤어요.

"그래요. 들어가 보시지요. 구경도 하고 말도 좀 먹이고, 괜찮으면 공양을 받아서 사부님 드시게 할 수도 있으니."

그 말을 따라 모두가 안으로 들어갔어요. 들어가 보니 문 위에 "노란 싹 피어나고 흰 눈에 덮인 신선 집, 요초와 기화가 있는 도사 집(黃芽白雪神仙府 瑤草琪花羽士家)"이라는 춘련春聯이 걸려 있었어요. 손오공이 이것을 보고 웃으며 말했지요.

"여기 사는 자는 풀 태워 단약丹藥을 만들고 화로에 불을 지피고 약 항아리나 들고 다니는 도사로군."

삼장법사가 손오공을 한 번 꼬집었지요.

"말조심해라! 우리는 여기 사는 사람과 안면도 없고 또 친분도 없다. 잠시 만났다 헤어지는 것인데 뭐하러 이러쿵저러쿵해?"

그 말이 끝나기도 전에 두 번째 문으로 들어가 보니 정전正殿은 굳게 닫혀 있고, 도사 하나가 동쪽 회랑에 앉아 환약을 만들고 있었어요. 그 도사가 어떻게 생겼는지 볼까요?

선명한 붉은 바탕에 금빛 꽃무늬 모자 쓰고
짙은 검은색 오조복을 입고
파란 운두리를 신고
누런빛 번쩍이는 여공조 띠 매었네.
길고 근엄한 얼굴에
눈은 밝은 별 같구나.
높게 솟은 코는 회족回族 같고
뒤집혀 말린 입술은 타타르Tatar 사람 같네.
도를 향한 일편단심에 뇌성벽력을 숨기고 있어
호랑이와 용을 꼼짝 못 하게 하는 진짜 도사일세.

戴一頂紅艷艷戧金冠　穿一領黑淄淄烏皂服
踏一雙綠陣陣雲頭履　繫一條黃拂拂呂公縧
面如瓜鐵　目若朗星

準頭高大類回回　唇口翻張如鞋鞋
道心一片隱轟雷　伏虎降龍眞羽士

삼장법사는 그를 보고 큰 소리로 불렀지요.

"도사님, 안녕하신지요?"

급히 고개를 든 도사가 당황해하며 약을 내려두고, 비녀를 누르며 의관을 바로잡고 계단을 내려와 맞았지요.

"스님, 인사가 늦었습니다. 안으로 드시지요."

삼장법사가 기뻐하며 정전 문을 열고 들어가 보니 삼청三淸*의 신상神像이 모셔져 있고, 탁자에는 화로와 향이 놓여 있었어요. 삼장법사는 분향을 하고, 신상 주위를 세 번 도는 삼잡三匝의 예를 올리고 도사에게도 인사했어요. 그러고는 자리를 잡고 제자들과 함께 앉았지요. 도사가 선동에게 차를 내오라고 재촉하자, 선동 둘이 안으로 들어가서 차 쟁반을 찾고 찻잔을 씻고 찻숟가락을 닦고 다과를 준비하면서 부산을 떨었는데, 그것이 그만 저 여자 요괴들을 놀라게 했지요.

원래 그 반사동의 일곱 여자 요괴는 이 도사와 함께 공부하던 사이였는데, 헌옷으로 갈아입고 아이들을 불러낸 뒤에 곧장 여기에 와 있었던 것이지요. 여자 요괴들은 뒤쪽에서 옷을 마름질하고 있다가 동자들이 차 준비하는 것을 보고 물었어요.

"얘, 누가 왔기에 이렇게 분주하니?"

"방금 스님 네 분이 오셨는데 사부님께서 차를 내오라고 하셨습니다."

"그중에 얼굴이 하얗고 풍채 좋은 중이 있더냐?"

"예."

"그러면 주둥이가 길고 귀가 큰 중은?"

"있던걸요."

"너 빨리 차를 가지고 들어가서 네 스승께 눈짓해서 이곳으로 오시라고 해라. 우리가 긴히 할 말이 있으니."

선동은 차 다섯 잔을 가지고 들어갔어요. 도사는 옷깃을 여미고 두 손으로 잔을 들어 삼장법사에게 건네고 난 후 저팔계, 사오정, 손오공의 순으로 잔을 돌렸어요. 선동은 삼장법사 일행이 차를 다 마시자 찻잔을 거두고 도사에게 눈짓을 했지요. 도사는 허리를 굽히며 "잠시만 앉아 계십시오" 하고, 선동에게 이렇게 당부했어요.

"얘야, 차 쟁반은 내려놓고 스님들 시중을 들고 있어라. 내 잠깐 나갔다 오겠다."

그리하여 삼장법사 일행이 선동과 함께 정전을 나와 경치를 구경한 일은 더 말하지 않겠어요.

한편, 도사가 방장方丈으로 들어가 보니, 일곱 여자 요괴가 일제히 무릎을 꿇고 말했어요.

"사형, 사형! 저희들 말 좀 들어보세요."

도사는 그들을 일으켜 세웠지요.

"너희들이 아침 일찍 왔을 때 내게 할 말이 있는 줄 알았다만, 마침 오늘이 환약을 만드는 날이고 게다가 그 약은 여자들이 보아서는 안 될 약이기에 상대해주지 못했구나. 또 지금은 밖에 손님이 계시니, 할 말이 있더라도 나중에 천천히 듣자꾸나."

"사형, 제발 들어주세요! 이 일은 바로 그 손님들이 왔기 때문에 말씀드리는 거예요. 그들이 가버리고 나면 얘기해봤자 소용없어요."

"허허허, 마침 그 손님이 왔기 때문이라니? 너희들, 미친 게 아니냐? 나는 깨끗이 수도하는 몸이야. 설사 돌봐야 할 부모와 처자가 있는 속인이라 해도 손님이 가고 난 뒤 일을 처리하는 법이거늘, 어찌 너희들은 어리석게 나더러 추태를 보이라는 게냐? 난 나가봐야겠다."

여자 요괴들이 일제히 도사를 붙잡으며 말했어요.

"사형! 노여워 마세요. 그런데 저 손님들은 어디서 오셨대요?"

도사가 침을 퉤 뱉으며 대답하지 않자, 여자 요괴들이 말했어요.

"방금 동자가 차를 가지러 들어올 때 물어보니 중이 네 명이라지요?"

도사는 벌컥 성을 내었어요.

"중이 뭐 어때서?"

"네 명의 중 가운데 흰 얼굴에 풍채가 좋은 자가 있고, 기다란 주둥이에 큰 귀를 가진 자가 있을 텐데, 사형은 그들이 어디서 왔는지 물어보셨나요?"

"그런 사람 둘이 있긴 한데, 너희들이 어떻게 알았느냐? 어디에서 만나기라도 한 모양이구나."

"사형은 모르실 거예요. 그 중은 당나라의 사신으로 서역으로 경전을 가지러 가는 자예요. 오늘 아침 우리 동굴 앞에서 동냥을 하는데 저희들이 당나라 중이라는 말을 듣고 붙잡아둔 적이 있지요."

"붙잡아서 뭐 하려고?"

"당나라 중은 열 세상을 돌며 수행한 훌륭한 몸이라, 그 살을 한 점만 먹어도 장생할 수 있다는 말을 오래전부터 들어왔던 터라 붙잡은 것이지요. 그런데 주둥이가 길고 귀가 큰 놈이 우리를 탁구천에 가두고는 옷을 빼앗더니, 나중에는 수를 써서 강제로 우리들과 함께 목욕을 하려 하니 막을 수가 없었어요. 그놈은 물로 뛰어들어 메기로 변하더니 우리 가랑이 사이를 이리저리 누비고 다니면서 간음을 하려고 했어요. 얼마나 뻔뻔하던지!

그러더니 물 밖으로 튀어 나가 본모습을 드러냈어요. 하지만 우리가 상대해주지 않자 갈퀴가 아홉 개나 달린 쇠스랑을 휘둘러 죽이려고 했어요. 우리가 조금이라도 식견이 없었다면 아마 그자의 독수毒手에 해를 당했을 거예요. 그래서 두려워 떨며 살기 위해 도망쳤어요. 그리고 사형 조카들을 시켜 싸우게 했는데 생사를 알 수가 없네요. 저희들이 이렇게 사형께 찾아왔으니, 지난날 함께 공부했던 정을 보아서라도 지금 원수를 갚아주세요."

도사가 이 말을 듣고 머리끝까지 화가 치밀어 안색이 변했어요.

"알고 보니 저 중놈들이 그렇게 돼먹지 못한 놈들이었군! 저런 철면피들 같으니! 안심해라. 내가 손봐주지."

여자 요괴들이 감사해했어요.

"사형께서 손을 쓰신다면 저희도 거들겠어요."

"그럴 거 없다. 필요 없어. '먼저 선수를 쳐서 남을 공격하면 도리상 3할은 지는 거다(一打三分低)'라는 말도 있지 않더냐. 너희들은 나를 따라와라."

여자 요괴들이 좌우로 따라나서자, 도사는 방으로 들어가 사다리를 가지고 침상 뒤를 돌아 대들보 위로 올라가더니 작은 가죽상자를 들고 내려왔어요. 그 상자는 높이가 대략 여덟 치 정도에 길이는 한 자 정도, 폭이 네 치 정도였는데, 조그만 구리 자물쇠가 채워져 있었지요. 도사는 소매에서 연노랑 비단 수건을 꺼내더니, 수건 술에 매달린 작은 열쇠로 자물쇠를 열고 약 한 봉지를 꺼냈는데, 그것은 바로 이런 약이었지요.

산속 온갖 새들의 똥

쓸어 모으니 천 근이 넘네.
구리 솥에 끓이고 달이며
불도 적당히 조절하지.
천 근을 달여 한 되가 되게 하고
한 되가 다시 세 푼이 될 때까지 정련하네.
세 푼이 되면 다시 볶고
다시 불을 때서 또 쪄내지.
이 독약이 만들어지면
귀하기가 보물과 진배없네.
만일 맛을 보기라도 한다면
입에 대는 즉시 염라대왕을 만나리라!

山中百鳥糞　掃積上千斤
是用銅鍋煮　煎熬火候匀
千斤熬一杓　一杓煉三分
三分還要炒　再煅再重薰
製成此毒藥　貴似寶和珍
如若嘗他味　入口見閻君

도사가 여자 요괴들에게 말했어요.

"동생들아, 이 보물은 보통 사람들은 한 리厘[1]만 먹어도 즉사하고, 신선이라도 세 리 정도면 끝장이지. 저 중들도 제법 도를 좀 닦은 것 같으니 세 리 정도는 써야 될 게다. 얼른 가서 저울을 가져오너라."

여자 요괴 중 하나가 서둘러 저울을 가져왔지요.

1　1리는 0.05그램이다.

"한 푼[2] 두 리를 달아 넷으로 나누면 되겠군요."

도사는 붉은 대추 열두 개를 꺼내더니 껍질을 조금 찢고 독약을 한 리씩 집어넣고 네 개의 찻잔에 담았어요. 또 검은 대추 두 개를 따로 찻잔에 담아 쟁반에 얹고 여자 요괴들에게 말했어요.

"내가 가서 물어보마. 당나라에서 온 중들이 아니라면 그만이겠지만, 당나라에서 온 놈들이라면 차를 다시 내오게 할 터이니, 너희들은 이것을 아이에게 들려 보내라. 이것을 마시자마자 모두 저승길로 갈 테니, 너희들의 원수도 갚고 화도 풀게 될 게다."

일곱 여자 요괴들은 감사해 마지않았어요.

도사는 옷을 갈아입고 짐짓 공손한 태도로 밖으로 나가, 삼장법사 일행에게 자리를 권하며 말했지요.

"스님들, 죄송합니다. 방금 들어가서 애들더러 청경채와 무 등으로 정갈한 공양을 준비시키느라 자리를 비웠습니다."

"소승은 빈손으로 이렇게 왔는데 공양 준비까지 하시다니요?"

"허허허, 여러분들이나 저나 모두 출가한 사람들이니, 산문만 들어서면 석 되의 쌀이 있지 않습니까? 무슨 빈손 운운하십니까? 그런데 스님은 어디 분이시며, 여기는 무슨 일로 오셨는지요?"

"저는 동녘 땅 위대한 당나라 천자의 어명을 받들어 서역 대뇌음사로 경전을 가지러 가는 승려입니다. 귀 도관을 지나는 길에 잠시 인사나 드릴까 하고 들렀습니다."

도사는 이 말을 듣고 만면에 웃음을 지으며 말했어요.

"스님은 충성스럽고 덕이 높으신 불자이시군요. 제가 무지해서 멀리 마중도 못 나갔습니다. 용서하십시오!"

그리고 밖을 향해 소리쳤어요.

"얘야, 빨리 가서 차를 다시 내오너라. 공양 준비도 어서 하고."

2 1푼은 0.6 그램이다.

선동이 달려 들어가자 여자 요괴들이 손짓해 불렀어요.

"여기 준비해놓은 차가 있으니 내가렴."

그 말대로 선동은 차 다섯 잔을 내갔지요. 도사는 황급히 두 손으로 붉은 대추가 든 차 한 잔을 삼장법사에게 건넸어요. 그리고 체격이 큰 저팔계를 수제자로, 사오정을 둘째 제자로, 체격이 작은 손오공을 셋째 제자로 생각한 도사는 손오공에게 네 번째로 찻잔을 건네었지요. 손오공은 눈썰미가 있는지라, 찻잔을 받아 들 때 이미 도사의 쟁반 위에 놓인 찻잔에는 검은 대추가 두 개 들어 있는 걸 알아챘어요.

"선생, 차를 바꿔 마십시다."

"허허허, 솔직히 말씀드리리다. 저는 산속에 사는 가난한 도사라 다과를 마련해놓지 못했습니다. 조금 전 뒤꼍에 가서 직접 쓸 만한 과일을 찾아보니 붉은 대추 열두 개뿐이라, 찻잔 네 개에 나누어 올린 것입니다. 또 제 것을 비워 두기가 뭐해서 빛깔이 나쁜 대추 두 개를 넣었지요. 이는 제 작은 성의입니다."

"하하하, 무슨 그런 말씀을? '집에 앉아 겪는 가난은 가난도 아니니, 나그네 되어 겪는 가난은 사람을 잡는다(在家不是貧 路貧貧殺人)'는 옛말도 있지요. 댁은 그래도 집에 계시는 분인데 어째서 가난을 얘기하십니까? 우리 같은 행각승이야말로 진정한 가난뱅이라 할 수 있지요. 저하고 바꿔 마십시다, 바꿔 마셔요!"

듣고 있던 삼장법사가 말했어요.

"오공아, 이 도사님이 손님을 생각하는 마음에서 그러시는 거니 그냥 마시도록 해라. 어째 바꿔 마신다고 난리냐?"

손오공은 어쩔 수 없이 왼손으로 찻잔을 받아 오른손으로 가리고 일행을 지켜봤어요.

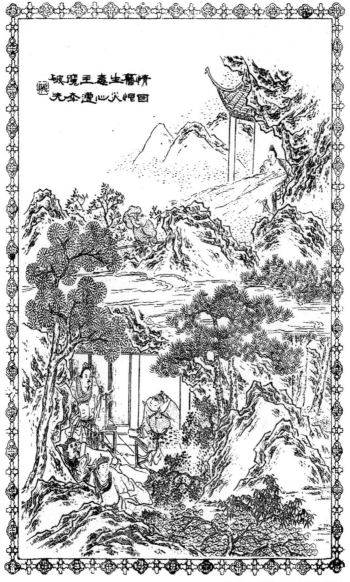

삼장법사 일행이 독이 든 차를 마시다

저팔계는 배도 고프고 목도 말랐던 데다 원래 밥통이 큰 녀석인지라, 찻잔에 동동 뜬 붉은 대추 세 개를 보고는 잔을 집어 들고 모두 꿀꺽 삼켜버렸어요. 그리고 삼장법사와 사오정도 차를 마셔버렸어요. 순식간에 저팔계의 얼굴은 흙빛으로 변하고, 사오정은 줄줄 눈물을 흘리고, 삼장법사는 입에 게거품을 물었어요. 그들은 모두 앉아 있지 못하고 바닥에 쓰러져버렸어요. 손오공은 독이 들었다는 것을 알아차리고 찻잔을 들어 도사를 향해 던졌어요. 도사가 옷소매로 막아내자 찻잔은 쨍그랑 산산조각이 났어요. 도사가 성을 냈지요.

"이놈의 중이 험악하기도 하구나! 어째서 내 찻잔을 박살 냈느냐?"

"짐승 같은 놈! 봐라, 저 세 사람들에 대해선 뭐라고 할 테냐! 우리가 너한테 뭘 어쨌다고 찻잔에 독약을 넣었느냐?"

"미련한 놈! 너희가 화를 자초하고도 모른단 말이냐?"

"우리는 방금 여기 와서 막 인사를 나누었을 뿐 큰소리 한 번 친 적이 없는데, 무슨 화를 자초했다는 거냐?"

"너희들 반사동에 동냥하러 간 적이 있지? 또 탁구천에서 목욕도 했잖아?"

"탁구천이라면 일곱 여자 요괴를 말하는 거로군. 이런 얘기를 하는 걸 보니, 너도 분명 그것들과 붙어먹는 놈이거나 요괴가 분명하구나. 도망가지 마라! 내 여의봉 맛이나 봐라!"

멋진 제천대성! 그는 귓속에서 여의봉을 꺼내 한 번 흔들어 사발만 한 굵기로 만들더니, 도사의 얼굴을 향해 내리쳤어요. 도사는 재빨리 몸을 돌려 피하더니, 칼 한 자루를 쥐고 맞섰지요. 둘이 고래고래 욕하고 싸우는 소리에 안쪽의 여자 요괴들이 놀라서 일제히 몰려나왔어요.

"사형, 염려 마세요. 저희들이 저놈을 잡을 테니."

손오공은 그들을 보자 더 화가 끓어올라, 두 손으로 여의봉을 돌리며 공세를 펼치고 돌진해서 마구 휘둘러댔어요. 그러자 일곱 여자 요괴들은 옷섶을 풀어 흰 눈 같은 배를 드러내더니 배꼽으로 술법을 부렸는데, 후루룩후루룩 어지럽게 끈을 뽑아 하늘을 촘촘히 가리고 손오공을 덮어버렸어요.

손오공은 일이 여의치 않자 몸을 뒤집으며 주문을 외어 근두운을 타고 펑 하며 덮개를 찢고 도망쳤어요. 손오공이 간신히 성질을 누른 채 씩씩거리며 공중에 서서 살펴보니, 여자 요괴들의 실이 반짝반짝 빛나며 이리저리 얽혀 있는 것이 마치 베틀에 걸쳐진 날실과 씨실 같았어요. 순식간에 황화관의 누대와 전각은 형체도 없이 실에 덮여버렸어요.

"굉장하군! 굉장해! 저런 상대는 처음인걸? 저팔계가 놀라 자빠질 만하군! 그럼, 이제 어떻게 해야 하나? 사부님과 동생들까지 독약에 중독돼버렸고, 저것들이 합심해 싸우는데 그 내력조차 알 수 없으니 말이야. 다시 여기 토지신에게 물어봐야겠군."

멋진 제천대성! 그는 구름을 내리고 손가락을 구부려 결을 맺더니, "옴" 하고 주문을 외어 토지신을 끌어냈어요. 토지신은 부들부들 떨며 길옆에 꿇어앉아 머리를 조아렸어요.

"제천대성님! 사부님을 구하러 가신다더니 무슨 일로 돌아오셨습니까?"

"사부님을 구하긴 했는데, 얼마 안 가서 황화관이라는 곳에 이르렀지. 그래서 사부님을 모시고 들어갔더니 주인이 나와 맞이하더군. 막 인사를 나누었는데, 그놈이 독약 든 차를 먹여 사부님과 동생들이 쓰러져버렸어. 다행히 나는 차를 마시지 않았기에 여의봉으로 좀 두들겨주려 했는데, 그놈이 반사동에서 동냥한 얘기며 탁구천에서 목욕한 얘기를 꺼내더군. 그래서 그놈도 요괴란 걸 알아차렸지. 그래서 한바탕 치고받는데, 그 일곱 여자 요괴가 뛰쳐나와 실을 토해내잖아? 이 어르신이 다행히 그 수를 알아차리고 도망쳐 나왔지. 그런데 너는 이곳 토지신이니 놈들의 내력을 알 테지? 그것들은 무슨 요괴이더냐? 이실직고하면 때리지 않으마!"

토지신이 머리를 조아리며 말했어요.

"그 요괴들이 여기 온 지는 채 십 년이 안 됩니다. 저는 삼 년 전에 조사해보고서야 비로소 그것들의 실체가 바로 일곱 마리 거미 요괴라는 걸 알게 되었습니다. 그들이 토해내는 끈은 바로 거미줄입니다."

그 말을 들은 손오공은 매우 흡족했어요.

"네 말을 들으니 별것 아니로구나. 그렇다면 너는 돌아가라. 내가 그놈들을 처치하마."

토지신은 인사를 드리고 물러갔어요.

손오공은 다시 황화관 밖으로 가서 꼬리털 일흔 개를 뽑아 훅 신선의 기운을 불어 넣으며 "변해랏!" 하고 외쳤어요. 그것들은 금방 일흔 명의 작은 손오공으로 변했어요. 또 여의봉에도 훅 신선의 기운을 불어 넣으며 "변해랏!" 하고 주문을 거니, 그것은 뿔이 둘 달린 일흔 자루의 창으로 변했지요.

손오공은 작은 손오공들에게 창을 한 자루씩 들려 주고, 자신도 한 자루를 쥐고 덮개 밖에서 거미줄을 휘저었어요. 하나, 둘, 셋, 구호에 맞추어 일제히 거미줄을 휘저어 끊어버리니, 창 하나마다 열 근이 넘는 거미줄을 휘저은 셈이었어요. 그 안에서 일곱 마리의 거미가 끌려 나왔는데, 그 크기가 소쿠리만큼이나 되었어요. 그들은 하나같이 손발을 모으고 머리를 움츠리며 소리쳤어요.

"살려주세요! 제발 목숨만 살려주세요!"

이때 일흔 마리 작은 손오공들은 일곱 마리 거미들을 붙잡아 누른 채 절대 놓아주려 하지 않았지요.

"얘들아, 잠시 때리지 마라. 사부님과 동생들을 내놓게 해야 하니까."

그러자 여자 요괴들이 큰 소리로 부르짖었어요.

"사형, 당나라 중을 돌려보내 저희들을 구해주세요!"

그러자 도사가 안에서 뛰어나왔지요.

"동생들아, 내가 당나라 중을 잡아먹을 작정이라 너희들을 구해줄 수 없구나."

이 말을 들은 손오공은 머리끝까지 화가 뻗쳤어요.

"우리 사부님을 안 돌려준다고? 네 동생들 꼴이나 똑똑히 봐라!"

멋진 제천대성! 그는 뿔 달린 창을 한 번 흔들어 다시 여의봉으로 되돌리더니, 그것으로 일곱 마리 거미 요괴들을 흠씬 두들겨 주었어요. 거미 요괴들은 살이 뭉개져서 너덜너덜한 포대처럼 되어버리고, 피가 흥건히 흘렀지요. 손오공은 다시 꼬리를 두 번 흔들어 털들을 거둬들이고, 단신으로 여의봉을 돌리며 안으로 돌진해 도사를 내리쳤어요. 도사는 여동생들이 맞아 죽는 것을 보자 가슴에서 불이 일어나 칼을 들고 사납게 맞섰어요. 서로 화가 나서 저마다 신통력을 맘껏 발휘했으니, 이 싸움은 이렇게 살기가 넘쳤지요.

요괴는 보검을 돌리고
제천대성은 여의봉을 번쩍 들었네.
모두가 당나라 삼장법사 때문이었지만

먼저 일곱 여자 요괴를 죽였기 때문이지.
이제 갈고닦은 솜씨를 맘껏 발휘하여
위세를 떨치며 여의봉을 쓰네.[3]
제천대성은 기세가 늠름하고
요괴는 성깔이 거칠구나.
온몸으로 풀어내는 술법은 휘황찬란하고
오르락내리락 두 손은 도르래처럼 자유자재로세.
쨍쨍 칼과 여의봉 맞부딪치고
스산한 구름 평원을 뒤덮네.
말도 없이 싸우며
기민한 계책 세워
치고받는 모양이 한 폭 그림 같아라.
그 살벌함은 바람 불고 모래 날려 맹수들도 두려워 떨고
하늘과 땅 어둑어둑해져 별빛도 보이지 않을 정도였지.

妖精輪寶劍　大聖舉金箍
都爲唐朝三藏　先教七女嗚呼
如今大展經綸手　施威弄法逞金吾
大聖神光壯　妖仙膽氣粗
渾身解數如花錦　雙手騰那似轆轤
乒乓劍棒響　慘淡野雲浮
劖言語　使機謀　一來一往如畫圖
殺得風響沙飛狼虎怕　天昏地暗斗星無

도사는 제천대성과 오륙십 합을 겨루자 손에서 점점 힘이 빠

3 본문의 금오金吾는 도금한 구리 봉을 가리킨다. 최표崔豹의 『고금주古今注』에 따르면, "한나라의 집금오執金吾도 봉인데, 양쪽 끝에 황금을 도금하였기 때문에 금오라고 부른다"고 했다.

지는 걸 느꼈지요. 그래서 순간 몸의 힘을 빼고 옷을 풀고 "얍" 하고 기합 소리를 내며 검은 도포를 벗어 던졌어요. 손오공이 비웃었지요.

"자식, 힘에 부친다고 옷을 벗어 던져봐야 날 당해내지는 못할걸?"

그런데 이 도사가 옷을 벗고 두 손을 일제히 번쩍 쳐들자, 양쪽 겨드랑이에 있는 천 개의 눈이 일제히 금빛을 뿜어냈어요. 그건 아주 굉장했지요.

자욱한 황금빛 안개
진한 금빛 광채
자욱한 황금빛 안개가
양쪽 겨드랑이에서 구름처럼 토해지고
진한 금빛 광채가
천 개의 눈에서 불처럼 내뿜어지네.
좌우에서 보면 금빛 통 같고
동서에서 보면 구리 종 같구나.
이것이 바로 요괴가 펼친 술법이요
도사가 보여준 신통력이라네.
눈을 가리고 하늘을 어지럽혀 해와 달을 가리고
사람을 가두어 뜨겁게 달구어 몽롱하게 만드네.
제천대성 손오공을
금빛 광채와 황금빛 안개 속에 가둬버렸구나.

森森黃霧　艶艶金光
森森黃霧　兩邊脅下似噴雲
艶艶金光　千隻眼中如放光
左右卻如金桶　東西猶似銅鐘

此乃妖仙施法力　道士顯神通
幌眼迷天遮日月　罩人爆燥氣朦朧
把個齊天孫大聖　困在金光黃霧中

손오공은 손발을 버둥거려봤지만 그 금빛 속에서 어지럽게 맴돌 뿐이었어요. 앞으로 나아가려 해도 걸음을 뗄 수 없고, 뒤로 물러서려 해도 발이 움직이지 않았어요. 마치 무슨 통 속에서 돌고 있는 것만 같았지요. 게다가 뜨겁게 달구어지자, 그는 마음이 다급해져서 위로 펄쩍 튀어 오르며 금빛을 뚫고 나가려 했어요. 하지만 "퍽" 하고 곤두박질치고 말았지요. 들이받은 머리가 어찌나 아프던지 급히 손으로 더듬어보니, 정수리의 살가죽이 말랑말랑해져 있었어요. 손오공은 조바심이 났지요.

'이런, 제기랄! 이 머리도 이제는 쓸모가 없어졌군. 지금껏 칼에 베이고 도끼에 찍혀도 털끝 하나 상하질 않았는데, 그깟 금빛을 좀 들이받았다고 머릿가죽이 말랑해지다니. 좀 있으면 고름을 짜내야겠지. 설사 낫는다 해도 파상풍에 걸리고 말 거야.'

조금 지나자 더 뜨거워져 견딜 수가 없었어요. 손오공은 꾀를 내었지요.

'앞으로 나갈 수도 없고 뒤로 물러설 수도 없고, 왼쪽으로도 오른쪽으로도 갈 수 없고, 위로도 뚫고 나갈 수 없으니 어쩐담? 제기랄! 아래로 내려가 보자!'

멋진 제천대성! 그는 주문을 외며 몸을 흔들어 산을 뚫는 천산갑穿山甲 또는 비늘에 감싸인 몸이라 해서 능리린鯪鯉鱗이라고도 하는 모습으로 변신했는데, 그건 이렇게 생긴 것이지요.

네 개의 쇠 발톱

산을 뚫고 바위를 부숴 산산조각내지.
온몸을 덮은 비늘 갑옷
고개를 부수고 바위 뚫기를 파 썰듯 하네.
빛나는 두 눈은
별 두 개가 반짝이는 듯.
날카로운 주둥이는
쇠망치나 송곳보다 강해라.
약에도 천산갑 같은 성분이 있으니
사람들은 능리린이라고도 부른다네.

四隻鐵爪　鑽山碎石如撾粉
滿身鱗甲　破嶺穿岩似切蔥
兩眼光明　好便似雙星幌亮
一嘴尖利　勝强似鋼鑽金錐
藥中有性穿山甲　俗語呼爲鯪鯉鱗

보세요. 손오공은 머리끝에 힘을 모아 땅을 뚫고 이십 리가 넘게 가서야 땅 위로 고개를 내밀었어요. 원래 그 금빛은 십 리 남짓만 덮을 수 있는 것이었지요. 그는 땅 위로 나와 본래 모습으로 돌아왔지만, 힘이 쭉 빠지고 온몸이 쑤셨어요. 그는 흐르는 눈물을 주체할 수 없어 저도 모르게 외쳤지요.

"사부님!"

그때 불교에 귀의해 산을 나와
함께 서역을 향해 가는 길에 고생 많이 했지요.
큰 바다의 높은 파도도 겁내지 않았는데
해 비치는 골짜기에서 이런 재난을 만났군요!

當年秉敎出山中　共往西來苦用工
大海洪波無恐懼　陽溝之內卻遭風

멋진 원숭이 왕이 이렇게 비탄에 젖어 있을 때, 문득 산 뒤쪽에서 누군가 곡하는 소리가 들려왔어요. 그가 몸을 일으켜 눈물을 닦고 고개를 돌려 바라보니, 웬 상복 입은 여인이 왼손에는 차가운 죽을 담은 그릇을 들고 오른손에는 불사를 누런 지전紙錢을 몇 장 든 채, 걸음을 옮길 때마다 곡을 하며 걸어오고 있었어요. 손오공이 고개를 끄덕이며 탄식했지요.

"아아, 정말 '눈물을 흘리는 이는 그런 이를 만나고 애간장 끊어지는 사람은 또 그런 사람을 만난다(流淚眼逢流淚眼 斷腸人遇斷腸人)'는 격이로구나. 저 부인은 무엇 때문에 저렇게 우는지 좀 물어봐야겠다."

잠시 후 부인이 앞으로 오자, 손오공이 허리 굽혀 절하며 물었어요.

"보살님, 누가 돌아가셨기에 그렇게 우십니까?"

부인은 눈물을 훌쩍이며 말했어요.

"흑흑, 우리 남편이 황화관 주인과 대나무 막대를 사는 일로 다투다가 독약이 든 차를 마시고 죽었지요. 그래서 지전 한 뭉텅이를 살라 부부의 정에 보답할까 하는 중입니다."

손오공이 이 말을 듣고 눈물을 흘리자, 그것을 본 부인은 화를 냈어요.

"정말 이상한 분이군요. 나야 남편을 생각하며 한탄하고 슬퍼한다지만, 당신은 왜 눈물을 흘리며 슬픈 표정을 짓나요? 날 희롱하는 건가요?"

손오공이 허리를 굽히며 말했어요.

"보살님, 노여워 마시오. 저는 동녘 땅 위대한 당나라 황제께서 파견하신 그분의 동생 삼장법사의 큰제자로, 손오공이라 합니다. 서역으로 가던 중 황화관에서 잠시 쉬게 되었지요. 그곳 도사는 무슨 요괴인지는 몰라도 거미 요괴 일곱이랑 오누이를 맺고 있더군요. 거미 요괴가 반사동에서 우리 사부님을 해치려는 걸 저와 제 동생 저팔계, 사오정이 구해드렸지요.

그런데 거미 요괴들이 그 도사에게 도망가서는 사실을 속이고 우리가 자기들을 희롱했다고 일러바쳤어요. 도사는 독약이 든 차를 사부님과 두 아우 세 사람에게 따라주었고, 타고 온 말까지도 그 도관 안에 있습니다. 저만 그 차를 안 마셨던지라, 찻잔을 깨버리고 그놈과 싸우게 되었지요.

한참 싸우고 있는데 거미 요괴 일곱이 뛰쳐나와 거미줄을 토해내 저를 가둬버렸어요. 저는 술법을 써서 탈출해서, 토지신에게 물어 그것들의 본색을 알아냈지요. 그러고서 다시 분신법을 써 거미줄을 찢어버리고 요괴들을 끌어내 한 방에 때려죽였어요. 그러자 도사가 복수를 한다면서 칼을 빼들고 덤볐지요. 예순 합을 싸웠을 때, 도사는 승산이 없자 옷을 벗어 던지고 겨드랑이 밑에 있는 천 개의 눈에서 만 갈래 금빛을 내뿜어 저를 가두었지요. 진퇴양난에 빠진 저는 능리린으로 변해 땅을 뚫고 도망쳐 나왔습니다.

그렇게 혼자 슬픔에 빠져 있던 차에, 갑자기 부인의 곡소리를 듣게 되어서 그 까닭을 여쭌 것입니다. 부인은 남편을 위해 이렇게 지전을 살라 보답하건만, 저는 사부님을 잃는다 해도 무엇 하나 보답할 물건이 없으니 스스로 원망스럽고 슬퍼졌던 것입니다. 감히 희롱이라니요?"

부인은 죽 그릇과 지전을 내려놓고 손오공에게 사과했어요.

"언짢게 생각 마세요. 스님이 그런 변을 당한 줄 몰랐어요. 스님의 말씀을 듣자 하니 스님께서는 그 도사를 잘 모르시나 보군요. 그놈은 본래 백안마군百眼魔君 또는 다목多目 요괴라고도 하지요. 스님이 변신술을 써서 금빛 광채를 빠져나왔고 오랫동안 싸우셨다고 하니, 신통력이 뛰어나신 분 같군요. 하지만 그놈을 상대하긴 어려울 겁니다. 성현을 한 분 모셔 오는 게 좋겠네요. 그분이라면 금빛 광채를 깨뜨리고 도사를 항복시킬 수 있을 겁니다."

손오공은 그 말을 듣고 급히 큰절을 올리며 물었어요.

"보살님, 이런 내력을 알고 계시다면 제발 좀 가르쳐주십시오. 과연 그런 성현이 계시다면 제가 모셔 와서 사부님을 구해드리고 댁의 남편의 원수도 갚아드리겠습니다."

"제가 말을 해드려서 스님께서 그분을 모셔 와 도사를 항복시킨다 해도, 그저 제 원수를 갚을 수나 있을 뿐이지 스님의 사부님을 살리지는 못할 것 같군요."

"왜 살리지 못한다는 겁니까?"

"그놈의 독약은 아주 지독한 것이라, 약을 삼킨 후 사흘 안에 골수가 모두 문드러집니다. 스님이 지금 다녀오신다 해도 늦을 테니, 살릴 수 없다는 것이지요."

"제게는 길을 다니는 재주가 있습니다. 그분이 얼마나 멀리 있는지 모르지만, 천 리도 반나절이면 너끈합니다."

"그렇다면 제 말을 잘 들으세요. 여기서 천 리쯤 떨어진 곳에 자운산紫雲山이 있지요. 그 산속에 천화동千花洞이란 동굴이 있고, 그곳에 비람파毘藍婆라는 성현이 살고 계시지요. 그분이라면 이 요괴를 항복시킬 수 있을 겁니다."

"그 산이 어느 방향인가요? 어느 쪽으로 가면 되지요?"

부인은 손으로 길을 가리켰어요.

"저기 남쪽으로 쭉 가면 돼요."

손오공이 고개를 돌려보니 부인은 온데간데없었지요. 손오공은 급히 절을 올려 감사를 드렸어요.

"어느 보살님이십니까? 제가 무지몽매하여 알아뵙지 못했습니다. 부디 이름이라도 남겨 주십시오!"

그랬더니 하늘에서 소리가 들려왔어요.

"제천대성, 나요."

손오공이 얼른 고개를 들어 보니 그 부인은 원래 여산黎山 노모老姆였어요. 손오공이 급히 하늘로 따라 올라가 감사드렸지요.

"노모님께서는 어디서 오셔서 제게 알려주시는 건가요?"

"막 용화회龍華會에서 돌아오는 길에 당신 스승이 변을 당한 걸 보았지요. 그래서 남편 잃은 부인으로 가장해서 스승의 죽음을 막아보려 한 겁니다. 어서 가서 그분을 모셔 오세요. 하지만 제가 알려주었다는 말은 하지 마세요. 그 성현은 곧잘 남을 탓하는 성격이니까요."

손오공은 여산 노모에게 감사드리고 헤어져 근두운을 몰아 자운산에 이르렀지요. 구름을 낮추고 보니, 바로 천화동이 보였어요.

푸른 소나무 빼어난 경치를 가렸고
비췻빛 잣나무 신선의 보금자리 감쌌네.
파릇한 버드나무 산길에 가득하고
기이한 꽃들은 산 개울에 만발했네.
향기로운 난초 돌집을 에워싸고
상큼한 풀들 험한 골짜기 마주하고 있구나.
흐르는 물 푸른 시내로 이어지고

구름은 고목 우거진 언덕 가리네.
들새 재잘재잘 지저귀고
들노루 사뿐사뿐 걸어가지.
곧은 대나무 가지마다 빼어나고
붉은 매화나무 잎마다 탐스럽네.
갈까마귀 고목에 깃들고
봄새들은 높은 가죽나무 위에서 재잘대는구나.
여름 보리 너른 밭에 가득하고
가을 벼는 논에 가득 일렁이네.
사계절 낙엽 떨어지지 않고
절기 내내 꽃 세상이지.
언제나 상서로운 노을 은하수까지 닿고
항상 상서로운 구름 하늘까지 이어지네.

青松遮勝境　翠柏繞仙居
綠柳盈山道　奇花滿澗渠
香蘭圍石屋　芳草映巖嵎
流水連溪碧　雲封古樹虛
野禽聲聒聒　幽鹿步徐徐
修竹枝枝秀　紅梅葉葉舒
寒鴉栖古樹　春鳥嗓高樗
夏麥盈田廣　秋禾徧地餘
四時無葉落　八節有花如
每生瑞靄連霄漢　常放祥雲接太虛

제천대성이 기쁨에 들떠 안으로 걸어 들어가는데, 한 굽이 지날 때마다 끝없이 아름다운 경치가 펼쳐졌어요. 곧장 안으로 들어갔지만 사람이라고는 보이지 않고 쥐 죽은 듯 고요해서, 닭이 나 개 짖는 소리조차 들리지 않았어요. 손오공이 속으로 생각했지요.

'성현께선 집에 안 계시나 보군.'

이렇게 몇 리를 더 가다 보니 여도사 하나가 기다란 평상 위에 앉아 있는 것이 보였어요. 그 여도사가 어떻게 생겼는지 들어보실래요?

오색 꽃 수놓은 비단 모자 쓰고
금실로 짠 도포를 걸쳤지.
구름 코 달린 봉황머리 신을 신고
쌍으로 술이 달린 비단 허리띠 맸지.
소나무처럼 절개 곧은 얼굴에
사당 앞에서 예쁘게 지저귀는 봄 제비 같은 목소리
배 안에는 오래도록 삼승법을 외어왔고
마음속에는 늘 사성체四聖諦를 수련해왔지.
미묘한 공의 이치 깨달아 진정한 정과를 이루고
수련으로 각성하여 절로 소요하지.
이분이 바로 천화동千花洞의 부처님이니
그 이름 드높은 비람파보살이라네.

頭戴五花納錦帽　身穿一領織金袍
脚踏雲尖鳳頭履　腰繫攢絲雙穗絛
面似秋容霜後老　聲如春燕社前嬌
腹中久諳三乘法　心中常修四諦饒
悟出空空眞正果　煉成了了自逍遙
正是千花洞裡佛　毘藍菩薩姓名高

손오공은 달음질치듯 앞으로 다가가 인사했어요.

"비람파보살님, 안녕하십니까?"

비람파보살은 평상에서 내려와 합장하며 답례했어요.

"제천대성, 미처 마중을 나가지 못했네요. 어디에서 오시는 길인지요?"

"제가 제천대성이란 걸 어떻게 아세요?"

"하늘궁전에서 한바탕 난리 피우던 때 온 세상에 이름을 떨쳤으니, 누군들 그 이름을 모르겠으며, 뉘라서 알아보지 못하겠어요!"

"'좋은 일은 문밖으로 새어나가지 않지만 나쁜 일은 천 리를 간다(好事不出門 惡事傳千里)'는 격이로군요. 이제는 불문에 귀의한 줄은 모르시겠지요?"

"언제 귀의하셨나요? 축하해요! 축하해요!"

"최근에야 풀려나서 당나라 스님을 사부로 모시고 서역으로 경전을 구하러 가는 중입니다. 그런데 사부님이 황화관 도사를 만나 독약이 든 차를 마시고 쓰러지셨어요. 저는 그놈하고 맞붙어 싸웠는데, 그놈이 금빛 광채를 쏘아 저를 가둬버리는지라 신통력을 써서 탈출했습니다. 듣자 하니 보살님께서 그놈의 금빛 광채를 없앨 수 있다기에 특별히 모시러 왔습니다."

"누가 그런 말을 하던가요? 난 우란분회盂蘭盆會에 다녀온 후 삼백 년이 넘도록 문밖으로 나가지 않았고 이름을 숨기고 지내서 아는 사람이라고는 하나도 없을 텐데, 제천대성께선 어떻게 아셨지요?"

"전 찾아내는 데 귀신입니다. 어디에 있든 찾아낼 수 있지요."

"알았어요! 그렇다 치지요! 본래 가지 않아야 하지만, 제천대성께서 친히 왕림해주셨고 경전을 구하러 가는 선과를 헛되게 할 수도 없으니, 같이 가봅시다."

"정말 고맙습니다! 그런데 제가 너무 아는 게 없다 보니 재촉만 했군요. 어떤 무기를 가지고 가시나요?"

"내게 수놓는 바늘이 하나 있는데, 이것만 있으면 그놈을 잡을 수 있지요."

"이런! 그 노모님 때문에 망했군! 진작 알았으면 보살님을 귀찮게 하지 않아도 되었을 텐데요. 그런 건 이 몸에게도 한 짐이나 있으니까요."

"당신이 가지고 있는 바늘은 강철이나 쇠로 만든 것일 테니 소용없어요. 저의 이 보물은 강철이나 쇠가 아니라 제 아들이 태양의 눈[日眼]에서 단련한 것이에요."

"아드님이 누군데요?"

"제 아들은 이십팔수二十八宿의 하나인 묘일성관昴日星官이지요."

손오공은 놀라지 않을 수 없었어요.

얼마를 가자니 멀리 금빛 광채가 번쩍번쩍 빛나는 것이 보이는지라, 손오공은 고개를 돌려 비람파보살에게 말했어요.

"금빛이 나는 곳이 바로 황화관입니다."

비람파보살은 소매에서 눈썹처럼 가늘고 길이가 일이 센티미터쯤 되는 바늘 하나를 꺼내더니, 손을 비틀어 공중에 던졌어요. 그러자 쇽 하는 소리와 함께 금빛 광채가 사라졌어요. 손오공은 기쁨에 겨워 말했어요.

"보살님, 대단하십니다! 굉장해요! 그런데 바늘을 찾아야지요! 바늘이 어디 있나?"

비람파보살이 손을 펴며 말했어요.

"이것 말인가요?"

손오공이 비람파보살과 함께 구름을 내려 황화관으로 달려 들어가 보니, 도사는 눈을 감은 채 걷지도 못하고 있었어요.

"이 못된 요괴놈이 장님 행세를 하는구나!"

손오공이 귀에서 여의봉을 꺼내 도사를 후려치려 하자, 비람파보살이 말렸어요.

"제천대성, 치지 말아요. 우선 사부님께 가보셔야지요."

손오공이 한달음에 뒤쪽에 있는 손님방으로 가 보니, 세 사람이 모두 땅바닥에 자는 듯 누워 게거품을 물고 있었지요. 손오공은 눈물을 흘렸어요.

"어떡하면 좋아요? 어떡해야 하나요?"

"제천대성, 슬퍼 말아요. 나도 오늘 어차피 집을 나선 김에 음덕이나 좀 쌓지요. 내게 있는 해독제 세 알을 드릴게요."

손오공이 몸을 돌려 절을 올리니, 비람파보살은 소매 속에서 너덜너덜한 종이봉지를 꺼내 그 안에 있던 붉은 환약 세 알을 손오공에게 건네며 입에 넣어주라고 했지요. 손오공은 세 사람의 다물어진 턱을 하나하나 벌리고 약을 한 알씩 넣어주었지요. 잠시 후 약 기운이 배 속에 돌자 세 사람은 일제히 구역질을 하면서 독약을 토해내 목숨을 건지게 되었어요.

제일 먼저 저팔계가 기어 일어났지요.

"답답해 죽을 뻔했네!"

삼장법사와 사오정도 잇달아 깨어났어요.

"아이고, 어지러워!"

손오공이 말했어요.

"그 차 안에 있던 독에 중독되었던 겁니다. 다행히 여기 비람파보살님이 구해주셨지요. 어서 감사 인사를 드리세요."

삼장법사가 일어나서 옷을 단정히 하고 감사하자, 저팔계가 말

했어요.

"형님, 그 도사는 어디 있소? 내 좀 물어봐야겠소. 도대체 왜 우리를 죽이려 했대요?"

손오공이 거미 요괴의 일을 죽 들려주자, 저팔계가 씨근덕거렸어요.

"그놈이 거미 요괴와 남매간이라면 요괴임에 틀림없군!"

"그놈은 정전 앞에서 장님 행세를 하고 있어."

그 말을 들은 저팔계가 쇠스랑을 잡고 내리치려 하자, 다시 비람파보살이 막았지요.

"천봉원수, 고정하셔요. 제천대성도 알다시피 우리 동굴엔 사람이라고는 없으니, 제가 저놈을 데려다 문지기로 써야겠어요."

손오공이 말했어요.

"큰 은혜를 입었으니 당연히 그 말씀을 따라야지요! 그런데 그 전에 저놈의 본모습을 보게 해주셨으면 좋겠군요."

"그거야 쉬운 일이지요."

비람파보살이 요괴의 앞으로 나아가 손가락으로 한 번 가리켰더니, 도사는 털썩 땅바닥에 쓰러지며 본모습을 드러냈어요. 그것은 바로 일곱 자 정도 되는 커다란 지네 요괴였어요. 비람파보살은 그것을 새끼손가락에 걸어 들고 구름을 몰아 천화동으로 돌아갔어요.

"저 아줌마 대단한걸? 어떻게 저런 고약한 놈을 항복시켰담?"

저팔계가 하늘을 우러러보며 감탄하자, 손오공이 말했어요.

"내가 어떤 무기로 그놈의 금빛 광채를 깨뜨리겠냐고 물었더니, 글쎄 수놓을 때 쓰는 바늘이라더군. 저분 아들이 태양의 눈에서 단련시킨 거라나? 아들이 누구냐고 했더니 묘일성관이래. 묘일성관은 수탉이니, 저 아주머니는 분명 암탉일 거야. 닭은 지네의 천적이니 손쉽게 항복을 받아낼 수밖에."

듣고 있던 삼장법사가 몇 번이나 큰절을 올렸어요. 그러고는 이렇게 말했지요.

"얘들아, 짐을 챙겨 떠나자꾸나."

사오정이 안에 들어가 쌀을 찾아 공양을 준비하니, 일행은 모두 배부르게 먹었어요. 그리고 말을 끌고 짐을 멘 채, 삼장법사를 모시고 문을 나섰어요. 손오공이 다시 부엌으로 들어가 불을 지르니, 황화관은 삽시간에 잿더미가 되고 말았지요. 일행은 다시 걸음을 옮겨 긴 여행길에 나섰으니, 바로 이런 것이지요.

삼장법사는 목숨을 건져 비람파보살에게 감사드렸으니
불성을 깨달은 분이 다목 요괴를 없애주었기 때문이지.

唐僧得命感毗藍　了性消除多目怪

결국 앞길에는 또 어떤 일들이 기다리고 있을지 알 수 없으니, 이에 대해서는 다음 회를 들어보시라.

제74회
사타동의 세 요괴

정욕의 원인은 항상 마찬가지이니
정과 욕망이 있는 것은 본래 그런 것.
불가에서 수련하는 수많은 사람들아
욕망을 끊고 정을 잊으면 그게 바로 선이라오.
뜻을 갖고
마음을 단단히 해서
티끌 하나 묻지 않아야 달이 하늘에 뜬다네.
공을 수행하며 나아갈 때 잘못을 저지르지 마오.
수행이 끝나 공을 이루면 크게 깨달은 신선이 되리라.

情慾原因總一般　有情有慾自如然
沙門修煉紛紛士　斷慾忘情卽是禪
須着意　要心堅　一塵不染月當天
行功進步休敎錯　行滿功完大覺仙

그러니까 삼장법사와 제자 일행은 욕망의 그물을 헤치고 정情의 속박에서 뛰쳐나와 말을 몰아 서쪽으로 향했어요. 얼마 가지 않았는데 또 여름이 가고 초가을이 되어, 신선하고 시원한 공기가 몸으로 스며들었어요.

세찬 비가 늦더위를 거두니
오동나무 잎새가 놀라네.
향부자 우거진 길에 반딧불이 나는 저녁 무렵
밝은 달빛 속에서 귀뚜라미 귀뚤귀뚤
노란 해바라기 이슬 맞아 피어나고
붉은 여뀌 모래섬에 가득하네.
창포와 버들 먼저 시들어 낙엽 떨어지니
쓰르라미들 가락에 맞춰 울어대네.

急雨收殘暑　梧桐一葉驚
螢飛莎徑晚　蛩語月華明
黃葵開映露　紅蓼徧沙汀
蒲柳先零落　寒蟬應律鳴

한참 길을 가노라니 문득 봉우리가 푸른 하늘을 찌르는 높은 산이 나타났어요. 정말 별에 닿을 듯하고 해를 가릴 듯한 산이었지요. 삼장법사는 속으로 겁이 나서 손오공을 불렀어요.

"얘야, 앞에 보이는 저 산이 정말 높은데, 다니는 길이 있는지 모르겠구나?"

손오공이 웃으며 말했어요.

"사부님, 무슨 말씀이세요? 예로부터, '산이 높아도 나그네 다니는 길이 있고 물이 깊어도 배 태워 건네주는 이가 있게 마련(山高自有客行路 水深自有渡船人)'이라고 했잖아요? 다니는 길이 없을 리 있나요? 안심하시고 가시지요."

삼장법사는 그 말을 듣고 환하게 웃으며 채찍을 들어 말을 재촉하여 곧장 높은 바위 위로 올라갔어요.

몇 리 가지 않아서 그들은 한 노인을 만났어요. 노인은 헝클어진 살쩍에 흰머리가 날리고 빛나는 수염은 마치 은실이 찰랑이는 듯했어요. 그는 목에는 염주를 걸고 손에는 용머리가 장식된 지팡이를 든 채, 멀찌감치 산비탈에 서서 큰 소리로 네 일행을 불렀어요.

“서쪽으로 가시는 스님, 잠시 말을 멈추십시오. 이 산에는 요괴 한 무리가 있는데, 인간 세상의 사람을 모두 잡아먹어버리는지라 나아갈 수 없습니다!”

삼장법사는 그 말을 듣고 깜짝 놀라 안색이 파리해졌어요. 말이 선 자리가 평평하지 않기도 했고 안장에 앉은 자세도 불안했기 때문이겠지요. 그는 꽈당 말에서 떨어져 아무리 애써도 꼼짝도 못한 채, 풀밭에 누워 끙끙 신음했어요. 손오공이 다가가 부축해 일으키며 말했어요.

“괜찮아요. 겁내지 마세요. 제가 있잖아요?”

“너도 저 높은 바위 위에 있는 영감이 하는 말을 들었잖니? 이 산에 인간 세상의 사람들을 다 잡아먹어버리는 요괴들이 있다는구나. 누가 저 노인한테 가서 확실한 사실을 물어보고 오겠냐?”

“잠시 앉아 계셔요. 제가 물어보고 올게요.”

“넌 생김새가 못나고 말투도 투박해서 저 노인의 비위를 거스를까 걱정이다. 그럼 제대로 된 대답을 들을 수 없을 게 아니냐?”

손오공이 웃으며 말했어요.

“그럼 제가 좀 말쑥한 모습으로 변해서 물어보러 갈게요.”

“어디 어떤 모습으로 변할 건지 보여다오.”

멋진 제천대성! 그가 손가락을 구부려 결을 맺고 몸을 한 번 흔드니, 말쑥하기 그지없는 어린 중으로 변했어요. 정말 이목구비가 수려하고 둥근 머리에 얼굴도 반듯했으며, 행동거지에도 우아한 기상이 풍기고 입을 열어도 속된 말이 없었어요. 그는 비단 승복을 털고 느긋하게 앞으로 나아가며 삼장법사에게 말했어요.

"사부님, 괜찮아 보이나요?"

삼장법사가 무척 기뻐하며 말했어요.

"정말 그럴듯하구나!"

그러자 저팔계가 말했어요.

"그럴듯하지 않을 리가 있겠어요? 우리하고는 비교할 수도 없어요. 이 몸은 이삼 년을 구르며 애써도 이렇게 멋진 모습으로는 변신할 수 없는 걸요!"

멋진 제천대성! 그는 일행 곁을 떠나 곧장 노인에게 다가가 허리 굽혀 절하며 말했어요.

"할아버지, 안녕하세요?"

노인은 잘생기고 어린 모습을 보자 답례를 하는 둥 마는 둥 하며, 그의 머리를 쓰다듬으면서 껄껄 웃었어요.

"귀여운 스님, 어디서 오셨나?"

"저희는 동녘 땅 위대한 당나라에 왔는데, 부처님을 뵙고 경전을 구하러 서천으로 가는 길이에요. 마침 이곳에 왔다가 소심하고 겁 많은 제 사부님이 할아버지께서 요괴가 있다고 하신 말씀을 들으시고 저더러 여쭤보라고 하셨어요. 도대체 무슨 요괴가 감히 노상강도질을 일삼는가요? 할아버지께서 자세히 알려주시면 제가 잡아다 관아에 보내고 길을 떠날게요."

"허허! 나이도 어린 중이 앞뒤 분간을 못 하고 말을 함부로 하는구나. 그 요괴는 신통력이 아주 대단한데, 어떻게 감히 잡아다 관아에 보내고 길을 떠난다느니 하느냐?"

태백금성이 나타나 사나운 요괴에 대해 경고해주다

"하하, 그 말씀은 요괴를 옹호하는 듯하니, 당신은 분명 그 요괴와 친척이거나 가까운 친구이겠군요. 그렇지 않다면 왜 그놈의 위세와 지혜를 추켜세우고 그놈의 절개와 기개를 칭송하기만 하면서, 솔직하게 그놈의 내력을 얘기하지 못하는 것이지요?"

노인이 고개를 끄덕이며 미소 띤 얼굴로 말했어요.

"요 중놈이 제법 입심이 세구나. 아마 네 사부랑 여기저기 여행하면서 곳곳에서 술법을 좀 배웠거나 도깨비 따위를 내쫓거나 잡을 줄 알아서 사람들의 집에 깃든 사악한 것들을 물리쳐주곤 했던 모양이지. 하지만 아직 무지무지 사나운 요괴와는 맞닥뜨려 본 일이 없을 게다."

"얼마나 사나운데요?"

"그 요괴가 영취산靈鷲山에 편지를 한 통 보내면 오백아라한阿羅漢이 모두 나와 영접하고, 하늘나라에 편지 한 통을 보내면 열한 분의 큰 별신들이 모두 그 명령을 따른단다. 사해四海의 용왕들도 그의 친구이고, 여덟 동굴의 신선들도 항상 그와 어울리지. 저승의 십대염왕十代閻王들도 그와 형제처럼 지내고, 토지신[社令]이나 서낭신들도 그를 가까운 벗이나 손님으로 대접한단다."

제천대성은 그 말을 듣고 깔깔 웃음을 참지 못하고 손으로 노인을 붙들며 말했어요.

"됐네요. 더 이상 말할 필요 없어요. 그 요괴가 제 어린 후배들과 형제며 친구로 지낸다니, 그다지 높지도 않군요. 만약 이 스님이 오신 걸 알면, 그자는 밤새 짐을 싸서 이사를 가버릴 겁니다."

"어린 중놈이 헛소리를 늘어놓는구나! 철없는 것! 그 신성한 분이 네 녀석의 어린 후배라고?"

"솔직히 말하자면 저는 원래 오래국 화과산 수렴동에 살았던 손오공이라 하지요. 당시에 요괴 노릇도 좀 하면서 큰 사고도 쳤어요. 여러 요괴들을 모아놓고 술을 마시며 잠들었다가, 꿈속에서 두 사람이 나를 저승 관청으로 끌고 가기에, 화가 나서 여의봉으로 귀신 판관判官을 때려눕히고 염라대왕을 놀라 자빠지게 만들며 삼라전森羅殿을 거의 뒤집어버렸지요. 문서를 관장하던 판관이 깜짝 놀라 종이를 가져오자 십대염왕이 직접 서명하고 용서해달라고 청하며, 진심으로 내 어린 후배가 되겠다고 했지요."

"아미타불! 이 중이 이런 소리를 하는 걸 보니 크게 되긴 틀렸구나."

"노인장, 이만큼 컸으면 된 거 아니오?"

"네 나이가 몇 살이냐?"

"한번 맞춰보시구려."

"기껏 일고여덟 살이나 됐겠구나."

손오공이 웃으며 말했어요.

"칠팔만 살이라오. 원래 얼굴을 보여드릴 테니 놀라지 마시구려."

"또 무슨 얼굴이 있다는 게냐?"

"솔직히 말하자면, 이 몸에겐 일흔두 개의 얼굴이 있다오."

노인이 무슨 얘긴지 알아듣지 못하고 계속 묻자, 손오공은 얼굴을 슬쩍 문질러 본래 모습을 드러냈어요. 삐져나온 송곳니에 벌어진 주둥이, 새빨간 엉덩이에 허리에는 호랑이 가죽 치마를 둘렀고, 손에는 여의봉을 든 채 돌벼랑 아래 서니, 마치 살아 있는 벼락신 같았지요. 노인은 그걸 보고 놀라 안색이 창백해지고 다리가 굳어 제대로 서 있지도 못한 채 털썩 넘어졌고, 기어 일어나다가 다시 비틀거렸어요. 제천대성이 다가가 물었어요.

"노인장, 놀라지 마시오. 우린 얼굴은 험악해도 마음은 착하니 겁내지 마시오. 괜찮아요. 조금 전에 노인장께서 좋은 뜻으로 요괴가 있다고 알려주셨는데, 정확히 몇 놈이 있는지 말씀해주시면 대단히 고맙겠소이다."

노인은 부들부들 떨며 말을 못 하고, 또 귀가 먹은 듯 한마디도 대답하지 못했어요.

손오공은 그가 말을 않자 즉시 몸을 돌려 산비탈로 돌아오니, 삼장법사가 물었어요.

"얘야, 그래 알아보러 간 일은 어떻게 되었느냐?"

손오공이 웃으며 말했어요.

"별것 아닙니다. 서방에는 요괴가 흔한데 이곳 사람들이 간이 작아서 무서워할 뿐이지요. 괜찮아요, 괜찮아! 제가 있잖아요?"

"여기가 무슨 산이고 무슨 동굴에 얼마나 많은 요괴가 있다더냐? 저 길이 뇌음사로 가는 길이라더냐?"

그러자 저팔계가 말했어요.

"사부님, 이런 말씀을 드린다고 화내지 마세요. 변신술을 부리고 윽박지르며 남을 놀리는 일은 우리 셋 가운데 누구도 사형을 따를 수 없습니다. 하지만 착실한 것으로 보자면, 사형 같은 이가 한 부대가 있다 해도 저보다 못합니다."

"그래, 그래. 네가 그래도 착실한 편이지."

"사형은 너무 일을 건성으로 해치우는 경향이 있어서, 한두 번 대충대충 물어보고는 돌아와버린 겁니다. 제가 가서 사실을 알아보고 올게요."

"얘야, 조심해라."

대단한 멍텅구리! 그는 쇠스랑을 허리춤에 꽂고 검은 승복을 단정히 하고 살랑살랑 몸을 꼬며 산비탈로 달려 올라가 노인에게 소리쳤어요.

"할아버지, 안녕하셔요?"

노인은 손오공이 돌아가자 막 지팡이를 짚고 일어나 조심조심

길을 가려다가, 문득 저팔계를 보고 더욱 놀라고 두려워하며 말했어요.

"하느님 맙소사! 오늘 밤에는 무슨 악몽을 꾸는 건지 이런 악당들만 만나는구나. 아까 왔던 그 중은 못생기긴 했어도 조금은 사람 같은 꼴이더니, 이 중은 어쩌면 이렇게 주둥이가 튀어나오고, 귀도 부채만 하고, 얼굴은 쇠처럼 시커멓고, 목에는 갈기가 덥수룩해서 사람 꼴이라곤 조금도 보이지 않는구나."

저팔계가 웃으며 말했어요.

"할아버지, 기분이 좋지 않으니 남을 나쁘게 보는 것 같군요. 제 모습이 어떻게 보이세요? 못생기긴 했지만 조금만 참고 보시면 곧 잘생겼다는 걸 알게 될 겁니다."

노인은 그가 사람 말을 하자 어쩔 수 없이 입을 열어 물었어요.

"자넨 어디서 왔나?"

"저는 당나라 삼장법사의 둘째 제자로, 법명은 오능 팔계라 합니다. 조금 전에 물으러 왔던 이는 오공 행자라고 하는데, 제 사형입니다. 사부님께서 사형이 할아버지의 기분을 상하게 만들어 사실을 제대로 알아보지 않았다고 꾸짖으시고, 저더러 여쭤보라고 하셨습니다. 여기는 무슨 산이며 무슨 동굴이 있습니까? 동굴 안에는 무슨 요괴가 있는지요? 서천으로 가는 큰길은 어딘가요? 부디 좀 가르쳐주십시오."

"정말이오?"

"저는 평생 거짓말이라곤 감히 눈곱만큼도 못 해봤습니다."

"조금 전에 왔던 중처럼 허풍이나 떨며 귀찮게 하지 마시오."

"전 그치하곤 달라요."

노인은 지팡이를 짚은 채 말했어요.

"이 산은 팔백리八百里 사타령獅駝嶺이라 하고, 중간에 사타동獅

駝洞이라는 동굴이 있는데, 그 안에 세 요괴가 있소."

저팔계가 첫 하며 말했어요.

"영감탱이가 쓸데없는 걱정을 하는군. 기껏 요괴 세 마리 때문에 애써 와서 알려주려 하다니!"

"무섭지 않소?"

"솔직히 말하자면, 내 사형의 몽둥이 한 방에 한 놈, 내 쇠스랑에 한 놈, 그리고 내 사제의 항요장 한 방에 또 한 놈을 때려죽일 수 있소. 세 놈을 모두 때려죽이면 우리 사부님이 지나가실 텐데, 뭐가 어렵단 말이오!"

"허허, 이 중이 뭘 모르는구먼. 그 세 요괴는 신통력이 무척 대단하다오! 그들의 졸개 요괴만 해도 남쪽 고개에 오천 마리, 북쪽 고개에 오천 마리, 동쪽 길 입구에 일만 마리, 서쪽 길 입구에 일만 마리, 순찰을 도는 놈들이 사오천 마리, 문을 지키는 놈들이 일만 마리나 되지. 게다가 부엌에서 일하는 놈들과 나무하는 놈들이 무수히 많아서, 모두 사만칠팔천 마리나 되지. 이놈들은 모두 이름표를 달고 조직을 잘 갖춰 여기서 사람 잡아먹기를 일삼고 있지."

멍텅구리는 그 말을 듣고 바들바들 떨며 달려와 삼장법사에게 오더니, 보고는 하지 않고 쇠스랑을 내려놓고는 그 자리에 쪼그려 앉아 똥을 쌌어요. 손오공이 그걸 보고 호통을 쳤어요.

"보고는 하지 않고 거기 쪼그려 앉아 무슨 짓을 하는 게냐?"

"놀라서 똥이 나왔소. 지금이라도 두말할 것 없이 얼른 각자 목숨을 챙겨 이곳을 떠납시다."

"이 멍청한 놈! 나는 묻고 나서 조금도 놀라거나 겁내지 않았는데, 네놈은 물으러 가더니 이리 안절부절 정신을 못 차리는구나."

삼장법사가 말했어요.

"도대체 어떻다더냐?"

저팔계가 말했어요.

"영감탱이 말이 이 산은 팔백리 사타산이라 하는데, 중간에 사타동이라는 동굴이 있고, 그 안에 있는 요괴 세 놈과 사만팔천 마리의 졸개 요괴들이 사람 잡아먹기를 일삼고 있답니다. 우리가 그 산 가까이만 가도 그놈들의 밥이 될 테니, 아예 갈 생각도 말아야 합니다."

삼장법사는 그 말을 듣고 모골이 송연해서 덜덜 떨며 말했어요.

"오공아, 어쩌면 좋으냐?"

"하하, 사부님, 안심하세요. 아무 일 없을 거예요. 아마 여기에 요괴가 몇 놈 있긴 있는 모양인데, 이곳 사람들이 담이 작아서 그 놈들이 얼마나 많고 얼마나 대단한지 부풀려 이야기하는 바람에 제풀에 놀란 모양입니다. 제가 있으니 괜찮아요."

저팔계가 말했어요.

"형님, 그게 무슨 말씀이오? 난 형님과 달라 사실을 물어보고 왔단 말이오. 절대 거짓말이 아니오. 온 산과 골짜기마다 요괴가 가득한데 어떻게 나아간단 말이오?"

손오공이 웃으며 말했어요.

"멍청아, 주둥이 닥쳐라! 지레 놀랄 필요 없다. 온 산과 골짜기마다 요괴가 가득하다 해도 손 어르신이 저녁 반나절만 여의봉을 휘두르면 싹쓸이해버릴 수 있으니까."

"창피한 줄이나 아시오! 뻥을 쳐도 유분수지. 그 요괴들을 점호만 하더라도 칠팔 일은 걸릴 텐데, 어떻게 싹쓸이한단 말이오?"

"어떻게 때려잡을지를 묻는 게냐?"

"손으로 잡고, 줄로 묶고, 정신법定身法으로 꼼짝 못 하게 하고 쓰러뜨려도 그렇게 빠를 수는 없어요."

"하하, 뭐 손으로 잡고 줄로 묶고 할 필요 없다. 내 이 여의봉 두

끝을 잡아당기며 '늘어나라!' 하고 외치면 곧 마흔 길 정도로 늘어나고, 한 번 흔들며 '굵어져라!' 하고 소리치면 둘레가 여덟 아름이나 된다. 이걸 들고 산 남쪽으로 한 번 굴려주면 오천 마리는 깔려 죽을 테고, 북쪽으로 굴리면 또 오천 마리, 동쪽에서 서쪽으로 굴리면 아마 사오만 마리는 뭉개져서 떡이 돼버릴 거다!"

"형님, 이렇게 국수 밀듯이 한다면 밤 열 시 무렵이면 다 끝낼 수 있겠구려."

그러자 사오정이 옆에서 웃으며 말했어요.

"사부님, 이렇게 신통력 있는 형님이 있는데 어찌 그놈들을 두려워하십니까? 어서 말에 올라 가시지요."

삼장법사는 그들이 방법을 얘기하는 것을 보고 어쩔 수 없이 마음을 편히 하고 말에 올라 길을 갔어요.

한참 가고 있노라니 소식을 알려준 노인이 사라져버렸어요. 사오정이 말했어요.

"그 영감이 바로 요괴인데, 허장성세를 부리려고 일부러 와서 알려주어 우릴 겁주려 한 모양이군."

손오공이 말했어요.

"서둘 필요 없다. 내가 가보고 오마."

멋진 제천대성! 그가 높은 봉우리로 뛰어올라 사방을 둘러보아도 아무 종적이 없는지라, 급히 고개를 돌려보니 허공에 오색 노을이 밝게 빛나고 있었어요. 구름을 타고 쫓아 올라가 보니 바로 태백금성이었지요. 손오공은 가까이 다가가 그를 붙들고 말끝마다 태백금성의 이름을 부르며 말했어요.

"이장경李長庚! 이장경! 정말 심술 고약하구려! 할 말이 있으면 대놓고 하실 것이지, 어째서 산속의 노인으로 변장해서 날 헷갈리게 한 거요!"

태백금성은 황급히 예를 올리며 말했어요.

"제천대성, 알려드리는 게 늦었소. 용서하시구려! 이 요괴는 정말 신통력이 넓고 큰 데다 기세가 대단해서, 그대의 그 훌륭한 변신술로 계책을 잘 세워야 지나갈 수 있을 게요. 조금이라도 태만했다가는 지나가기 어려울 게요."

"고맙소! 정말 고맙소! 정말 이곳은 지나기 어려운 곳 같으니, 태백금성께서 하늘나라로 올라가 옥황상제께 말씀드려 하늘 병사를 조금 보내 이 몸을 도와달라고 해주시오."

"아무렴, 그러지요! 예! 제천대성의 말씀만 전하면 십만 명의 하늘 병사라도 보내주실 겁니다."

제천대성은 태백금성과 작별하고 구름을 내려 삼장법사를 뵙고 말했어요.

"조금 전의 노인은 원래 태백금성인데, 저희에게 정보를 알려주려고 온 것입니다."

삼장법사가 합장하며 말했어요.

"얘야, 얼른 쫓아가서 어디 다른 길이 있나 여쭤보렴. 돌아갈 수 있게 말이다."

"돌아갈 수 없어요. 이 산길은 팔백 리로, 사방으로 길이 얼마나 많은지도 모르는데, 어떻게 돌아갈 수 있겠어요?"

삼장법사는 그 말을 듣고 흐르는 눈물을 멈추지 못하며 말했어요.

"얘야, 이렇게 힘들어서야 어떻게 부처님을 뵐 수 있겠냐?"

"울지 마세요! 그만 울어요! 울어봐야 소용없어요. 그가 알려준 정보 가운데는 어느 정도 허풍이 들어 있는 게 틀림없어요. 그저 우리가 조심하기만 하면 그야말로 '알려준 것이 잘못(以告者

過也)'일 수도 있을 거예요. 잠시 말에서 내려 앉아 계셔요."

저팔계가 말했어요.

"또 뭐 상의할 게 있소?"

손오공이 말했어요.

"아니다. 넌 잠시 여기서 사부님을 잘 지켜드리고 있어라. 사오정은 봇짐과 말을 잘 지키고. 이 몸은 먼저 고개로 올라가서 좀 살펴보고 오겠다. 요괴가 모두 몇 놈이나 있는지 한 놈을 붙잡아 자세히 물어보고, 그놈에게 서면으로 보증하게 하고 명부를 작성하게 해야겠다. 그리고 크고 작은 놈을 모두 일일이 조사해 동굴 안에 가둬서 길을 가로막지 못하게 해야겠다. 그런 뒤에 사부님을 모시고 조용히 지나가서 내 솜씨를 뽐내봐야 되겠어."

사오정이 그저 "조심하세요! 조심해요!"라고 하니, 손오공이 웃으며 말했어요.

"당부할 것 없다. 이번에 가면 동해 큰 바다라도 길을 열고 무쇠 산이라도 문을 뚫어놓을 테니까 말이다."

멋진 제천대성! 그가 휙 하는 휘파람 소리와 함께 근두운을 몰아 높은 산봉우리로 뛰어올라 등나무와 칡덩굴을 붙잡은 채 온 산을 둘러보니, 인적도 없이 조용하기만 했어요. 그는 자기도 모르게 중얼거렸지요.

"이런, 젠장! 태백금성 영감을 그냥 보내는 게 아니었어. 그 양반이 알고 보니 날 놀라게 해주려고 했던 거잖아? 여기 무슨 요괴가 있다는 거야? 요괴가 있다면 나와서 팔짝팔짝 뛰고 장난치며 창이나 봉을 휘두르며 무예를 연습할 터인데, 어째서 하나도 안 보이는 거지?"

그렇게 혼자 추측하고 있는데 문득 산 뒤쪽에서 따닥따닥 딸랑딸랑 딱따기 소리와 방울 소리가 들려왔어요. 급히 고개를 돌려보니, 웬 졸개 요개 하나가 '영令'이라고 적힌 깃발을 어깨에 메고, 허리에 방울을 차고, 손에는 딱따기를 탁탁 치면서 북쪽에서 남쪽으로 걸어가고 있었어요. 자세히 살펴보니 키가 한 길 두 자 정도 되었어요. 손오공은 속으로 웃으며 중얼거렸어요.

'틀림없이 순찰을 돌며 심부름 다니는 포병舖兵인 모양인데, 아마도 공문서를 전달하러 가는 모양이군. 저 녀석이 무슨 말을 하는지 들어볼까?'

멋진 제천대성! 그는 손가락을 구부려 결을 맺고 몸을 한 번 흔들어 파리로 변신하더니, 가볍게 날아 그 요괴의 모자에 앉아 귀를 기울였어요. 그 졸개 요괴는 큰길을 걸으며 딱따기를 두드리고 방울을 흔들며 입으로는 이렇게 중얼거렸어요.

"산을 순찰하는 우리는 모두 손오공을 조심해야 돼. 그자는 파리로도 변신할 수 있다고 했으니까."

손오공은 그 말을 듣고 속으로 놀라 중얼거렸어요.

'이놈이 날 보았구나. 보지 못했다면 어떻게 내 이름을 알고, 또 내가 파리로 변신한 걸 알겠어?'

졸개 요괴는 손오공을 본 적은 없지만, 두목 요괴가 어찌된 일인지 그에게 이런 분부를 했던 것이지요. 그는 그저 소문만 듣고 그런 엉뚱한 생각을 하고 있었어요. 하지만 손오공은 그걸 모르고 오히려 그가 자신을 보았으려니 여기고 여의봉을 꺼내 그놈을 때리려다가, 다시 멈추고 속으로 생각했어요.

'저팔계가 태백금성에게 물었을 때, 요괴 두목이 셋이고 졸개 요괴가 사만칠팔천 마리라고 했겠다? 이런 졸개 요괴야 또 수만 마리가 더 있다 해도 별것 아니지. 하지만 세 두목 요괴들은 얼마나 큰 재간을 갖고 있는지 모르니, 이놈에게 물어보고 손을 써도 늦지 않겠지.'

멋진 제천대성! 그가 어떻게 물어봤는지 아세요? 그는 졸개의 모자에서 뛰어내려 나무 위에 붙어 앉아 졸개 요괴가 몇 걸음 앞서 걸어가게 했어요. 그리고 재빨리 자리를 옮겨서 졸개 요괴로 변신하고, 그놈이 했던 것처럼 딱따기를 치고 방울을 흔들며, 깃발을 멘 똑같은 옷차림을 했어요. 그 졸개 요괴보다 키가 서너 치 컸지만, 입으로는 똑같은 말을 중얼거리며 그를 쫓아가 말했어요.

"이봐, 잠깐 기다려!"

졸개 요괴가 고개를 돌리며 말했어요.

"어디서 오는 거야?"

"이런! 집안사람도 못 알아보시나?"

"우리 집안엔 너 같은 이가 없는데?"

"그게 무슨 말이야? 잘 보라고."

"모르겠어, 처음 보는 얼굴이야!"

"못 알아볼 수도 있겠군. 나는 부엌에서 일했으니까 만난 적이 드물었겠지."

졸개 요괴가 고개를 내저으며 말했어요.

"아냐, 아냐! 우리 동굴의 부엌데기들 가운데 이렇게 주둥이가 뾰족한 놈은 없어."

손오공은 속으로 생각했어요.

'이놈의 입을 좀 들어가게 만들어야 되겠군.'

그는 즉시 고개를 숙이고 손으로 입을 한 번 쓰다듬은 후 말했어요.

"내 입이 어디가 뾰족하다고 그래?"

요괴는 그의 입이 정말 뾰족하지 않은지라, 이렇게 말했어요.

"조금 전엔 뾰족하더니, 어떻게 한 번 쓰다듬으니까 들어가버렸지? 헷갈려서 정말 알아볼 수 없게 하네! 우리 식구가 아니야.

만난 적도 없어, 없다고! 이상한걸? 우리 대왕님은 무척 엄한 분이라 부엌데기는 부엌일만 하고 순찰 도는 이는 순찰만 돌게 하시지. 그런데 어떻게 네겐 부엌일도 하고 순찰도 돌게 하셨지?"

손오공은 말솜씨가 뛰어난지라 재빨리 받아넘겼어요.

"모르는 소리. 대왕님께서 내가 부엌일을 잘하는 걸 보시고, 승진을 시켜 산을 순찰하게 해주셨다고."

"그럴 수도 있겠군. 우리 순찰 도는 이들은 한 반에 마흔 명씩, 열 반에 모두 사백 명인데, 각기 나이며 생김새, 이름이 다르지. 대왕님께선 우리가 속한 반이 헷갈려서 점호하기가 불편할까 봐 각자에게 패를 주어서 번호를 붙여주셨는데, 너한테도 그게 있겠지?"

손오공은 그 요괴처럼 변장하고 행동거지를 흉내 냈지만, 그런 패는 본 적이 없어서 몸에 지니고 있지 못했어요. 멋진 제천대성! 그는 없다는 말은 않고 거침없이 말을 받았어요.

"어떻게 패가 없겠어? 하지만 금방 받은 새 패니까, 네 것을 좀 보여줘."

그 졸개 요괴가 어떻게 이런 속셈을 알겠어요? 그가 즉시 옷을 들춰 보이니, 몸에 금칠한 패를 차고 있었는데 융絨을 꼬아 만든 실에 꿰어져 있었어요. 그가 그걸 들어 손오공에게 보여주었는데, 뒷면에는 금 글씨로 '모든 마귀를 위세로 누른다(威鎭諸魔)'고 새겨져 있고, 앞면에는 '소찬풍小鑽風'이라는 진짜 이름이 적혀 있었어요. 손오공은 속으로 생각했어요.

'말할 필요도 없이 산을 순찰하는 놈들은 '풍風' 자 돌림의 이름을 갖고 있는 게 틀림없어.'

그리고 이렇게 말했지요.

"옷을 내리고 저리 좀 가 있어. 이제 내 것을 보여줄게."

그는 즉시 몸을 돌리고 손을 쑤셔 넣더니, 꼬리 끝의 터럭 하나를 뽑아 손으로 문지르며 '변해라!' 하고 속으로 주문을 외웠어요. 그러자 그 터럭은 즉시 금칠한 패로 변했어요. 거기에도 초록색 융을 꼬아 만든 실이 꿰어져 있었는데, 그 위에는 '총찬풍總鑽風'이라고 적혀 있었어요. 손오공이 그걸 건네 보여주자, 졸개 요괴가 깜짝 놀라며 말했어요.

"우리는 모두 '소찬풍'이라고 부르는데, 어째서 너만 무슨 총찬풍이라고 하는 거지?"

손오공은 일처리가 영리하고 조리정연한 말솜씨가 있어서, 즉시 이렇게 말했어요.

"네가 잘 모르는 모양이구나. 대왕께선 내가 부엌일을 잘하는 걸 보시고 승진을 시켜 산을 순찰하게 하셨지. 그리고 내게 총찬풍, 즉 감독이라고 적힌 새로운 패를 주시면서 나더러 너희 반 형제 마흔 명을 관장하게 하셨다."

요괴는 그 말을 듣고 급히 인사를 올리며 말했어요.

"아이고, 대장님! 새로 임명되셔서 알아뵙지 못했습니다. 혹시 제가 건방진 말을 했더라도 용서해주십시오."

손오공은 답례하며 미소를 띤 채 말했어요.

"그거야 용서하긴 하겠는데, 다만 첫 인사를 했으니 선물은 받아야지. 각자 다섯 냥씩 내야 한다."

"대장님, 서둘지 마세요. 남쪽 고개에서 저희 반 동료들이 모이면 한꺼번에 거둬 드릴게요."

"그럼, 같이 가자꾸나."

졸개 요괴가 앞서 걸어가자 제천대성은 뒤따라갔어요.

몇 리를 가자 문득 붓처럼 뾰족한 필봉筆峰이 나타났어요. 왜 그렇게 부르냐고요? 그 산꼭대기에는 네댓 길 정도 되는 봉우리 하나가 솟아 있었는데, 마치 시렁에 붓을 꽂아놓은 듯한 모습이었기 때문이지요. 손오공은 근처에 이르자 꼬리를 한 번 흔들고 뛰어올라 봉우리 꼭대기에 앉더니, 이렇게 소리쳤어요.

"얘들아, 모두 이리 모여라!"

졸개 순찰병들은 아래에서 허리를 숙이며 말했어요.

"대장님, 대령했습니다."

"너희들은 대왕님께서 나를 임명하신 이유를 아느냐?"

"모르겠습니다."

"대왕님께선 당나라 중을 잡아 잡수시려는데, 다만 손오공의 신통력이 대단해서 걱정이시다. 대왕님 말씀이 그자가 변신술에 뛰어나서 너희들 모습으로 변하여 여기 와서 길을 알아보고 소식을 염탐할까 염려스러운지라, 나를 감독으로 삼으시며 너희 가운데 가짜가 있는지 조사해보라 하셨다."

그러자 졸개 순찰병들이 너도나도 대답했어요.

"대장님, 저희들은 모두 진짜입니다."

"너희들이 진짜라면 대왕님께서 무슨 재주를 갖고 계신지도 알겠구나?"

"압니다."

"그럼 어서 말해보아라. 내가 알고 있는 것과 일치한다면 진짜이겠지만, 조금이라도 틀리게 말한다면 그놈은 가짜일 테니, 내 반드시 대왕님께 잡아가 처단해버리겠다."

졸개 순찰병들은 손오공이 높은 곳에 앉아 속임수를 쓰며 호통을 쳐대니, 어쩔 수 없이 사실대로 얘기할 수밖에 없었어요.

"우리 대왕님은 신통력이 넓고 크시며 지니신 재능도 뛰어나셔서 하늘 병사 십만 명을 한입에 삼켜버리신 적도 있습니다."

손오공이 그 말을 듣고 호통을 내질렀어요.

"넌 가짜다!"

졸개 순찰병이 당황하며 말했어요.

"대장 나리, 저는 진짜입니다. 어째서 가짜라는 것입니까?"

"진짜라면 어째서 그런 헛소리를 하는 것이냐! 대왕님의 체구가 얼마나 크다고 하늘 병사 십만 명을 한입에 삼킨단 말이냐?"

"대장님이 모르시는 모양인데, 우리 대왕님은 변신술을 부릴 줄 아셔서 몸이 커지려고 하면 하늘에 닿을 정도로 커지실 수 있고, 작아지려면 유채 씨만큼 작아지실 수도 있습니다. 옛날 서왕모西王母께서 반도대회蟠桃大會를 열고 여러 신선들을 초청할 때 우리 대왕님을 초청하지 않자, 대왕님께선 하늘과 싸우려 하셨습니다. 옥황상제가 하늘 병사 십만 명을 보내 우리 대왕님을 항복시키려 하자, 대왕님께선 술법을 부려 입을 쩍 벌리시고 마치 성문을 열어놓은 것처럼 하늘 병사들을 삼키려 하셨습니다. 그러자 깜짝 놀란 하늘 병사들이 감히 무기를 들어 덤비지 못하고 남천문南天門을 닫아버렸습니다. 그래서 한입에 하늘 병사 십만 명을 삼켜버렸다고 한 것입니다."

손오공이 그 말을 듣고 속으로 웃으며 중얼거렸어요.

'솜씨를 보인 일로 말하자면, 이 어르신도 그런 일을 한 적이 있지.'

그러면서 또 물었어요.

"둘째 대왕께선 어떤 재능을 갖고 계시냐?"

"둘째 대왕께선 키가 세 길이나 되시고, 누에처럼 굵은 눈썹에 붉은 봉황 같은 눈, 미인의 목소리에 송곳니가 드러나 있고, 코는 교룡蛟龍 같습니다. 사람과 싸울 때 코로 한번 감기만 하면 아무리 무쇠 같은 몸을 가진 이라 할지라도 바로 정신을 잃고 맙니다."

'코로 사람을 말아 올리는 요괴쯤이야 잡기 쉽지.'

그러면서 또 물었어요.

"셋째 대왕께는 어떤 재능이 있으시냐?"

"셋째 대왕께선 인간 세상의 보통 요괴가 아니시라 운정만리붕雲程萬里鵬이라는 호를 갖고 계십니다. 그분은 움직이실 때 바람을 치고 바다를 건너시며, 북녘을 뒤흔들며 남쪽으로 날아가십니다. 몸에는 음양이기병陰陽二氣甁이라는 보물을 지니고 다니시는데, 사람을 병 안에 담으면 금방 녹아버립니다."

손오공은 그 말을 듣고 속으로 놀랐어요.

'요괴는 무섭지 않지만 그 병은 조심해야 되겠군.'

그러면서 또 물었어요.

"세 대왕님들의 능력에 대해서는 네가 그래도 틀림없이 말했으니, 내가 알고 있는 것과 같다. 그런데 어느 대왕께서 당나라 중을 잡아 잡수시려 하시는지 아느냐?"

"대장님, 모르세요?"

손오공이 호통을 쳤어요.

"내가 너희들보다 모르는 게 뭐가 있겠느냐! 다만 너희들이 자세히 아는지 나더러 실상을 알아보라고 하신 게다."

"큰대왕님과 둘째 대왕님은 사타령 사타동에 오래 머무셨지만, 셋째 대왕님은 여기 머물지 않고 원래는 여기서 서쪽으로 사백 리 정도 떨어진 곳에 사셨습니다. 거기에는 사타국獅駝國이라는 나라가 있습지요. 오백 년 전에 셋째 대왕께서 이 나라의 국왕과 문무 대신들을 잡아 잡숴버리셨고, 나라 안의 남녀노소들도 깡그리 잡숴버리시고, 그 나라를 빼앗아버리셨지요. 이렇게 해서 그 나라에는 모두 요괴만 남게 되었습니다.

그런데 어느 해인가 동녘 땅 당나라에서 중 하나를 파견하여 서천으로 경전을 가지러 가게 했다는데, 그 당나라 중은 열 세상을 돌며 수행한 훌륭한 사람이라 그의 고기를 한 점만 먹어도 불로장생할 수 있다는 소문을 들었습니다. 다만 그 중의 첫째 제자인 손오공이 매우 무시무시해서 그분 혼자서는 감당할 수 없는지라, 이곳으로 오셔서 두 분 대왕님과 형제를 맺고 한마음으로 그 당나라 중을 잡기로 하신 것입니다."

손오공은 그 말을 듣고 속으로 화가 났어요.

'이 요괴놈, 정말 못됐구나! 내가 사부님을 보호하여 정과正果를 이루려 하는데, 그놈이 어째서 잡아먹으려 한단 말이냐!'

그는 흥 하고 이를 갈며 여의봉을 쥐고 봉우리에서 뛰어내려 졸개 요괴들의 머리를 내리쳤어요. 불쌍하게도 그놈들은 고깃덩어리로 변해버렸지요. 그는 그 모습을 보고 또 차마 안됐다는 듯이 중얼거렸어요.

"허! 그놈들이 그래도 좋은 뜻으로 모두 이야기해주었는데, 내가 어쩌자고 이렇게 단숨에 끝장을 내버렸지? 에라, 됐다! 어쨌든 이렇게 돼버린 걸 뭐."

멋진 제천대성! 그는 그저 삼장법사의 길이 막혔기 때문에 어쩔 수 없이 이런 일을 저지른 것이었어요. 그는 졸개 요괴의 패를 풀어 자기 허리에 차고, '영'이라고 적힌 깃발을 등에 메고, 허리에 방울을 달고, 손으로는 딱따기를 치며 바람을 마주한 채 손가락을 구부려 결을 맺고 주문을 외웠어요. 그리고 몸을 흔들어 순찰 돌던 소찬풍의 모습으로 변신하더니, 지나온 길로 다시 돌아가 세 요괴 두목을 정탐하기 위해 동굴을 찾았어요. 이는 바로,

수많은 변신술 부리는 멋진 원숭이 왕
온갖 동작으로 참된 재주 자랑하네.

千般變化美猴王　萬樣騰那眞本事

라는 것이었지요.

손오공이 깊은 산으로 들어가 길을 따라 걸어가고 있노라니, 갑자기 사람들의 함성과 말들의 울음소리가 들려왔어요. 눈을 들어 살펴보니, 바로 사타동 입구에 만 마리에 가까운 졸개 요괴들이 창칼을 든 채 깃발을 펄럭이며 늘어서 있었어요. 제천대성은 속으로 기뻐하며 중얼거렸어요.

'태백금성의 말이 정말 허튼소리가 아니었구나.'

이 요괴들의 대열에는 일정한 규칙이 있었으니, 이백오십 명이 하나의 대오隊伍를 이루는 것이었어요. 그는 마흔 명이 들고 있는 울긋불긋한 깃발이 바람에 펄럭이는 것을 보고, 전체 규모가 만 명 정도 된다는 것을 알았어요. 그리고 혼자 헤아리며 중얼거렸어요.

'이 어르신이 졸개 순찰병으로 변신해 들어갈 때, 만약 두목 요괴가 내게 산을 순찰한 결과를 물으면 임기응변으로 대꾸해야 하겠지. 잠깐이라도 말을 잘못하면 나를 알아볼 테니, 어떻게 빠져나간다? 밖으로 도망치면 저 문지기놈들이 가로막을 테니, 어떻게 문을 나가지? 동굴 안의 요괴 왕을 잡으려면 먼저 문 앞의 요괴 무리들을 없애야 되겠군!'

손오공이 어떻게 요괴 무리들을 없앨 수 있을까요? 멋진 제천대성! 그는 이렇게 생각했어요.

'저 요괴 왕은 나와 만난 적은 없지만 내 이름을 안단 말씀이야. 내 이름을 들먹이며 겁을 주면 저 졸개놈들이 깜짝 놀라겠지? 만약 우리한테 경전을 갖고 돌아갈 인연이 있다면, 내가 가서 몇 마디 허풍을 늘어놓아도 저 문 앞의 요괴들은 놀라 도망칠 거야. 하지만 경전을 가져갈 인연이 없다면, 부처님처럼 감동적인 얘기

를 해서 하늘 꽃이 분분히 떨어지게 하더라도 저 동굴 밖 요괴들을 없앨 수 없을 거야.'

그는 마음속으로 이리저리 자문자답하며 계책을 세우면서, 딱따기를 치고 방울을 흔들며 곧장 사타동 입구로 달려갔어요. 그러자 앞에서 진을 치고 있던 졸개 요괴들이 가로막으며 말했어요.

"순찰병이로구나?"

손오공은 대답은 하지 않고 고개를 숙인 채 걸어 들어갔어요. 두 번째 진영 안으로 들어서자, 다시 졸개 요괴들이 가로막으며 말했어요.

"순찰병이로구나?"

"그래."

"오늘 아침에 순찰하다가 혹시 손오공인지 뭔지 하는 놈을 만났니?"

"만났어. 저기서 몽둥이를 갈고 있던데?"

여러 요괴들이 겁을 집어먹고 말했어요.

"어떻게 생겼던? 무슨 몽둥이를 갈고 있었어?"

"저기 계곡가에 쪼그려 앉아 있는데 꼭 개로신開路神처럼 생겼더라고. 일어서기라도 하면 키가 열 길도 넘겠던데? 손에 쇠몽둥이를 들고 있는데 굵기가 사발만 한 큰 몽둥이였어. 돌벼랑 위에서 물을 한 움큼 떠서 몽둥이를 갈면서 입으로는 또 이렇게 중얼거리더라고. '몽둥이야! 이제까지 네 신통력을 드러내본 적이 없으니, 이번에 가면 십만 마리 요괴들을 모두 때려죽여다오! 내가 요괴 두목 셋을 죽여 네게 제사를 지내주마.' 그자는 몽둥이를 반짝반짝 갈아서 먼저 문 앞에 있는 너희 일만 요괴들을 때려죽인다고 했어!"

졸개 요괴들은 그 말을 듣자 모두 간담이 서늘하여 혼비백산했어요. 손오공이 또 말했지요.

"여러분, 저 당나라 중의 고기는 몇 근밖에 되지 않아서 우리한테까지 돌아올 몫이 없는데, 우리가 뭐하러 이용만 당해야 한단 말이오! 차라리 각기 흩어지는 게 나을 거요."

그러자 여러 요괴들이 모두 말했어요.

"맞는 말이야. 우린 각자 자기 목숨이나 챙기자고."

만약 이 병사들이 요괴 왕의 덕에 감화되었더라면 죽어도 도망칠 생각을 하지 않았겠지요. 원래 이들은 모두 이리나 호랑이, 표범 따위의 들짐승들과 날짐승들이어서, 우 하는 소리와 함께 모두들 다투어 가버렸어요. 이것은 바로 제천대성의 몇 마디 허풍에 요괴들이 마치 사면초가四面楚歌에 빠진 항우項羽의 병사들처럼 뿔뿔이 흩어져버린 것이었지요. 손오공은 속으로 기뻐하며 중얼거렸어요.

'좋아! 이제 요괴 두목놈들은 죽은 목숨이다! 이름만 들어도 이렇게 도망치는데 어떻게 감히 맞설 수 있겠어? 이제 들어가서도 이렇게 말하면 되겠지. 만약 잘못 말했다가 이 졸개 요괴들 가운데 누군가 안으로 들어가서 듣게 된다면 수틀리게 되는 거잖아?'

보세요. 그는,

일부러 옛 동굴 찾아와
배짱 좋게 문안 깊숙이 들어갔다네.

存心來古洞　仗膽入深門

결국 그 요괴 두목들을 만나 어떤 길흉이 있는지는 알 수 없으니, 이에 대해서는 다음 회를 들어보시라.

제75회
손오공, 음양병을 뚫고 도망치다

그러니까 제천대성이 동굴 입구로 들어가며 양쪽을 바라보니 이런 모습이었어요.

해골이 고개를 이루고
뼈가 숲을 이루고 있구나.
사람의 머리카락 밟혀서 양탄자가 되었고
사람의 살 문드러져 진흙탕이 되었구나.
사람의 힘줄은 나무 위에 걸려
바싹 말라 은빛으로 빛나는구나.
진정 시체가 산을 이루고 피바다를 이루었으며
정말 피비린내 참을 수가 없구나.
동쪽의 졸개 요괴
산 사람을 데려다 살을 바르고
서쪽의 못된 요괴
싱싱한 사람 고기를 삶고 찌고 있구나.
멋진 원숭이 왕과 같은 영웅의 담력을 가진 이가 아니라면 다른 어떤 평범한 사내도 그 문으로 들어갈 수 없었으리!

骷髏若嶺　骸骨如林
人頭髮躧成氈片　人皮肉爛作泥塵
人筋纏在樹上　乾焦幌亮如銀
眞個是尸山血海　果然腥臭難聞
東邊小妖　將活人拿了剐肉
西下潑魔　把人肉鮮煮鮮烹
若不美猴王如此英雄膽　第二個凡夫也進不得他門

얼마 지나지 않아 그는 두 번째 문으로 들어갔어요. 아! 그곳은 바깥과는 완전히 달랐어요. 청아하고 운치 있고 아름답고 넓고 평평했어요. 양쪽으로는 기이하고 향기로운 꽃과 풀들이 자라고, 앞뒤로는 아름드리 소나무와 비췻빛 대나무가 있었어요. 칠팔 리 정도 걸어 들어가니 세 번째 문에 이르렀어요. 몸을 숨기고 몰래 엿보니 매우 험상궂게 생긴 요괴 왕 셋이 위쪽에 높이 앉아 있었어요. 가운데에 있는 요괴는 이런 모습이었지요.

빼져나온 송곳니에 톱니 같은 이빨
둥근 머리통에 네모난 얼굴
목소리는 우레 같고
눈빛은 번개 같네.
코는 하늘 향해 솟아 있고
붉은 눈썹 불꽃처럼 휘날리네.
돌아다닐 때면
모든 짐승들 두려워하고
앉아 있을 때는

여러 요괴들 벌벌 떠네.

이 요괴가 바로 짐승의 왕 푸른 털 사자 요괴라네.

鑿牙鋸齒　圓頭方面

聲吼若雷　眼光如電

仰鼻朝天　赤眉飄鉄

但行處　百獸心慌

若坐下　群魔膽戰

這一個是獸中王青毛獅子怪

왼쪽에 있는 요괴는 이런 모습이었지요.

봉황의 눈에 금빛 눈동자

누런 이빨에 굵은 다리

긴 코에 은빛 털

머리가 꼬리 같구나.

둥근 이마에 찌푸린 눈썹

체구는 우람하구나.

가는 목소리 얌전한 미녀 같고

옥 같은 얼굴 사나운 소머리 귀신 같구나.

이 요괴는 수년간 몸을 단련한 누런 상아의 늙은 코끼리라네.

鳳目金睛　黃牙粗腿

長鼻銀毛　看頭似尾

圓額皺眉　身軀磊磊

細聲如窈窕佳人　玉面似牛頭惡鬼

這一個是藏齒修身多年的黃牙老象

오른쪽에 있는 요괴는 이런 모습이었어요.

금빛 날개에 곤의 머리
별빛 같은 눈동자에 표범의 눈
북쪽에서 떨쳐 일어나 남쪽을 향하니
굳세고 용맹스럽구나.
붕새로 변하여 높이 날아가니
메추라기는 비웃고 용은 부끄러워하는구나.
바람 일으키며 날개 퍼덕이면
모든 새들 머리 감추고
날카로운 발톱 펼치면
모든 날짐승들 간담이 서늘해진다네.
이 요괴는 바로 구만 리 구름 길 나는 큰 붕새라네.

金翅鯤頭　星睛豹眼
振北圖南　剛强勇敢
變生翱翔　鷃笑龍慘
摶風翮　百鳥藏頭
舒利爪　諸禽喪膽
這個是雲程九萬的大鵬鵰

양옆으로는 백여 마리의 크고 작은 두목들이 모두 갑옷과 투구로 완전무장을 한 채 늘어서 있는데, 위엄 있고 살기가 가득했어요. 손오공은 이 모습을 보고 속으로 좋아했어요. 그는 조금도 두려워하지 않고 큰 걸음으로 곧장 문으로 들어가, 딱따기와 방울을 풀어놓고 올려다보며 "대왕님" 하고 불렀어요. 세 요괴 왕들은 껄껄 웃으며 물었어요.

"소찬풍, 돌아왔느냐?"

"예."

"산을 순찰하며 손오공의 행방을 알아보라고 했는데, 어찌 되었느냐?"

"대왕님, 이 자리에서는 감히 말씀드리지 못하겠습니다."

"어째서 말을 못 하겠다는 것이냐?"

"제가 대왕님의 명을 받들어 딱따기를 치고 방울을 흔들며 한참 가다가 문득 고개를 들어 보니, 한 사람이 저쪽에 쭈그리고 앉아 쇠몽둥이를 갈고 있었습니다. 마치 장례 행렬의 선두에서 길을 여는 무시무시한 개로신처럼 생겼는데, 일어서면 키가 열 길도 넘을 것 같았습니다. 그는 계곡 벼랑 위에서 물을 한 움큼 떠서 쇠몽둥이를 갈며 중얼거리길, 그의 쇠몽둥이가 여태 신통력을 발휘해보지 못했으니, 다 갈고 나면 대왕님을 치러 오겠다고 했습니다. 그걸 보니 그가 손오공임에 분명하기에 이렇게 와서 보고드립니다."

첫째 요괴는 이 말을 듣고 온몸에 식은땀이 흐르고 놀라 부들부들 떨며 말했어요.

"동생들, 내가 당나라 중을 건드리지 말자고 했잖아? 그의 제자가 신통력이 대단해서 우리를 치려고 미리 쇠몽둥이를 갈고 있다니, 어쩌면 좋겠는가?"

그는 그렇게 말하고 다시 졸개들에게 명을 내렸어요.

"얘들아, 동굴 문 밖에 있는 크고 작은 졸개들을 모두 들어오라고 한 후, 문을 닫아걸고 그가 지나가도록 내버려둬라."

두목들 가운데 밖의 상황을 안 자가 와서 보고를 했어요.

"대왕님, 문밖에 있던 졸개 요괴들은 벌써 모두 달아났습니다."

"모두 달아났다니 무슨 말이냐? 아마 분위기가 심상치 않다는 말을 들은 모양이구나. 빨리 문을 닫아라! 빨리 닫아!"

여러 요괴들은 쾅쾅 앞뒤 문들을 모두 닫아걸고 빗장을 질렀어요. 손오공은 혼자 속으로 놀라 중얼거렸어요.

'이렇게 문을 닫은 채 나한테 다시 이런저런 일을 묻는다면 내가 똑바로 대답할 수가 없을 테니, 그렇게 되면 속인 것이 탄로 나고 저들에게 붙잡히게 될 거야. 다시 허풍을 쳐서 문을 열도록 해서 달아나야겠다.'

손오공은 다시 앞으로 나와 이렇게 말했어요.

"대왕님, 그자가 또 이런 끔찍한 말을 했습니다."

"또 무슨 말을 하더냐?"

"그는 첫째 대왕님은 가죽을 벗기고, 둘째 대왕님은 뼈를 발라내고, 셋째 대왕님은 힘줄을 뽑아낸다고 했습니다. 만약 문을 닫아걸고 나오지 않는다면, 자기는 변화를 부릴 줄 아니까 순식간에 파리로 변해 문틈으로 들어와 우리들을 모두 잡아가겠다고 했으니, 어쩌면 좋겠습니까?"

"동생들, 모두 조심하게! 이 동굴 안에는 해마다 파리라고는 없었으니, 들어온 파리가 있으면 바로 손오공이야."

손오공은 속으로 웃으며 중얼거렸어요.

'그렇다면 파리로 변해서 저놈들을 놀라게 해 문을 열도록 해야겠군.'

제천대성은 옆으로 슬쩍 몸을 비키고 뒤통수에서 머리털 하나를 뽑아 신선의 기운을 불어 넣으며 "변해라!" 하고 외쳤어요. 그것은 한 마리 똥파리로 변해 첫째 요괴의 얼굴에 가 부딪쳤어요. 첫째 요괴는 깜짝 놀라 말했어요.

"동생들, 큰일 났네. 그놈이 들어왔어!"

깜짝 놀란 크고 작은 여러 요괴들은 모두 갈퀴와 빗자루를 들고 올라와 파리를 잡으려고 야단이었어요. 제천대성은 참지 못하고 하하 웃음을 터뜨렸어요. 완벽하게 속이려면 웃어서는 안 되는 것이었는데, 그렇게 웃다 보니 본색이 드러나고 말았어요. 그러자 셋째 요괴가 앞으로 달려와 손오공을 꽉 붙잡고 이렇게 말했어요.

"형님, 하마터면 이놈한테 속을 뻔했습니다."

첫째 요괴가 물었어요.

"동생, 누가 누구를 속인단 말이냐?"

"방금 보고를 올린 졸개 요괴는 소찬풍이 아니고 바로 손오공입니다. 분명 소찬풍을 만나 어떻게 때려죽였는지는 모르지만, 그의 모습으로 변해서 우릴 속인 것입니다."

손오공은 놀라며 중얼거렸어요.

'이놈이 눈치챘군.'

손오공은 손을 비비며 첫째 요괴를 보고 말했어요.

"어떻게 저를 손오공이라 하십니까? 저는 소찬풍입니다. 대왕님께서 착각하신 겁니다."

첫째 요괴도 웃으며 말했어요.

"동생, 그는 소찬풍이네. 하루 세 차례 점호를 하는데, 내가 잘 아네."

그리고 첫째 요괴는 손오공에게 물었어요.

"명패를 가지고 있느냐?"

"예."

손오공은 옷을 걷어 올리고 명패를 꺼내 보여줬어요. 첫째 요괴는 더욱 믿어 의심치 않으며 말했어요.

"동생, 괜히 무고한 놈 잡지 말게."

"형님, 형님은 못 보셨겠지만 저놈이 방금 웃을 때, 저는 그가 벼락신의 주둥이를 드러내는 것을 분명히 보았습니다. 제가 붙잡으니까 다시 이런 소찬풍의 모습으로 변한 겁니다."

셋째 요괴는 졸개 요괴들에게 소리쳤어요.

"얘들아, 밧줄을 가져와라."

여러 두목은 즉시 밧줄을 가져왔어요. 셋째 요괴가 손오공을 끌어당겨 쓰러뜨리고 손발을 함께 묶은 후 옷을 들추어보니 분명 필마온이었어요. 원래 손오공은 일흔두 가지 모습으로 변할 수 있었어요. 만약 새나 짐승, 꽃과 나무나 그릇, 벌레 같은 것으로 변한다면 온몸이 완전히 변하지요. 하지만 사람으로 변하는 경우에는 얼굴만 변하고 몸은 변할 수 없었어요. 그러니 그의 온몸에는 누런 털이 나고, 붉은 양 엉덩이 사이에 꼬리가 달려 있었던 것이지요. 첫째 요괴가 그 모습을 보더니 말했어요.

"손오공의 몸뚱이에 소찬풍의 얼굴이군. 바로 그놈이야."

그는 졸개 요괴들에게 명을 내렸어요.

"얘들아, 우선 술을 가져다가 너희 셋째 대왕님께 공로주를 따라드려라. 손오공을 붙잡았으니 당나라 중이 우리 밥이 되는 것은 시간문제다."

셋째 요괴가 말했어요.

"잠시 술은 마시지 않겠습니다. 손오공은 민첩한 데다가 은둔법隱遁法을 쓸 줄 알아 달아날까 걱정입니다. 아이들에게 병을 내오게 하여, 손오공을 병 속에 담아두고 나서 술을 마시는 게 좋겠습니다."

첫째 요괴는 호탕하게 웃으며 말했어요.

"옳은 말이네. 옳은 말이야."

그는 즉시 서른여섯 명의 졸개 요괴들을 뽑아 안으로 들어가서 창고 문을 열고 병을 내오게 했어요. 여러분, 그 병이 어느 정도의 크기였을까요? 높이가 겨우 두 자 네 치 정도였지요. 그러면 어째서 그걸 드는 데 사람이 서른여섯 명이나 필요했을까요? 그 병은 음양의 두 기운으로 이루어진 보물이라 병 속에 칠보七寶•와 팔괘八卦, 이십사절기로 차 있어서 천강성天罡星•의 숫자인 서른여섯 사람이라야 들 수가 있었어요.

얼마 지나지 않아 졸개 요괴들은 보물 병을 들어다 세 번째 문 밖에 놓고 깨끗이 닦아 뚜껑을 열었어요. 그리고 손오공을 묶었던 밧줄을 풀고 옷을 벗기고 병 속에서 나오는 신선의 기운을 쏘여주자 휙 하는 소리와 함께 병 속으로 빨려 들어갔어요. 그들은 병뚜껑을 닫고 봉인을 붙이고 나서야 술을 먹으러 갔어요.

"원숭이가 이제 내 보물 병 속에 들어갔으니 서방으로 가기는 틀렸군. 그래도 다시 부처를 뵙고 경전을 구하려 한다면, 어머니 배 속으로 들어갔다 다시 태어나는 수밖에는 없어."

크고 작은 여러 요괴들은 모두 하하하 웃으며 공로를 축하하러 갔는데, 이 이야기는 더 이상 하지 않겠어요.

한편, 보물 병 속에 들어간 제천대성은 그 병에 죄여 몸이 작아졌어요. 그는 아예 변화를 부려 바닥에 쭈그리고 앉았어요. 한참이 지나자 그런 대로 서늘했어요. 그는 자기도 모르게 픽 웃으며 중얼거렸어요.

"이 요괴가 소문만 무성했지 내실은 없구나. 이 병 속에 들어가게 되면 두 시간도 안 되어 피고름으로 변한다고 떠벌리더니만, 이렇게 서늘해서는 칠팔 년 있어도 괜찮겠는걸?"

아! 제천대성은 그 보물 병의 내력을 몰랐던 것이었어요. 그 속에 들어가서 일 년 동안 말하지 않았다면 줄곧 서늘한 상태였겠지요. 하지만 사람의 말소리가 들리면 바로 불길이 타오르게 되어 있었어요. 제천대성의 말이 끝나지도 않아서 병 속은 온통 불길에 휩싸였어요. 다행히 그는 재주가 있어서, 손가락을 구부려 불을 피하는 결을 맺고 전혀 두려움 없이 가운데에 앉아 있었어요. 한 시간 정도는 잘 버텼지요. 하지만 사방에서 사십 마리의 뱀이 나와 혀를 날름거리는 것이었어요. 손오공이 손을 휘둘러 뱀들을 잡아 있는 힘껏 내던지니 모두 두 동강 나버렸어요. 잠시 후 다시 불을 뿜는 세 마리 용이 나타나 손오공을 위아래에서 휘감으니 정말 견디기 어려웠어요. 그는 당황하여 어쩔 줄 모르며 이렇게 중얼거렸어요.

"다른 것은 괜찮지만 이 불을 뿜는 세 마리 용은 어쩔 방법이 없구나. 얼마 지나지 않아 불기운이 심장까지 침범할 텐데 어쩌지? 몸을 늘여서 병을 깨뜨려보자."

멋진 제천대성! 그가 손가락을 구부려 결을 맺고 주문을 외우며 "커져라!" 하고 외치니, 키가 한 길이 넘게 커졌어요. 하지만 병도 몸에 꽉 달라붙은 채 역시 커지는 것이었어요. 그가 다시 몸을 작게 하자 병도 역시 작아지는 것이었어요. 손오공은 놀라 중얼거렸어요.

"안 되겠는데? 어렵겠어. 어떻게 내가 커지면 같이 커지고 작아지면 같이 작아지는 것이지? 이를 어쩐다?"

이 말이 끝나기도 전에 복사뼈가 약간 아파 급히 손을 뻗어 만져보니 불에 그슬려 물러져 있었어요. 그는 초조해져서 중얼거렸어요.

"어쩌지? 복사뼈가 타버리면 병신이 돼버릴 텐데."

그는 자기도 모르게 눈물을 흘렸으니, 이것이 바로

마귀와 고난을 만나도 삼장법사를 그리워하고

재난과 위험을 당해도 성승을 염려하는구나.

遭魔遇苦懷三藏　著難臨危慮聖僧

라는 것이었지요. 그는 탄식했어요.

“사부님, 저는 예전에 불법에 귀의하여 관음보살의 권면을 받아 하늘의 재앙에서 벗어나게 되었지요. 사부님과 함께 여러 산들을 힘겹게 넘었고 많은 요괴들을 물리쳤습니다. 저팔계를 투항시키고, 사오정을 만나 천신만고 끝에 함께 서방으로 가 정과를 이루기를 바랐습니다. 그런데 오늘 뜻하지 않게 이런 지독한 요괴를 만나, 이 몸이 이곳에 잘못 들어와 목숨을 잃게 되었습니다. 산속에 사부님을 남겨둔 채 앞으로 나아갈 수 없게 되었습니다. 아마 지난날 제 악명 때문에 오늘의 이런 어려움을 겪나 봅니다.”

그가 한참 서글퍼하고 있는데, 문득 이런 생각이 떠올랐어요.

“예전에 관음보살께서 사반산蛇盤山에서 내게 목숨을 구할 수 있는 털 세 가닥을 주셨는데 있는지 모르겠군. 한번 찾아봐야겠다.”

그가 즉시 손으로 온몸을 더듬으니, 뒤통수에 아주 빳빳한 세 가닥 털이 있었어요. 그는 기뻐서 중얼거렸어요.

“몸에 나 있는 털은 모두 부드러운데 이 세 가닥만은 이처럼 빳빳하니, 분명 내 목숨을 구해줄 털일 거야.”

그는 이를 악물고 아픔을 참으며 털을 뽑아 신선의 기운을 불어넣으며 “변해라!” 하고 외쳤어요. 그러자 세 가닥 머리털은 각각 금강석 송곳, 대쪽, 면실로 변했어요. 그가 대쪽을 활처럼 잡아당겨 실을 매고 송곳을 걸어 병 밑바닥을 향해 쌩 하고 쏘았어요. 그러자 구멍을 뚫리며 빛이 들어왔어요. 그는 기뻐 소리쳤어요.

“다행이다, 다행이야! 빠져나가면 되겠구나.”

손오공이 변신술을 써서 그곳을 빠져나오니, 병은 다시 서늘해졌어요. 어째서 바로 서늘해졌을까요? 병에 구멍이 뚫리자 음양의 기운이 다 빠져나갔기 때문이지요.

멋진 제천대성! 그는 털을 거둬들이고 몸을 다시 작게 해서 모기 눈썹 사이에 사는 작은 벌레로 변했어요. 그것은 매우 가볍고 머리카락처럼 가늘며 눈썹 정도의 길이였지요. 그는 뚫린 구멍에서 빠져나온 후 달아나지 않고, 곧장 첫째 요괴 머리 위로 날아가 앉았어요. 첫째 요괴는 한참 술을 마시다가 갑자기 술잔을 내려놓으며 말했어요.

"셋째 동생, 손오공이 지금쯤이면 녹았을까?"

셋째 요괴가 웃으며 대답했어요.

"지금까지 남아 있겠습니까?"

첫째 요괴는 명을 내려 병을 들고 오라고 했어요. 아래쪽에 있던 서른여섯 명의 졸개 요괴들이 즉시 병을 들어 올리니 매우 가벼워져 있었어요. 깜짝 놀란 졸개 요괴들이 보고했어요.

"대왕님, 병이 가벼워졌습니다."

"무슨 소리냐? 그 보물 병은 음과 양 두 기운으로 가득 차 있는데, 어떻게 가벼워질 수 있겠느냐?"

졸개 중에 힘 좀 쓰는 요괴가 병을 들어 올리면서 말했어요.

"보십시오. 이렇게 가볍지 않습니까?"

첫째 요괴가 뚜껑을 열어보니, 안쪽에 빛이 새어 들어오는 것이 보였어요. 그는 자기도 모르게 소리를 내질렀어요.

"이 병이 빈 것은 구멍이 뚫렸기 때문이다."[1]

제천대성은 첫째 요괴의 머리 위에서 참지 못하고 이렇게 말

1 원문에서는 비어 있다는 뜻의 '空[kòng]' 자와 화살을 당겨 쏘다는 뜻의 '控[kòng]' 자를 써서 동음이의어의 효과를 노리고 있다.

했어요.

"아들놈아, 쌩 하고 가버렸지!"

여러 요괴들은 이 말을 듣더니 소리쳤어요.

"달아났다! 달아났어!"

첫째 요괴는 즉시 명을 내렸어요.

"문 닫아라! 문 닫아!"

손오공은 몸을 한 번 흔들어 벗어놓은 옷을 챙기고 본래 모습을 드러내어 동굴 밖으로 달아났어요. 그리고 고개를 돌려 욕을 퍼부었지요.

"요괴들아, 까불지 마라! 병은 구멍이 뚫렸으니 사람을 담을 수 없게 됐다. 가져다가 요강으로나 써라."

손오공은 신나게 떠들어대며 구름을 타고 곧장 삼장법사가 있는 곳으로 돌아갔어요. 한편 삼장법사는 저쪽에서 흙은 모아놓고 향을 사르고 하늘을 향해 기도를 올리고 있었어요. 손오공은 구름을 멈추고 그가 뭐라고 기도하는지 들어보았어요. 삼장법사는 합장을 하며 하늘을 향해 이렇게 기도했어요.

구름과 노을 위에 여러 신선님들과
육정육갑과 여러 하늘신들께 기도합니다.
바라옵건대 저의 제자인 손오공을 보호하시고,
신통력을 크게 펼치고 법력이 무한하게 하소서.

祈請雲霞眾神仙　六丁六甲與諸天
願保賢徒孫行者　神通廣大法無邊

제천대성은 이렇게 기도하는 소리를 듣고 더욱 노력하리라 다짐했어요. 그는 구름을 거두고 삼장법사 앞으로 다가가 말했어요.

“사부님, 돌아왔습니다.”

삼장법사는 그를 붙들고서 말했어요.

“오공아, 수고했다. 네가 저 멀리 높은 산을 정탐하러 간 후 오랫동안 돌아오지 않아 걱정하고 있었다. 도대체 그 산에는 길흉이 어떠하더냐?”

손오공이 웃으면서 대답했어요.

“사부님, 이번 길은 무엇보다도 동녘 땅 중생들에게 인연이 있는 것이고, 다음으로 사부님의 공덕이 끝이 없고, 마지막으로 이 제자의 법력이 대단했기 때문에 무사할 수 있었습니다.”

손오공은 지금까지 소찬풍으로 변장했던 일과 병 속에 들어갔다 탈출한 일들에 관해 자세히 이야기해줬어요. 그리고 마지막으로 이렇게 말했어요.

“지금 사부님 얼굴을 뵈니 정말로 딴 세상 사람을 본 듯합니다.”

삼장법사는 연신 고맙다는 말을 하더니 이렇게 물었어요.

“이번에 요괴와 싸움을 했느냐?”

“하지 않았습니다.”

“그렇다면 나를 보호하여 산을 넘어갈 수 없겠구나?”

손오공은 지기 싫어하는 성격이어서 소리를 꽥 질렀어요.

“아니, 그게 무슨 말씀이십니까? 못 한다니요!”

“요괴와 승부를 가리지는 않고 이렇게 애매하게 어물쩍거리고 있으니, 내가 어떻게 앞으로 갈 수 있겠느냐?”

제천대성은 웃으며 대답했어요.

“사부님, 정말 답답하시군요. 속담에도 ‘한 가닥 실로는 노끈을 엮을 수 없고 손바닥 하나로는 소리가 나지 않는다(單絲不線 孤掌難鳴)’고 했잖아요? 요괴는 세 명인 데다가 졸개 요괴가 수없이 많은데, 이 몸 혼자서 어떻게 그들과 싸우겠어요?"

"중과부적이라고 했듯이 너 혼자로는 어렵겠지. 저팔계와 사오정도 모두 능력이 있으니, 함께 가거라. 그리고 서로 마음과 힘을 모아 산길을 깨끗이 치워, 내가 지나갈 수 있도록 해다오."

손오공은 깊이 생각하더니 이렇게 대답했어요.

"사부님 말씀이 지당하십니다. 사오정은 사부님을 보호하게 하고, 저팔계는 저랑 같이 가게 해주십시오."

멍텅구리는 당황해하며 거절했어요.

"형님은 안목이 없구려. 나는 쓸데없이 힘만 세고 거칠며 특별한 재간도 없소. 길 가는 데 바람막이나 할 수 있을 뿐이니, 형님을 따라간들 무슨 도움이 되겠소?"

"동생, 네가 무슨 재간은 없지만 그런 대로 한 사람 몫은 하잖아? 속담에도 '방귀라도 뀌어 바람을 보탠다(放屁添風)'고 했듯이, 네가 응원이라도 할 수 있지 않겠어?"

"그럽시다. 그래요. 형님을 따라가리다. 하지만 다급한 순간에 나를 골탕 먹이지는 마시오."

삼장법사가 말했어요.

"팔계야, 조심해라. 나는 사오정과 함께 여기 있겠다."

멍텅구리는 신선의 위세를 떨치며 손오공과 함께 바람을 타고 솟구쳐 올라서, 구름과 안개를 타고 높은 산에 뛰어올라 곧장 동굴 입구에 도착했어요. 이미 동굴 문은 꽉 닫혀 있었고 사방에 사람이라곤 찾아볼 수가 없었어요. 손오공이 앞으로 가서 여의봉을 들고 사나운 목소리로 고함을 쳤어요.

"요괴들아, 문 열어라! 빨리 나와 이 손 어르신과 겨뤄보자."

동굴 안에 있던 졸개 요괴가 들어가 보고하자, 첫째 요괴는 놀라 벌벌 떨며 말했어요.

"몇 해 동안 내내 원숭이가 사납다는 말을 들었는데, 그 말이 정말 헛소문이 아니었구나."

둘째 요괴가 옆에서 끼어들며 말했어요.

"형님, 그게 무슨 말씀이세요?"

"손오공이 조금 전에 소찬풍으로 변해 숨어 들어왔지만 우리는 알아보지 못했다. 다행히 셋째 동생이 알아봐서 그를 병 속에 담았지. 그런데 또 재주를 부려 병을 뚫고 나와 옷까지 챙겨 달아났잖니? 그리고 지금은 싸우자고 밖에서 소리치고 있으니, 누가 먼저 나서서 싸우겠느냐?"

이 말에 대답하는 자가 하나도 없었어요. 첫째 요괴가 다시 물었지만 모두들 귀머거리인 듯 벙어리인 듯 아무도 대답지 않았어요. 첫째 요괴가 화를 내며 말했어요.

"우리는 서방으로 가는 큰길에서 그런 대로 악명을 떨치고 있었는데, 오늘 손오공에게 이렇게 멸시를 받게 되었다. 만약 나가 싸우지 않는다면 명성에 먹칠하는 것이 된다. 내가 나가 이 늙은 목숨을 바쳐 그와 세 합을 겨루겠다. 세 합을 싸워 이긴다면 당나라 중은 우리의 밥이 되겠지만, 싸워서 이기지 못한다면 그때는 문을 닫고 그들을 지나가게 내버려두자."

첫째 요괴는 마침내 갑옷을 가져다 입고 끈을 단단히 졸라매고는 문을 열고 걸어 나왔어요. 손오공과 저팔계가 문 옆에서 바라보니 정말 대단한 요괴였지요.

강철 이마 청동 머리에 멋진 투구를 썼는데
투구 끈 휘날리니 정말 눈부시구나.
번개 치듯 두 눈동자 밝게 빛나고
반짝반짝 노을을 펼친 듯 양쪽 귀밑머리 휘날리네.

은빛 반짝이는 굽은 발톱 뾰족하고 날카로우며
끌 같은 톱날 이빨 촘촘하고 가지런하구나.
몸에는 꿰맨 흔적 없는 황금 갑옷을 입고
허리에는 솜씨 좋게 만든 용 모양 띠를 맸네.
손에 든 강철 칼 밝게 빛나고
영웅다운 위엄은 세상에서 찾아보기 어렵도다.
우레 같은 목소리로 묻노니
"문을 두드리는 자는 누구냐?"

鐵額銅頭戴寶盔　盔纓飄舞甚光輝
輝輝掣電雙睛亮　亮亮鋪霞兩鬢飛
勾爪如銀尖且利　鋸牙似鑿密還齊
身披金甲無絲縫　腰束龍縧有見機
手執鋼刀明晃晃　英雄威武世間稀
一聲吆喝如雷震　問道敲門者是誰

제천대성이 몸을 돌리며 대답했어요.

"네 할아버지, 제천대성 손 어르신이시다."

첫째 요괴가 웃으면서 되물었어요.

"네가 손오공이냐? 이 간이 부은 못된 원숭이 녀석! 내 너를 건드리지 않았는데 무엇 때문에 여기 와서 싸움을 거느냐?"

"'바람이 불어야 물결이 일고 조수가 없으면 물은 잔잔한 법(有風方起浪 無潮水自平).' 네가 나를 건드리지 않았다면 내가 너를 찾아왔겠느냐? 너희 여우, 개 무리들이 하나로 결탁해서 우리 사부님을 잡아먹으려 했기 때문에 내가 이곳에 와서 실력을 보이려는 것이다."

"네가 이렇게 기세등등하게 우리 집에 찾아와 소란을 피우는 것은 싸우자는 것이 아니냐?"

"그렇다."

"그만 날뛰어라. 내가 만약 병사를 내보내 진세를 벌이고 깃발을 흔들고 북을 치며 너와 싸운다면, 내가 집 앞에서 날뛰는 종이 호랑이처럼 보일 테고 너를 업신여기는 처사이다. 너와 내가 일대일로 대결하고 다른 사람은 돕지 않는 걸로 하자."

손오공은 이 말을 듣더니 저팔계를 보고 말했어요.

"너는 저쪽으로 가서 저놈이 이 어르신에게 어떻게 하는지 구경이나 해라."

멍텅구리는 한쪽으로 피했지요. 첫째 요괴가 말했어요.

"이리 와라. 내가 먼저 공격하겠다. 내가 있는 힘껏 네 빡빡머리를 칼로 세 번 내리칠 테니, 그것을 견뎌내면 네 사부를 보내주겠다. 만약에 견디지 못할 것 같으면 내 한 끼 식사거리로 빨리 네 사부를 보내라."

손오공은 이 말을 듣더니 웃으며 대답했어요.

"요괴야, 동굴 속에 종이와 붓이 있으면 가져와 계약을 하자. 오늘부터 내년까지 칼로 내리친대도 나는 꼼짝도 하지 않겠다."

첫째 요괴는 위풍을 떨치며 발을 정丁 자 모양으로 하고 서서, 두 손으로 칼을 들어 제천대성의 정수리를 향해 내리쳤어요. 제천대성은 머리를 위쪽으로 쑥 내밀었어요. 하지만 쨍그랑 하는 소리만 들릴 뿐, 머릿가죽은 조금도 붉어지지 않았어요. 첫째 요괴는 매우 놀라며 말했어요.

"이 원숭이 녀석, 머리가 정말 단단하구나!"

제천대성은 웃으며 말했어요.

"너는 모르겠지만 이 손 어르신은,"

청동 머리통에 강철 머리 뚜껑을 하고 태어났으니
온 천하, 온 우주에 나와 같은 이 없지.
도끼로 내리치고 쇠망치로 쳐도 깨지지 않으니
어려서 태상노군의 단약 화로에 들어갔던 적이 있기 때문이지.
사두성관이 감독하며 만들었고
이십팔수의 성관들이 공을 들인 것이란다.
물속에 몇 번이나 담갔지만 상하게 할 수 없었으니
머리 둘레는 단단한 힘줄로 덮여 있단다.
삼장법사는 그래도 단단하지 않을까 걱정되어
일찌감치 또 자금 머리테를 씌워놓았단다.

生就銅頭鐵腦蓋　天地乾坤世上無
斧砍鎚敲不得碎　幼年曾入老君爐
四斗星官監臨造　二十八宿用工夫
水浸幾番不得壞　周圍扢搭板筋鋪
唐僧還恐不堅固　預先又上紫金箍

"원숭이놈아, 그만 지껄여라. 내 이 두 번째 칼은 결코 네 목숨을 그냥 두지 않을 것이다."
"어쨌든 마찬가지일걸?"
"원숭이놈아, 너는 모르겠지만 이 칼은,"

금화로 속에서 만들어졌고
신묘한 공력으로 백 번 달구어낸 것이다.
날카롭기는 삼략에 따른 것이고
강하기는 육도에 따른 것이다.

파리 꼬리 같고
흰 구렁이 허리 같단다.
산에 들어가면 구름이 피어오르고
바다에 들어가면 물결이 일렁인다.
셀 수 없이 갈고닦았고
수백 번 불에 달군 것이다.
깊은 산 오래된 동굴에 보관되다
싸움만 나서면 공을 세웠다.
화상 네놈의 머리 꼭대기를 내리치면
한 칼에 두 쪽 표주박으로 쪼개질 것이다.

金火爐中造　神功百煉熬
鋒刃依三略　剛强按六韜
卻似蒼蠅尾　猶如白蟒腰
入山雲蕩蕩　下海浪滔滔
琢磨無徧數　煎熬幾百遭
深山古洞放　上陣有功勞
攙着你這和尚天靈蓋　一削就是兩個瓢

제천대성이 웃으며 대꾸했어요.

"이놈의 요괴가 눈이 멀었나 보구나? 이 손 어르신의 머리를 표주박으로 착각하다니. 아무래도 좋다. 네가 그렇게 착각하고 내리치겠다면 할 수 없지. 그럼 어찌 되나 다시 한 번 쳐봐라."

첫째 요괴가 칼을 들고 다시 내리치자 제천대성이 머리를 쳐들었어요. 그러자 싹둑 하는 소리와 함께 제천대성의 몸이 두 동강 났어요. 그런데 제천대성은 땅바닥에서 구르더니 둘로 변하는 것이었어요. 요괴는 이를 보고 놀라 칼을 꽉 움켜쥐었어요. 저팔계가 멀리서 이를 보고 웃으며 소리쳤어요.

"요괴야, 두 번 내리쳐봐라. 넷으로 변할걸?"

요괴는 손오공을 가리키며 말했어요.

"네가 분신법을 쓸 수 있다는 말은 들었지만, 어째서 그 수법을 내 앞에서 쓰는 것이냐?"

제천대성이 웃으며 대답했어요.

"분신법이 어쨌다는 것이냐?"

"어째서 처음 너를 내리쳤을 때는 꿈쩍도 않다가 이번에 내리치니 둘로 변하는 것이냐?"

제천대성이 웃으며 대답했어요.

"요괴야, 무서워 마라. 네가 만 번 내리치면 이만 명이 되어줄 테니까."

"원숭이놈아, 너는 분신법만 쓸 줄 알지 분신한 몸을 다시 하나로 거두는 수신법收身法은 모를 거다. 네게 하나로 거두는 재주가 있다면 나를 한번 쳐봐라."

"거짓말 아니지! 너는 칼질을 세 번 하겠다고 해놓고 두 번만 했다. 나보고 여의봉으로 한 대 쳐보라고 하니, 내가 한 대 반을 때린다면 성을 갈겠다."

"알았다. 알았어."

멋진 제천대성! 그는 몸을 거둬들이고 재주를 넘어 전처럼 하나의 몸이 되더니, 여의봉을 들고 요괴의 머리를 정면으로 내리쳤어요. 요괴는 칼을 들고 막으며 말했어요.

"못된 원숭이놈, 무례하구나! 어째서 상주 지팡이 같은 그런 몽둥이를 들고 우리 집에 와서 사람을 치느냐?"

"이 몽둥이가 궁금한 모양이지? 이건 하늘에서도 땅속에서도 명성이 자자하단다."

"어떻게 명성이 났느냐?"

이 몽둥이는 아홉 번 달구어낸 강철로
태상노군이 직접 화로에서 단련한 것이지.
우왕이 얻어서 신치神侈라고 불렀고
강과 바다에서 두루 영험을 보였지.
중간에는 별들이 가지런히 새겨져 있고
양쪽 끝에는 황금 조각을 박아넣었지.
꽃문양 조밀하게 그려져 있어 귀신들 놀라고
위에는 용과 봉황의 문양이 조각되어 있네.
영양봉이라고 하는데
바닷속 깊이 보관되어 사람이 볼 수 없었다네.
모양이 변하여 솟아오르고
오색 노을빛을 번쩍이며 드러낸다네.
이 손 어르신이 도를 깨닫고 이걸 얻어 산으로 돌아가
무궁한 변화를 부리고 수많은 경험을 했지.
때로는 큰 항아리만큼 굵어졌다가
어떤 때는 철사만큼 작아진다네.
남악만큼 굵어졌다 바늘만큼 가늘어지고
길이는 내 마음대로 변하지.
가볍게 들면 오색구름 피어나고
번개처럼 번쩍이며 날아다닌다네.
유유히 싸늘한 기운 사람에게 엄습하고
줄기줄기 살기에 찬 안개 공중에 피어난다네.
용과 호랑이를 물리치며 조심스레 간수하며
하늘 끝, 바다 구석까지도 두루 다녔노라.

예전에 이 몽둥이로 하늘궁전에서 소란을 피웠고
위풍을 떨쳐 반도회도 무산시켰노라.
사대천왕이 나와 겨루었지만 이기지 못했고
나타태자가 대적했지만 상대가 아니었지.
하늘신들 두들겨대니 숨을 곳 없었고
십만의 하늘 병사도 모두 달아나 숨었지.
격노한 여러 장수들 영소보전을 호위했으나
몸을 날려 통명전을 공격했다네.
조정을 지키던 하늘 관리들 모두 놀랐고
옥황상제 호위하던 신선 관리들 모두 동요했지.
몽둥이 들어 북두궁을 뒤집어놓고
방향을 돌려 남극전에서 소란 피웠다.
하늘 궁궐의 옥황상제 몽둥이 매서운 걸 아시고
특별히 석가여래를 초청하여 나와 만나게 하셨지.
싸움의 승부가 그러하듯
앞날의 곤경과 재앙 판단하기 어려웠지.
꼬박 오백 년 세월을 채우고
다행히 남해 관음보살의 권면을 받게 되었다네.
위대한 당나라에 출가승이 있었는데
하늘을 향해 큰 서원을 했지.
그분은 왕사성에서 귀신과 혼백들을 제도하고
영취산에 올라 경전을 구하고자 했지.
서방으로 가는 길에는 요괴들이 있어
움직이는 데 매우 힘들었지.
쇠몽둥이가 세상에 둘도 없음을 아시고
나한테 가는 길의 일행이 되어달라고 청하셨네.

사악한 요괴들 물리쳐 저승으로 보냈으니
살은 먼지가 되고 뼈는 가루가 되었지.
곳곳에서 요괴들 몽둥이에 맞아 죽었으니
만 마리인지 천 마리인지 셀 수도 없다네.
하늘에서는 두우궁을 때려 부수고
땅속에서는 삼라전을 쳐부수었지.
하늘 장수 가운데 구요성관을 뒤쫓은 적 있고
저승 관청에서는 죽음을 관장하는 판관을 때려죽인 적이 있지.
공중에서 내던지면 산천이 진동하니
태세신의 신화검보다 낫도다.
오로지 이 몽둥이에 의지하여 삼장법사를 보호하며
천하의 요괴들을 완전히 물리치리라.

棒是九轉鑌鐵煉　老君親手爐中煅
禹王求得號神侈　四海八河爲定驗
中間星斗暗鋪陳　兩頭箝裹黃金片
花紋密布鬼神驚　上造龍紋與鳳篆
名號靈陽棒一條　深藏海藏人難見
成形變化要飛騰　飄颻五色霞光現
老孫得道取歸山　無窮變化多經驗
時間要大甕來粗　或小些微如鐵線
粗如南岳細如針　長短隨吾心意變
輕輕舉動彩雲生　亮亮飛騰如閃電
攸攸冷氣逼人寒　條條殺霧空中現
降龍伏虎謹隨身　天涯海角都遊徧
曾將此棍鬧天宮　威風打散蟠桃宴

天王賭鬪未曾贏　哪吒對敵難交戰
棍打諸神沒躲藏　天兵十萬都逃竄
雷霆眾將護靈霄　飛身打上通明殿
掌朝天使盡皆驚　護駕仙卿俱攪亂
擧棒掀翻北斗宮　回首振開南極殿
金闕天皇見棍兇　特請如來與我見
兵家勝負自如然　困苦災危無可辨
整整挨排五百年　虧了南海菩薩勸
大唐有個出家僧　對天發下洪誓愿
枉死城中度鬼魂　靈山會上求經卷
西方一路有妖魔　行動甚是不方便
已知鐵棒世無雙　央我途中爲侶伴
邪魔湯着赴幽冥　肉化紅塵骨化麵
處處妖精棒下亡　論萬成千無打算
上方擊壞斗牛宮　下方壓損森羅殿
天將曾將九曜追　地府打傷催命判
半空丢下振山川　勝如太歲新華劍
全憑此棍保唐僧　天下妖魔都打徧

요괴는 이 말을 듣더니 벌벌 떨며 목숨을 내걸고 칼을 들어 내리쳤어요. 원숭이 왕은 껄껄 웃으며 여의봉을 휘두르면서 앞으로 나아가 맞이했어요. 둘은 처음에는 동굴 앞에서 겨루다가 나중에는 뛰어올라 공중에서 싸웠어요. 이번 싸움은 정말 대단했지요.

은하수에서 바탕이 마련된 신진봉은
여의봉이라는 이름으로 세상에서 명성이 높구나.

재주를 자랑하니 요괴가 겁을 먹고
대한도를 집어 드니 법력이 대단하구나.
동굴 문 밖에서 싸울 때는 그래도 괜찮았지만
공중에서 싸우니 어찌 서로 봐주랴?
하나가 마음대로 얼굴을 바꾸면
다른 이는 땅에 서서 몸을 길게 늘인다.
이번 싸움으로 온 하늘에는 구름이 짙게 드리우고
들판에는 안개가 휘날리는구나.
저쪽에서는 몇 번이고 삼장법사를 사로잡으려 하고
이쪽에서는 온갖 법력 다 써서 삼장법사를 보호하려 하네.
모두 석가모니가 경전을 전하려 하기 때문이니
옳고 그름이 분명하게 나뉘어 힘들게 싸우는구나.

天河定底神珍棒　棒名如意世間高
誇稱手段魔頭惱　大桿刀擎法力豪
門外爭持還可近　空中賭鬪怎相饒
一個隨心更面目　一個立地長身腰
殺得滿天雲氣重　徧野霧飄颻
那一個幾番立意擒三藏　這一個廣施法力保唐朝
都因佛祖傳經典　邪正分明恨苦交

첫째 요괴는 제천대성과 스무 합이 넘도록 싸웠지만 승부를 가릴 수 없었어요. 저팔계는 아래에 있다가 둘의 싸움이 한창 무르익는 걸 보자, 참지 못하고 쇠스랑을 든 채 바람을 타고 솟구쳐 올라 요괴의 얼굴을 향해 내리찍었어요. 요괴는 깜짝 놀랐어요. 그는 저팔계가 발끈하는 성격이 있어 무턱대고 남을 위협한다는 것을 몰랐지요. 요괴는 저팔계의 입이 길쭉하고 귀가 크며 손이

음양병을 뚫고 나온 손오공이 푸른 털 사자 요괴와 싸우다

단단하고 쇠스랑이 매서운 걸 보고, 결국 칼을 버리고 달아났어요. 제천대성이 고함을 쳤어요.

"뒤쫓아라! 뒤쫓아!"

멍텅구리는 손오공의 위세를 믿고 쇠스랑을 든 채 급히 요괴를 쫓아갔어요. 요괴는 그가 가까이 쫓아온 것을 보고 언덕 앞에 멈춰 섰어요. 그리고 바람 방향을 향해 몸을 한 번 흔들어 원래 모습을 드러내더니, 큰 입을 쫙 벌려 저팔계를 잡아먹으려 했어요. 저팔계는 무서워 급히 몸을 빼서 풀숲으로 들어갔어요. 멍텅구리는 가시덤불도 상관하지 않고 머리가 찢겨 아픈 것도 아랑곳하지 않은 채, 벌벌 떨며 풀숲에서 딱따기 소리에 귀를 기울이고 있었어요.

잠시 후 손오공이 도착하자 요괴는 다시 입을 벌려 삼키려 했어요. 하지만 그것은 오히려 손오공의 계략에 걸려드는 것이었어요. 손오공이 여의봉을 거둬들이고 앞으로 돌진하자, 요괴는 그를 한입에 삼켜버렸어요. 깜짝 놀란 멍텅구리는 풀숲에서 투덜투덜 원망하며 중얼거렸어요.

"저 필마온 녀석, 앞뒤를 분간하지 못하는구나! 요괴가 자기를 잡아먹으려 하는데, 어째서 달아나지는 않고 오히려 그를 향해 돌진하느냔 말이야! 이렇게 한입에 배 속으로 들어갔으니 오늘까지는 중이었지만, 내일이면 똥이 되겠군."

요괴는 승리를 거두고 돌아갔어요. 멍텅구리는 그제야 풀숲을 뚫고 나와 슬며시 왔던 길로 되돌아갔어요.

한편, 삼장법사는 산비탈 아래에서 사오정과 함께 기다리고 있었는데, 저팔계가 헐레벌떡 뛰어오는 모습을 보자 매우 놀라며 물었어요.

"팔계야, 왜 그렇게 허둥대느냐? 오공은 어째서 안 보이지?"

멍텅구리는 울먹이며 대답했어요.

"요괴가 형님을 한입에 삼켜버렸습니다."

삼장법사는 이 말을 듣고 놀라서 땅바닥에 쓰러졌어요. 그는 한참 주저앉아 있다가 발을 구르고 가슴을 치며 통곡했어요.

"얘야, 네가 요괴를 잘 물리쳐 나를 서천으로 데리고 가 부처님을 뵐 수 있게 할 줄 알았는데, 오늘 그 요괴의 손에 죽을 줄이야! 아이고! 애통해라! 나와 제자들의 공로가 이제 모두 물거품이 되었구나."

삼장법사는 매우 슬퍼했어요. 여러분, 저 멍텅구리 좀 보세요. 그는 삼장법사를 위로하지는 않고 이렇게 말하는 것이었어요.

"사오정, 짐을 가져와서 우리 둘이 나누자."

"둘째 형님, 나눠서 어쩌려고요?"

"짐을 나눠서 각자 흩어지자. 너는 유사하流沙河에 가서 다시 사람을 잡아먹고, 나는 고로장高老莊으로 돌아가 마누라나 만나야겠다. 백마는 팔아서 사부님을 위해 관이나 사서 장례를 치르도록 하자."

삼장법사는 이 말을 듣고 너무나 화가 치밀어 하늘을 부르며 대성통곡했어요. 이 이야기는 잠시 하지 않겠어요.

한편, 손오공을 삼킨 첫째 요괴는 계책대로 됐다고 생각하고 곧장 동굴로 돌아왔어요. 여러 요괴들이 나와서 싸움에서 거둔 전공을 물었어요. 첫째 요괴가 대답했어요.

"한 놈을 잡아 왔다."

둘째 요괴가 기뻐하며 물었어요.

"형님이 붙잡은 자가 누굽니까?"

"손오공이다."

"잡아다가 어디 두셨습니까?"

"한입에 배 속에 삼켜버렸다."

셋째 요괴는 매우 놀라 말했어요.

"큰형님, 제가 형님한테 말씀드리지 않았나요? 손오공은 먹을 수 없어요."

제천대성이 배 속에서 대답했어요.

"충분히 먹을 만하고말고. 빈속을 채워주니, 다시는 배가 고프지 않을 것이다."

놀란 졸개 요괴가 말했어요.

"대왕님, 큰일 났습니다. 손오공이 대왕님 배 속에서 말을 하고 있습니다."

"말을 하거나 말거나! 잡아먹을 재주가 있는데 다룰 재주기 없겠느냐? 너희들은 빨리 가서 소금국을 끓여 오너라. 내 그것을 마시고 그를 토해낸 후, 천천히 삶아서 술이나 마셔야겠다."

졸개 요괴들은 정말 반 사발 정도의 소금국을 끓여 왔어요. 첫째 요괴는 그것을 단숨에 깡그리 마시더니 왝 하고 토했어요. 하지만 제천대성은 배 속에서 뿌리를 내린 듯 미동도 하지 않았어요. 그는 다시 손가락을 목구멍에 넣어서 토해내려 했어요. 그렇게 토하느라고 현기증이 나고 눈도 어찔하고 담낭이 모두 터져버릴 것 같았지만, 손오공은 더더욱 꼼짝달싹하지 않았어요. 첫째 요괴는 숨을 헐떡이며 소릴 질렀어요.

"손오공, 너 안 나올래?"

"아직 멀었다. 딱 좋은데 뭐하러 나가냐?"

"어째서 나오지 않으려 하는 것이냐?"

"이 요괴가 정말로 답답하구나. 나는 중이 된 이후 매우 청빈하게 살아서, 지금은 서늘한 가을인데도 여전히 홑껍데기 승복을 입고 있다. 이 배 속은 따뜻하기도 하고 바람도 들어오지 않으니, 여기서 겨울을 지내고 나가야겠다."

여러 요괴들은 이 말을 듣고 모두 걱정했어요.

"대왕님, 손오공이 대왕님 배 속에서 겨울을 나겠다고 합니다."

그러자 첫째 요괴가 말했어요.

"그가 겨울을 나겠다면 나는 좌선을 해 기운을 옮기는 반운법搬運法을 써서, 겨울 내내 밥을 먹지 않아 필마온 저 녀석을 굶겨 죽이겠다."

"아들놈아, 네가 뭘 모르는구나! 이 손 어르신은 삼장법사를 보호하여 경전을 가지러 가는 길에 광주廣州를 지나오면서 접는 솥을 가져왔다. 그걸 가지고 이곳에 들어왔으니 내장탕을 끓여 먹으면 된다. 이 안에 있는 간, 창자, 위, 폐는 부드러워 먹을 만하니, 청명절淸明節까지는 충분히 먹겠구나."

둘째 요괴가 매우 놀라서 말했어요.

"형님, 저 원숭이 녀석은 그렇게 하고도 남을 놈입니다."

셋째 요괴가 말했어요.

"형님, 내장탕을 끓여 먹는 것은 그렇다 치고, 어디다 솥을 걸까요?"

손오공이 대답했어요.

"세 갈래로 갈라진 가슴뼈에 걸면 딱 되겠는걸?"

그러자 셋째 요괴가 말했어요.

"큰일 났군요! 만약에 그곳에 솥을 걸고 불을 땐다면 연기가 콧구멍으로 나올 테니, 재채기가 나오지 않을까요?"

손오공이 웃으며 대답했어요.

"상관없다. 이 손 어르신이 여의봉으로 정수리를 한 번 푹 찔러

구멍을 내어, 천장에 낸 창문[天窓] 겸 굴뚝으로 사용하면 될 테니까."

첫째 요괴는 이 말을 듣고 말로는 안 무섭다고 했지만 속으로는 놀라고 있었어요. 하지만 억지로 허세를 부리면서 이렇게 말했어요.

"동생들, 무서워 말게. 그 약주나 가져와서 나한테 몇 잔 따라주게. 이 원숭이 녀석을 약으로 죽여야겠어."

손오공은 속으로 웃으며 중얼거렸어요.

'이 몸이 오백 년 전에 하늘궁전에서 크게 소란을 피울 때 태상노군太上老君의 단약, 옥황상제의 술, 서왕모의 복숭아, 봉황의 골수, 용의 간 등을 먹었다. 내가 먹어보지 못한 게 어디 있어? 무슨 약주이길래 감히 나를 죽이겠다는 거야?'

졸개 요괴들은 약주 두 주전자를 데워 와서, 한 잔 가득 따라 첫째 요괴에게 건네주었어요. 첫째 요괴가 손으로 받아드니, 제천대성도 배 속에서 바로 술 냄새를 맡을 수가 있었어요. 제천대성은 혼잣말을 했어요.

"이놈이 마시지 못하게 해야겠다."

멋진 제천대성! 그는 머리를 한 번 비틀어 깔때기로 변하여 요괴의 목구멍 아래에 대놓았어요. 요괴가 꿀꺽하고 술을 마시자 손오공이 꿀꺽 받아 마셨지요. 두 번째 잔을 삼키자 또 손오공이 꿀꺽 받아 마셨어요. 요괴는 연이어 일고여덟 잔을 마셨는데 그것을 모두 손오공이 받아 마셨지요. 첫째 요괴가 잔을 내려놓으며 말했어요.

"그만 마시겠다. 이 술은 평상시에 두 잔만 마셔도 배 속에서 불길이 이는 것 같더니, 일고여덟 잔을 마셨는데도 얼굴조차 붉어지지 않는구나!"

원래 제천대성은 술을 많이 마시지 못했어요. 그런데 배 속에서 일고여덟 잔을 받아 마시자, 술기운이 올라오기 시작해 견딜 수가 없었어요. 그는 이리저리 쓰러지고 발길질을 해대며 간을 붙잡고 그네를 뛰다가, 물구나무도 서고, 공중제비를 넘기도 하면서 난리를 피웠어요. 그러자 요괴는 고통을 참지 못하고 땅바닥에 쓰러졌어요.

결국 요괴가 죽게 될는지 살게 될는지 여기서는 알 수 없으니, 이에 대해서는 다음 회를 들어보시라.

第76回
손오공, 요괴의 배 속에 들어앉아 굴복시키다

그러니까 제천대성이 첫째 요괴의 배 속에서 한동안 버티고 있었더니, 요괴는 땅바닥에 꼬꾸라져서 소리도 못 내고 숨도 못 쉬고 말도 하지 못하는 것이 마치 죽은 것 같았어요. 손오공이 잠시 가만히 있자, 요괴는 숨이 돌아와 이렇게 외쳤어요.

"대자대비하신 제천대성 보살님!"

"얘야, 그렇게 힘들 게 부를 것 없이, 그냥 짤막하게 손 외할아버지라고 부르면 된다."

요괴는 목숨이 아까운지라 정말 이렇게 불렀어요.

"외할아버지! 외할아버지! 제가 잘못했어요. 그만 제 실수로 외할아버지를 삼켰더니, 저를 못살게 하시네요. 제발 자비를 베푸시어 어떻게든 살고자 하는 이 버러지 같은 놈을 가련히 여겨 주십시오. 만약 제 목숨을 살려주신다면 제천대성님의 사부님을 모시고 산을 넘도록 해드리겠습니다."

제천대성은 전장戰場의 영웅호걸이었지만, 삼장법사의 앞길을 끔찍이 생각했어요. 또한 요괴가 비위를 살살 맞춰가며 애원하는 것을 보고는 마음을 좋게 돌려먹었어요.

"요괴놈아, 내가 널 살려주면 넌 우리 사부님을 어떻게 모시고 갈 테냐?"

"이곳엔 금은, 비취, 마노, 산호, 유리, 호박, 대모 같은 진귀한 보석은 없어 드릴 수가 없습니다만, 우리 삼 형제가 향등나무 가마를 메고 제천대성님의 사부님을 이 산 너머까지 모시겠습니다."

그러자 손오공이 깔깔 웃었어요.

"가마를 메고 모시고 가는 게 보석보다 낫지. 입을 벌려라. 내 나가마."

요괴가 손오공의 말대로 입을 쫙 벌리자 셋째 요괴가 다가와 소곤소곤 첫째 요괴에게 말했어요.

"큰형님, 그놈이 나올 때 이빨로 꽉 깨물어 원숭이놈을 와작와작 씹어서 배 속으로 삼켜버리세요. 그럼, 형님을 괴롭히지 못하잖아요."

손오공이 안에서 이 말을 듣고는 일단 나가지 않고 여의봉을 늘여서 그것으로 우선 시험해보았어요. 첫째 요괴가 여의봉을 이빨로 꽉 깨물자 와작 하고 앞니가 모두 깨져버렸어요. 손오공은 여의봉을 도로 거두면서 호통을 쳤어요.

"간 큰 요괴놈일세! 내가 목숨을 살려주었더니, 네놈은 오히려 날 깨물어 죽이려 하는구나! 나 안 나간다. 차라리 그냥 네놈이 죽을 때까지 장난이나 쳐야겠다. 안 나간다! 못 나가!"

첫째 요괴는 셋째 요괴를 원망했어요.

"동생, 같은 편끼리 이러면 어떡해? 정중하게 말씀 드려서 곧 나오시려 하던 참인데 괜히 나더러 깨물라고 해서 오히려 내 잇몸만 아파죽게 만들었잖아! 이를 어쩌면 좋단 말이냐!"

셋째 요괴는 첫째 요괴가 자기를 탓하자, 상대를 흥분시키는 격장법激將法을 써서 큰 소리로 외쳤어요.

"손오공, 남천문 밖에서 위세를 떨치고 영소보전에서 실력을 자랑했다는 둥 들리는 네 소문은 정말 대단했었는데 말이야. 지금은 서천으로 가는 길에서 요괴나 잡고 있다니, 알고 보니 소인배 원숭이놈이잖아?"

"내가 왜 소인배란 거냐?"

"'천 리 길을 잘 지나온 나그네 만 리까지 명성이 전해진다(好看千里客 萬里去傳名)'고 했다. 어서 나와서 나와 겨루자. 그래야 대장부이지, 남의 배 속에서 그런 수작이나 하고 있으면 그게 소인배가 아니고 무엇이냐?"

손오공은 그 말을 듣고 곰곰이 생각했어요.

'그렇지, 그래! 만약 내가 이놈의 장을 찢고 간을 잡아 뜯는다면 이놈을 죽이는 게 뭐 어려운 일이겠어? 하지만 그렇게 하면 정말 내 명성을 그르치겠지.'

"그래, 좋다! 어서 입을 벌려라. 내 나가서 네놈과 겨뤄주마. 그런데 네놈의 이 동굴은 너무 좁아서 연장을 쓰기 불편하니 넓은 데로 나가야겠다."

셋째 요괴가 이 말을 듣고 즉시 크고 작은 요괴들을 불러 모았어요. 앞뒤로 죽 늘어선 것이 삼만 마리가 넘었는데, 모두 날카로운 무기를 쥐고 동굴 밖으로 나와 천지인을 본뜬 삼재진三才陣을 펼치고 있다가 손오공이 나오면 일제히 칠 준비를 하고 있었어요. 둘째 요괴가 첫째 요괴를 부축하고 동굴 문 밖으로 나가서 이렇게 외쳤어요.

"손오공! 대장부라면 어서 나와라! 이곳은 공간이 넓으니 싸우기 좋겠다."

제천대성은 요괴의 배 속에서 까마귀와 까치의 노랫소리와 바람결에 묻어오는 학의 울음소리를 듣고 바깥이 널찍한 곳이라는 걸 알고 이렇게 생각했어요.

'내가 나가지 않으면 약속을 어기는 게 되고, 나가자니 이 요괴 놈은 인면수심이라 아까 우리 사부님을 모셔다드린다며 나오라고 속여서 나를 깨물려 했듯이, 지금도 바깥에 군사들을 배치해 놓았을 거야. 에라, 모르겠다! 어떻게 하든 다 문제가 없도록 나가기는 나가되 이놈 배 속에다 뿌리를 하나 박아놔야겠다.'

그리고 곧 손을 뒤로 가져가 꼬리털 하나를 뽑아 신선의 기운을 불어 넣으며 외쳤어요.

"변해라!"

그러자 털은 머리카락 굵기에 길이는 마흔 길이 넘는 새끼줄로 변했어요. 그 새끼줄은 풀어서 밖으로 나가 바람을 맞게 되면 굵어지게 되어 있었어요. 한쪽 끝을 요괴의 간[1]에 붙잡아 매고 매듭을 지었는데, 그 매듭은 헐렁했지만 새끼줄을 잡아당기면 바로 죄어져서 참을 수 없이 아프게 되어 있었지요. 손오공은 다른 한쪽 끝을 잡고 킬킬 웃으며 중얼거렸어요.

"이번에 나가서 이놈이 사부님을 모셔다드리면 그만이되, 만약 안 그러고 함부로 무기를 휘두른다면, 내가 놈과 싸울 여유는 없으니 이 새끼줄만 당기면 되지. 그럼 내가 이놈 배 속에 있는 거나 마찬가지지."

손오공은 다시 몸을 작게 만들어서 밖으로 기어나갔어요. 목구멍까지 기어가자 요괴가 네모난 입을 쫙 벌리고 있는데, 아래위로 강철 같은 이빨이 날선 칼처럼 늘어서 있는 것이 보였어요. 그러자 갑자기 이런 생각이 들었어요.

'아니, 아냐. 입으로 나가서 이 끈을 잡아당기면, 이놈이 아픈

1 여기에서는 간肝이지만, 뒷부분에서는 심장[心]으로 바뀐다. 간이라고 표기된 것이 잘못된 듯하지만, 원문에 충실하기 위해 그대로 번역했다.

나머지 입을 다물어버려 끊어질 게 아냐? 이빨이 없는 곳으로 나가야겠다.'

멋진 제천대성! 그는 새끼줄을 감아쥐고 요괴의 입천장으로 기어가 콧구멍까지 갔어요. 첫째 요괴가 코가 간질간질해서 "에취" 하고 재채기를 하자, 손오공은 바로 튀어나왔지요.

손오공은 바람을 맞고 서서 허리를 한 번 굽혀 바로 세 길 키로 자라나서는, 한쪽 손에 새끼줄을 쥐고 다른 한쪽 손에는 여의봉을 들고 섰어요. 요괴는 앞뒤 분간도 못 하고 손오공이 나오는 걸 보자 강철 칼을 들어 얼굴을 내리쳤어요. 제천대성은 한 손으로 여의봉을 휘두르며 막아냈지요. 둘째 요괴는 창을 들고, 셋째 요괴는 극戟을 놀리며 다짜고짜 덤벼들었어요. 제천대성은 새끼줄을 좀 늦추고 여의봉을 거둬들인 후 급히 몸을 날려 근두운을 타고 달아났어요. 졸개 요괴들에게 둘러싸이면 일을 벌이기가 좋지 않을 것 같아서였지요.

손오공이 폴짝 진영 밖으로 벗어나 넓은 산 위로 가서 근두운을 낮추고 새끼줄을 두 손으로 힘껏 잡아당기자, 첫째 요괴는 가슴이 아프기 시작했어요. 첫째 요괴가 아파서 위로 뛰어오르자 손오공은 다시 아래로 새끼줄을 잡아당겼지요. 멀리서 이걸 본 졸개 요괴들은 입을 맞춰 이렇게 소리쳤어요.

"대왕님, 그놈 성질 그만 돋우세요! 그냥 가라고 하시지요! 이 원숭이놈은 때도 분간하지 못하고 청명절도 아닌데 연을 날리고 있네요."

제천대성이 이 말을 듣고 힘껏 뛰어오르자, 첫째 요괴는 허공에서 물레바퀴처럼 팽그르르 땅바닥으로 굴러떨어져, 산비탈 아래의 돌같이 단단한 황토 바닥에 두 자 깊이의 구멍을 만들고 말았어요. 놀란 둘째 요괴와 셋째 요괴가 일제히 구름을 내리고 앞으로 다가가서 새끼줄을 붙잡고 산비탈 아래 꿇어앉아 이렇게 애원했어요.

"제천대성님, 대성님께서는 바다같이 도량이 넓은 신선이신 줄만 알았지, 이런 밴댕이처럼 속 좁은 소인배일 줄은 몰랐습니다. 솔직히 대성님을 속여 밖으로 나오게 해서 한판 싸워볼까 했습니다만, 우리 형님 심장에 새끼줄을 매놓았을 줄은 몰랐습니다."

그 말을 듣고 손오공이 깔깔 웃었어요.

"이 못된 요괴놈들, 무례하기 짝이 없구나! 아까는 나를 나오라고 해서는 잘근잘근 씹어버리려고 하더니, 이번엔 또 군사를 벌여놓고 나를 치려고 해? 이 수만 요괴 병사로 나 하나를 공격하는 게 말이 되느냐? 난 이대로 묶은 채로 우리 사부님을 뵈러 가야겠다!"

그러자 첫째 요괴를 비롯해서 요괴들이 일제히 머리를 조아리며 애원했어요.

"제천대성님, 자비를 베푸셔서 목숨을 살려주시면 사부님께서 산을 넘어가실 수 있도록 모시겠습니다."

손오공은 웃으며 대답했어요.

"살고 싶으면 칼을 가져다 새끼줄을 끊으면 될 게 아니냐?"

첫째 요괴가 말했어요.

"나리, 밖의 새끼줄을 끊어버린다고 해도 안쪽에는 심장에 새끼줄이 여전히 매여 있고 목구멍에도 걸려 울렁울렁 구역질이 날 것입니다. 이를 어째야 합니까?"

"그렇다면 입을 벌려라. 내가 다시 들어가서 끈을 풀어줄 테니까."

첫째 요괴는 깜짝 놀라서 말했어요.

손오공이 요괴의 배 속에 들어가 굴복시키고, 요괴는 삼장법사를 가마로 모시다

“이번에 들어가면 또 안 나오시려는 거지요? 그건 안 됩니다. 안 돼요!”

“나에게는 밖에서 안에 있는 새끼줄을 풀 재주가 있다. 그런데 풀어주면 틀림없이 우리 사부님을 모셔다드리는 거냐?”

“풀어만 주신다면 물론이지요. 감히 허튼소리를 하겠습니까.”

제천대성은 정말이라는 다짐을 받자 곧 몸을 흔들어 털을 거둬들였어요. 요괴의 가슴도 아프지 않게 되었지요. 이것은 거짓 형상으로 진짜 형상을 숨기는 제천대성의 수법[掩法]으로, 털을 요괴의 심장에 매어두었다가 거두니 아프지 않게 된 것이지요. 세 요괴는 벌떡 일어서며 감사했어요.

“제천대성님, 돌아가셔서 사부님께 말씀을 드리고 짐을 챙겨 두십시오. 저희들이 가마에 태워서 모셔다드리겠습니다.”

여러 요괴들은 창과 방패를 거두고 모두 동굴로 돌아갔어요.

제천대성은 새끼줄을 도로 거둬 곧장 산 동쪽으로 갔어요. 그런데 저 멀리서 삼장법사가 땅바닥을 구르며 구슬피 울고 있고, 저팔계와 사오정은 봇짐을 풀어헤치고 서로 짐을 나누고 있는 것이 보였어요. 손오공은 나직이 탄식했어요.

“두말할 것도 없어. 분명 저팔계 녀석이 사부님께 내가 요괴한테 잡아먹혔다고 말씀드려서, 사부님께서 내 생각에 통곡하고 계시는 거야. 저 멍텅구리는 물건을 나누고 흩어지려고 하는구나. 아! 정말 그런 걸까? 어디 한번 불러보자.”

그리고 손오공은 구름을 내리고 이렇게 불렀어요.

“사부님.”

사오정이 그 소리를 듣고 저팔계를 원망했어요.

“정말 해만 끼치는 재수덩어리(棺材座子 專一害人) 같으니! 큰형님은 죽지도 않았는데, 죽었다면서 여기서 이런 수작을 벌이다니! 저기서 우릴 부르며 오고 있잖아?"

"내가 분명히 요괴가 한입에 삼키는 걸 봤는데. 아마 오늘 일진이 나빠서 저 원숭이가 혼령으로 나타났나 봐!"

손오공은 바로 앞으로 가서 한 손으로 저팔계의 얼굴을 붙잡고 나가떨어질 정도로 귀싸대기를 호되게 한 대 갈겼어요.

"멍청한 놈, 내가 무슨 혼령으로 나타나!"

저팔계는 얼굴을 감싸쥐며 중얼거렸어요.

"형님, 틀림없이 그 요괴가 형님을 먹어버렸는데, 어떻게 또 살아 왔소?"

"이 쓸모없는 똥자루 녀석 같으니! 그놈이 날 삼키자 난 그놈 창자를 주무르고 폐를 쥐어 짜고, 또 이 새끼줄로 그놈의 심장을 묶어놨다가 꽉 조여서 아파죽을 만큼 만들어줬지. 그랬더니 그놈들이 모두 살려달라고 애걸을 하는지라 목숨은 살려줬다. 지금 놈들이 사부님을 모시고 산을 넘어가려고 가마를 메고 오는 중이다."

삼장법사는 이 말을 듣고 후다닥 일어나 손오공에게 허리를 굽히며 이렇게 말했어요.

"애야, 정말 고생했구나! 팔계의 말대로 했더라면, 난 죽은 목숨이었을 거야!"

손오공은 주먹을 휘둘러 저팔계를 마구 때리며 꾸짖었어요.

"이 밥만 축내는 멍청아, 정말 게을러터졌구나! 사람 되긴 틀렸어. 사부님, 걱정하지 마세요. 그 요괴가 곧 사부님을 모시러 올 거예요."

사오정은 부끄러운 마음에 급히 헤쳐놓았던 물건들을 감추고 다시 봇짐을 꾸려 말 등에 묶었어요. 그리고 모두 길가에서 기다린 것은 더 얘기하지 않겠어요.

한편, 세 요괴는 무리를 이끌고 동굴로 돌아왔지요. 둘째 요괴가 말했어요.

"형님, 전 손오공이 머리 아홉에 꼬리가 여덟 개 달린 무시무시한 놈인 줄 알았는데, 알고 보니 별것 아닌 조그만 원숭이놈이잖아요? 형님께서 그놈을 삼키는 게 아니었어요. 그놈하고 싸우기만 했다면 그놈이 어디 우리들을 당해냈겠어요? 우리 동굴의 수만 요괴들이 침 한 번씩만 뱉어도 그놈을 익사시킬 수 있었을 거예요. 그런데 형님께서 놈을 배 속으로 삼키는 바람에 그놈이 잔재주를 부려 형님을 괴롭혀댔으니, 어떻게 감히 그놈과 대적할 수 있었겠어요? 좀 전에 당나라 중을 바래다주겠다고 했지만 그건 거짓말이었어요. 형님 목숨이 달렸으니 그놈을 꾀어 나오게 하려는 거였지요. 바래다주다니 절대 안 되지요!"

"아우, 왜 못 하겠다는 거야?"

"저에게 졸개 삼천만 주시면 진을 펼쳐 그 원숭이놈을 잡을 수 있습니다."

"삼천이 아니라 전부라도 데리고 가거라. 그놈을 잡기만 한다면 우리 모두에게 좋은 일이니까."

둘째 요괴는 곧바로 졸개 요괴 삼천을 모아 큰길 옆에 진을 벌이고 전령 하나를 보내 이런 말을 전하게 했어요.

"손오공, 얼른 튀어나와서 이 둘째 대왕 나리와 겨뤄보자!"

저팔계가 이 전언을 듣고 킬킬 웃었어요.

"형님, '동네 사람은 속이지 않는다(說謊不瞞當鄉人)'는 말도 있는데, 이렇게 허풍을 치다니 무슨 수작질이오! 요괴들이 항복하고 곧 가마를 메고 모시러 온다고 하더니 다시 싸움을 걸러 왔잖아요. 이게 어떻게 된 일이냐고요?"

"첫째 요괴놈은 나한테 항복을 한 지라 감히 나서지 못했을 거야. 손오공의 '손' 자만 들어도 머리가 아플 테니까. 이건 분명 둘째 요괴놈이 우리를 모시려니 영 배알이 뒤틀려 싸움을 걸러 온 게야. 얘들아, 이 요괴 삼 형제는 이렇게 의리가 있는데, 우리 삼 형제는 의리라고는 조금도 없구나. 내가 첫째 요괴를 물리쳤으니, 이번에 나온 둘째 요괴는 네가 맞서보는 것도 괜찮겠구나."

그러자 저팔계가 말했어요.

"무서울 게 뭐 있어? 내가 가서 한 방 먹여주고 오지!"

손오공이 대답했지요.

"갈 테면 가봐라."

저팔계가 웃으면서 대꾸했어요.

"형님, 가긴 가는데 내가 좀 쓰게 그 새끼줄 좀 빌려주시오."

"네가 그건 뭐 하게? 너는 요괴놈 배 속에 들어갈 재주도 없고, 그놈의 심장에다 그걸 묶어놓을 재주도 없는 주제에 어디에 쓰게?"

"내 허리에 묶어놓고 구명줄로 쓸려고요. 형님하고 오정이가 뒤에서 잡고 있다가 이길 거 같으면 그냥 줄을 놓으세요. 그럼 내가 요괴놈을 잡을 테니까. 만약 진다 싶으면 그놈한테 끌려가지 않게 끌어당겨주면 돼요."

손오공은 속으로 웃었어요.

'이 멍텅구리를 한번 골려줘야겠다.'

그리고 정말로 새끼줄을 저팔계의 허리에 감고 나가서 싸우라고 부추겼어요.

멍텅구리는 쇠스랑을 들고 벼랑으로 달려가 꽥 소리를 질렀어요.

"요괴놈아, 나와라! 네 저팔계 조상님과 싸워보자!"

전령이 급히 이 말을 전했어요.

"대왕님, 주둥이가 길고 귀가 큰 중이 나왔습니다."

둘째 요괴는 곧 진영에서 나와 저팔계를 보고 두말없이 창을 곧추들고 바로 찔러왔어요. 멍텅구리도 앞으로 나서서 쇠스랑을 들고 막았지요. 둘이 산비탈 앞에서 엉겨 붙어서 싸운 지 일고여덟 합도 되지 않아서, 멍텅구리는 손에 힘이 빠져 요괴를 막지 못하고 황급히 뒤를 돌아보며 외쳤어요.

"사형, 안 되겠어요! 구명줄을 당겨요! 당기라고!"

이쪽의 제천대성은 이 말을 듣고 도리어 밧줄을 늦추다가 아예 놓아버렸어요. 멍텅구리는 싸움에 패하고 뒤돌아서 뛰어 달아났어요. 밧줄이 질질 끌리고 있었지만 미처 그런 줄도 모른 채 달렸으니, 밧줄이 느슨해지면서 다리에 걸려 제풀에 넘어졌고 기어일어나려다가 또 넘어졌지요. 처음엔 그래도 비틀비틀 기우뚱거렸지만, 나중엔 정면으로 땅에 코를 박고 넘어지고 말았어요. 요괴가 쫓아와 교룡처럼 코를 뻗쳐 저팔계를 코로 휘감은 채 싸움에 승리해서 동굴로 돌아갔어요. 여러 요괴들도 소리 맞춰 개선가를 부르며 우르르 동굴로 돌아갔지요.

이쪽 비탈 아래에 있던 삼장법사는 이 광경을 보고 다시 손오공에게 역정을 냈어요.

"오공아, 오능이가 널 죽으라고 저주할 만도 하구나! 이제 보니 너희 삼 형제에겐 서로 아끼고 사랑하는 마음은 도통 없고 오직 질투하고 시기하는 마음뿐이구나. 오능이가 그렇게 구명줄을 당겨달라고 하는데, 너는 어째서 당기지는 않고 도리어 밧줄을 놓아버린 거냐? 이제 오능이가 변을 당하게 되면 어쩔 셈이냐?"

그러자 손오공이 웃으며 대답했어요.

"사부님, 팔계 잘못은 잘도 감싸주시고 정말 편애가 심하시군요. 제가 잡혀갔을 땐 별로 걱정하지도 않으시더니, 어쨌거나 전

죽어도 좋은 놈이라 이거로군요? 이 멍텅구리는 자기 잘못으로 잡혀갔는데, 도리어 저만 나무라시네요. 팔계도 고생을 좀 해봐야 불경을 가지러 가는 어려움을 알게 될 거예요."

"얘야, 네가 갔을 때 내가 왜 걱정을 안 했겠니? 넌 변신술에 능하니까 절대 목숨을 잃거나 하진 않겠지만, 이 멍텅구리 녀석은 몸도 무거운 데다 민첩하지도 못하니, 이번에 잡혀가서 무사하긴 힘들 거야. 아무래도 네가 가서 구해줘야겠다."

"사부님, 타박 좀 그만하세요. 제가 가서 구해 오지요."

손오공은 순식간에 몸을 솟구쳐 산으로 쫓아 올라가면서 속으로 이를 갈며 말했어요.

'이 멍텅구리가 날 죽으라고 저주했으니, 쉽게 살려줄 순 없지. 따라가서 저 요괴가 어떻게 처리하는지 보다가 고생 좀 하게 한 다음에 구해줘야겠다.'

그리고 그는 손가락을 구부려 결을 맺고 주문을 외고 몸을 흔들어 모기 눈썹 사이에 사는 작은 벌레로 변해 날아올랐다가 저팔계의 귀뿌리에 내려앉아 요괴들과 함께 동굴로 갔지요. 둘째 요괴는 삼천 마리의 졸개 요괴를 이끌고 북과 나팔을 요란하게 울리면서 동굴 입구에 멈춰 서더니, 저팔계를 끌고 안으로 들어가며 말했어요.

"형님, 제가 한 놈 잡아 왔습니다."

첫째 요괴가 그를 맞이했어요.

"어디 좀 보자."

둘째 요괴는 코를 풀어서 저팔계를 내려놓았어요.

"이놈 아닌가요?"

"이놈은 소용없어."

저팔계가 이 말을 듣고 얼른 한마디 했어요.

"대왕님, 소용없는 놈은 풀어주시고 저 소용 있는 놈을 잡아들이시지요."

이번에는 셋째 요괴가 말했어요.

"소용은 없지만 그래도 이놈 역시 당나라 중의 제자 저팔계입니다. 묶어 뒤쪽 연못에 담가놓읍시다. 담가뒀다 털이 빠지면 배를 갈라 소금에 절여 말렸다가 먹을 게 떨어지면 술안주로나 쓰지요."

저팔계는 화들짝 놀랐어요.

"틀렸다, 틀렸어! 육포 장수 요괴를 만났구나!"

여러 요괴들은 일제히 달려들어 멍텅구리를 거꾸로 매달아 들고 연못가로 데려가 연못 한가운데로 밀어 넣고 모두 돌아갔어요.

제천대성이 날아올라 살펴보니, 멍텅구리는 사지를 하늘을 향해 뻗고 주둥이를 물 밖으로 내민 채 가라앉았다 떠올랐다 하며 어푸어푸 헐떡이고 있었어요. 그 모습은 팔구월에 서리를 맞고 연밥이 다 떨어져버린 커다란 검은 연방蓮房 같기도 한 것이 정말 우스웠지요. 제천대성은 그 꼬락서니를 보고 밉살스러우면서도 또 불쌍하기도 했어요.

'어쩌지? 저 녀석도 부처님을 뵈러 가는 용화회龍華會의 일원인데. 다만 저 녀석은 걸핏하면 물건을 나누고 각자 헤어지자고 하는가 하면, 또 사부님께 긴고아주를 외라고 부추겨서 날 해코지한단 말이지. 지난번에 사오정이 저 녀석이 딴 주머니를 차고 있다고 하던데, 정말일까? 녀석을 좀 놀래줘야겠다.'

멋진 제천대성! 그는 저팔계의 귓가 가까이 날아가 목소리를 바꾸어서 저팔계를 불렀어요.

"저오능, 저오능."

저팔계는 깜짝 놀랐어요.

'이상하네! 이 저오능이란 이름은 관세음보살님께서 지어주신 거고, 삼장법사를 따르게 된 후로는 팔계라고 불렸는데. 여기에 어떻게 내 이름이 저오능이란 걸 아는 사람이 있을까?'

멍텅구리는 참지 못하고 이렇게 물었어요.

"누가 내 법명을 부르는 거요?"

손오공이 대답했지요.

"나다."

"당신이 누군데?"

"나는 저승사자다."

멍텅구리는 소스라치게 놀라 말했어요.

"나리는 어디서 오셨나요?"

"다섯째 염라대왕께서 널 데려오라고 보내셨다."

"나리, 돌아가셔서 다섯째 염라대왕께 아뢰어주십시오. 그분과 제 사형인 손오공이 아주 친한 사이이니, 하루만 봐주고 내일 잡아가시라고 말이에요."

"무슨 허튼소리냐! 염라대왕께서 자정에 죽으라고 정해놓았는데 누가 감히 두 시까지 미룰 수 있단 말이냐! 오라에 매여 끌려가고 싶지 않으면 얼른 날 따라나서라!"

"나리, 그건 올바른 처분이 아닙니다. 제 이 몰골을 보세요. 제가 더 살고 싶겠습니까? 죽기는 죽는데 하루만 기다리면 이 요괴들이 우리 사부님과 나머지 일행들도 잡아 올 테니, 모여 얼굴이나 한 번 보고 나서 모두 함께 끝장을 보려고요."

손오공은 속으로 빙긋 웃었어요.

"할 수 없군. 내 장부에 서른 명의 이름이 있는데, 전부 이 근방에 있는 자들이지. 내가 그들을 다 잡아서 다시 오려면 하루가 걸리는데 말이야, 어디 노잣돈이라도 있으면 좀 내놓지 그래?"

"아이고! 출가한 몸이 무슨 노잣돈이 있습니까?"

"노잣돈이 없다면 묶어서 데려가야지! 나랑 같이 가자고!"

저팔계가 황급히 말했어요.

"어르신, 묶지 마세요. 저도 어르신의 이 줄이 '묶기만 하면 목숨이 끊어지는 추명승追命繩'이란 건 압니다. 있습니다, 있어요! 있기는 있지만 많지는 않습니다."

"어디 있느냐? 어서 내놓아라!"

"아이고, 아이고! 제가 중이 된 후 지금까지 동냥을 줄 때 신심 깊은 사람이 제 밥통이 큰 걸 보고는 보싯돈도 다른 사람들보다 좀 많이 줬지요. 전 그걸 여기에 모아두었는데, 자잘한 조각들이 은전 닷 냥이 되자 간수하기가 불편해서 지난번에 성안에서 은세공장이더러 한데 녹여달라고 했지요. 그런데 그놈이 양심도 없이 몇 푼을 떼어먹어 넉 냥 여섯 푼짜리가 되었습니다. 가져가시지요."

손오공은 또 슬며시 웃으며 물었어요.

"너 멍텅구리 녀석은 바지도 안 입는데, 어디에 숨겼담? 이봐! 그래 네 은전은 어디에 있느냐?"

"제 왼쪽 귓구멍 속에 넣어놓았지요. 전 묶여 있어 꺼낼 수가 없으니 저승사자님이 직접 꺼내가세요."

손오공이 이 말을 듣고 손을 뻗어 귓구멍 속을 더듬어보니, 정말 넉 냥 대여섯 푼은 족히 나갈 말굽 모양의 은 덩어리가 있었어요. 은 덩어리를 손에 쥐자 손오공은 하하 웃음이 터져 나오는 걸 참을 수가 없었지요. 들어보니 손오공의 목소리인지라 멍텅구리는 물속에서 마구 욕을 해댔어요.

"벼락 맞아 죽을 필마온놈! 이렇게 죽을 고생을 하는데, 와서는 또 사기를 쳐서 돈을 뜯어내다니!"

손오공은 다시 깔깔 웃으며 말했어요.

"이 밥이나 축내는 멍청아! 이 어르신께서는 사부님을 보호하느라 얼마나 많은 고난을 겪었는지 모른다. 그런데 네놈은 딴 주머니를 차!"

"빌어먹을! 이게 무슨 딴 주머니야? 이게 다 내가 안 먹고 안 입고 겨우겨우 모은 거라고. 먹을 거 하나 못 사 먹으면서 나중에 옷감 한 필 끊어다가 옷을 만들려고 했던 건데, 형님이 어르는 통에 깜짝 놀랐잖아요? 내 몫도 좀 남겨줘요."

"반 푼도 못 준다."

저팔계는 투덜거렸어요.

"목숨을 산 돈이니까 형님께 드리지요. 어쨌거나 구해주기나 해요."

"서둘지 마라. 내가 구해줄 테니까."

손오공은 은전을 감춰 넣고 원래 몸으로 돌아와 여의봉으로 멍텅구리를 물가로 끌어온 뒤, 손으로 다리를 잡아당겨 줄을 풀어주었어요. 저팔계는 벌떡 일어나 옷을 벗고 물을 짜내더니 툭툭 털어 축축한 채로 몸에 다시 걸쳤어요.

"형님, 뒷문으로 빠져나갑시다."

"뒷문으로 달아나서야 무슨 발전이 있겠어. 앞문으로 가자."

"난 묶여 있었더니 다리가 마비되어 꼼짝도 못 하겠소."

"빨리 따라와!"

멋진 제천대성! 그는 여의봉으로 공격을 펼치며 싸우면서 나갔어요. 멍텅구리는 뻣뻣한 다리를 끌고 손오공을 따라갈 수밖에 없었지요. 그런데 두 번째 문 아래에 자기 쇠스랑이 기대어져 있는 게 보였어요. 그는 앞으로 나아가 졸개 요괴를 밀어내고 쇠스랑을 집어든 후 마구 내리치며 앞으로 나아갔어요. 그렇게 손오공과 함께 문 서너 개를 통과하는 동안 얼마나 많은 졸개 요괴들을 죽였는지 몰라요. 첫째 요괴는 이 소식을 듣자 둘째 요괴에게 말했어요.

"잘도 잡아 왔구나! 잘도 잡아 왔어! 손오공이 저팔계를 풀어 주어 문 앞에서 애들을 치고 있다잖아!"

둘째 요괴는 급히 몸을 날려 창을 손에 쥐고 문밖으로 쫓아나가 버럭 소리를 질렀어요.

"못된 원숭이놈! 무례하구나! 이렇게 우리를 무시해도 되는 거냐?"

제천대성은 이 말을 듣고 바로 멈추어 섰어요.

요괴는 더 말할 것도 없이 창을 들어 찌르려고 했어요. 손오공은 고수답게 여유 있게 여의봉을 들어 막았어요. 그들 둘이 동굴 문 앞에서 싸우는데, 이 싸움은 정말 대단했어요.

누런 상아의 코끼리, 사람 모습으로 변하여
사자 왕과 형제 맺기로 결의했네.
첫째 요괴가 제의하자
한마음으로 당나라 중을 잡아먹으려 하네.
제천대성의 신통력은 대단하니
바른 것을 돕고 사악한 것을 제거해 요괴를 없애려 하네.
저팔계는 무능해 요괴의 손에 걸려들었지만
손오공이 그를 구해 문밖으로 나가네.
요괴 왕이 쫓아와 용맹함 펼치자
창과 봉이 엇갈리며 각기 재주를 드러내네.
저쪽에서 찌른 창은 숲을 가로지르는 구렁이 같고
이쪽이 휘두른 여의봉은 바다에서 솟아 나온 용 같네.

용이 바다에서 솟아 나오니 구름이 자욱하고
구렁이 숲을 가로질러오니 안개가 피어나네.
따져 보면 모두 당나라 중 때문인데
서로 이를 갈며 맞서며 인정사정없구나.

黄牙老象變人形　義結獅王爲弟兄
因爲大魔來說合　同心計算吃唐僧
齊天大聖神通廣　輔正除邪要滅精
八戒無能遭毒手　悟空拯救出門行
妖王赶上施英猛　鎗棒交加各顯能
那一箇鎗來好似穿林蟒　這一箇棒起猶如出海龍
龍出海門雲靄靄　蟒穿林樹霧騰騰
算來都爲唐和尚　恨苦相持太沒情

저팔계는 멍청히 구경만 하면서 산기슭 아래에 쇠스랑을 세워 놓고 거들 생각을 안 했어요. 요괴는 손오공의 여의봉이 보통이 아니고 여의봉을 휘두르는 수법에 빈틈이 없자, 창으로 막으면서 코를 쭉 뻗어 손오공을 휘감으려고 했어요. 손오공은 이놈의 수작을 아는지라 두 손으로 여의봉을 가로들고 팔을 쳐들었지요. 그러자 요괴의 코가 손오공의 팔은 빼고 허리만 휘감게 되었지요. 보세요, 손오공의 두 팔이 요괴의 코 위에서 딸랑이처럼 딸랑딸랑 흔들거렸어요.

저팔계가 그걸 보고 가슴을 치며 말했어요.

"아! 저 요괴도 재수가 없군! 멍청한 날 휘감을 땐 팔까지 같이 감아서 꼼짝도 못 하게 하더니, 저 교활한 녀석은 팔까지 휘감지 못했구나. 저 녀석은 두 손에 여의봉을 들고 있으니 콧속으로 쑤셔 넣기만 하면, 콧구멍에서 코피를 철철 흘릴 테니 어떻게 견딜 수 있겠어?"

손오공은 원래 이런 생각이 없었는데 도리어 저팔계가 가르쳐 준 셈이 됐지요. 그는 여의봉을 흔들어 달걀만 한 굵기에 길이가 한 길 남짓 되게 만들어서 정말로 요괴의 콧구멍에 쑤셔 넣었어요. 요괴는 겁을 먹고 감았던 코를 스르륵 풀었다가 손오공에게 도리어 코를 붙잡혔어요. 손오공이 힘껏 앞으로 잡아당기자 요괴는 아플까 봐 겁을 먹고 순순히 끄는 대로 따라갔어요. 저팔계는 그제야 다가와서 쇠스랑을 들어 요괴의 사타구니를 마구 찍어댔어요. 그러자 손오공이 말렸어요.

"아니, 그러지마. 쇠스랑 날은 날카로워서 살가죽이 벗겨져 피가 날 거야. 사부님이 그걸 보시면 또 우리가 생명을 해쳤다고 하실 테니 그냥 쇠스랑 자루로 때리라고."

멍텅구리는 손오공의 말대로 자루를 잡고 한 걸음마다 한 대씩 때렸고 손오공은 코를 잡아끌었으니, 마치 두 명의 코끼리 몰이꾼 같았어요. 그렇게 비탈 아래까지 끌고 왔지요. 삼장법사가 멀리서 뚫어져라 바라보다가 그들 둘이 왁자지껄하며 오는 것을 보자 사오정을 불렀어요.

"오정아, 오공이가 끌고 오는 게 뭔지 보이느냐?"

사오정이 보고는 웃으며 말했어요.

"사부님, 큰사형께선 요괴의 코를 잡아끌고 오시네요. 정말 재미있는 분이라니까."

"아! 이런! 저렇게 긴 코가 달린 저리도 큰 요괴라니! 네가 가서 물어보고 순순히 우리가 산을 넘게 해준다면 용서해주고 목숨을 해치지 말라고 해라."

사오정이 얼른 앞으로 나가 맞이하면서 큰 소리로 외쳤어요.

"사부님께서 그 요괴가 산을 넘게 해주면 놈의 목숨은 살려주라고 하셨어요."

요괴가 그 말을 듣고 황급히 꿇어앉아 "예예" 하고 대답했어요. 손오공에게 코를 붙잡혔던지라 감기 걸린 것처럼 코맹맹이 소리를 내며 말했지요.

"스님 나리, 목숨을 살려주신다면 곧 가마를 메고 와 모시겠습니다."

그러자 손오공이 말했어요.

"우리들은 모두 선량한 사람들이야. 네 말대로라면 목숨은 살려주지. 빨리 가마를 가져와! 또 무슨 수작을 부린다면 그땐 절대 용서 못 한다!"

요괴는 풀려나자 머리를 조아리며 돌아갔어요. 손오공은 저팔계와 함께 삼장법사를 뵙고 앞에 있었던 일을 모두 아뢰었어요. 저팔계는 너무나 창피해 비탈에서 옷을 말리고 있었던 것은 더 말하지 않았어요.

둘째 요괴는 벌벌 떨며 동굴로 돌아왔는데, 그가 도착하기도 전에 첫째 요괴와 셋째 요괴는 둘째 요괴가 손오공에게 코를 붙잡혀 끌려갔다는 졸개 요괴들의 보고를 듣고 있었어요. 첫째 요괴는 겁을 먹은 채 셋째 요괴와 함께 무리를 이끌고 나왔다가, 둘째 요괴가 혼자 돌아오는 것을 보고 맞아들여 풀려난 경위를 물었어요. 둘째 요괴는 삼장법사가 선한 마음으로 자비를 베푼 일을 여러 요괴들에게 들려주었어요. 모두들 서로 얼굴만 쳐다볼 뿐 감히 입을 열지 못했지요. 둘째 요괴가 말했어요.

"형님, 당나라 중을 보내주시겠어요?"

"그게 무슨 말이냐? 손오공은 인의를 널리 펼치는 원숭이님이셔. 전에 내 배 속에 있을 때 내 목숨을 해치려고만 했다면 목숨이 천 개가 있다 한들 이미 난 죽었을 거야. 지금도 네 코를 잡았다는데, 놓아주지 않았다면 네 코를 찢어버릴 수도 있었어. 아이고, 끔찍해라! 어서 모시고 갈 준비를 해라."

그러자 셋째 요괴가 껄껄 웃었어요.

"아이고, 보냅시다, 보내요!"

"동생의 말을 들으니 또 못마땅한 모양이네? 자네가 싫으면 우리 둘이 모셔다드리지."

셋째 요괴는 또 웃었어요.

"두 분 형님들, 그 중이 우리들한테 바래다 달래지 않았다면 그런 대로 운 좋게 넘어갔겠지만, 바래다 달랬으니 범을 산 밖으로 유인해내는 조호이산調虎離山 계책에 바로 걸려든 것이지요."

첫째 요괴가 물었어요.

"그게 뭔가?"

"지금 온 동굴의 졸개들을 다 모아놓고, 만 명 중에서 천 명, 천 명 중에서 백 명, 천 명 중에서 백 명, 또 백 명 중에서 열여섯 명을 뽑고, 또 따로 서른 명을 뽑습니다."

"열여섯을 뽑았으면 됐지, 서른 명은 또 뭔가?"

"서른 명은 요리를 할 줄 아는 애들로, 쌀과 가는 국수, 죽순, 여린 차, 표고버섯, 송이버섯, 두부, 밀기울을 주어 이십 리나 삼십 리마다 천막을 치고 차와 밥을 준비해 당나라 중을 대접하게 합니다."

"그럼 다른 열여섯은 뭣에 쓰는가?"

"여덟은 가마를 메게 하고, 여덟은 길을 열게 하며, 저희 세 형제는 좌우에서 따라가며 전송해줍니다. 이렇게 서쪽으로 사백 리 남짓 가면 제 성이 나오니, 거기에는 또 맞이할 인마가 있습니다. 성 부근에 이르면 이리저리 해서 그들 일행의 앞뒤 사이를 벌려놓는 거지요. 당나라 중을 잡느냐 못 잡느냐는 오로지 이 열여섯에게 달려 있지요."

첫째 요괴는 이 말을 듣고 기뻐서 어쩔 줄 몰랐어요.

정말 술이 확 깨는 듯 꿈에서 번쩍 깨어난 듯했어요.

"묘하구나, 묘해!"

그리고 즉시 요괴들을 불러 서른 명을 뽑아 접대할 물건을 주고, 또 열여섯을 뽑아 향등나무 가마를 메게 했어요. 함께 문을 나서면서 요괴들에게 분부했지요.

"모두들 산에서 할 일 없이 돌아다니지 마라. 손오공은 의심이 많은 원숭이니까 너희들이 돌아다니는 걸 보면 틀림없이 의심할 테고, 그럼 이 계책은 들통나게 돼."

첫째 요괴는 여러 요괴들과 함께 큰길가에서 소리를 질렀어요.

"스님 나리, 오늘은 손이 없는 날[2]이니 서둘러 산을 넘어가시지요."

삼장법사가 듣고 말했어요.

"오공아 누가 날 부르는 게냐?"

손오공이 그들을 가리키며 대답했어요.

"저건 제가 항복시킨 요괴들이 가마를 들고 사부님을 모셔가려고 온 것입니다."

삼장법사는 하늘을 향해 합장하며 말했어요.

"감사합니다, 감사합니다! 현명한 제자들의 이런 능력이 없었다면 제가 어떻게 갈 수 있겠습니까?"

그리고 곧장 앞으로 나아가 요괴들에게 예를 올렸어요.

"여러분의 보살핌을 받게 되었으니, 제가 불경을 얻어 동쪽으

2 원문에는 '홍사紅紗'가 없는 날이라 되어 있다. 봄·여름·가을·겨울, 네 계절의 첫 번째 달 유일酉日, 두 번째 달 사일巳日, 마지막 달 축일丑日을 '홍사일紅紗日'이라고 하여, 이날에는 혼사를 치르거나 길을 떠나는 것을 꺼렸다고 한다.

로 돌아가면 장안에 여러분들의 선행을 널리 알리도록 하겠습니다."

요괴들도 고개를 조아리며 말했어요.

"나리, 가마에 오르시지요."

삼장법사의 범속한 눈으로는 이 계책을 알아챌 리가 없었고, 손오공 역시 충성스러운 태을금선太乙金仙이지만 칠종칠금七縱七擒[3]의 노력 끝에 요괴를 항복시킨 터라 그들에게 무슨 다른 꿍꿍이가 있을 거라고 어찌 생각이나 했겠어요? 자세히 살피지 않고 그저 사부님의 뜻을 따랐지요. 저팔계에게 봇짐을 말 등에 묶게 하고, 사오정은 뒤에서 바짝 따라오게 하고, 자기는 여의봉을 들고 무슨 이상한 것이 있나 살피면서 앞에서 길을 내며 갔어요.

여덟 요괴가 가마를 메고 또 여덟은 돌아가며 길을 열라고 소리 질렀으며, 세 요괴는 가마채를 받쳤어요. 삼장법사는 희희낙락 가마에 앉아 높은 산을 올라 큰길을 따라 나아갔지요.

이번 길에, 흥겨운 가운데 또 걱정거리가 다가올 줄 어찌 알았겠어요? 『역경易經』에 이르기를 '길한 태괘泰卦의 극에 이르면 흉한 비괘否卦가 생겨난다(泰極否還生)'고 했듯이, 시운時運이 흉악한 태세신을 만났다 했더니 또 저승사자를 만난 격이지요. 요괴들은 한마음으로 좌우에서 모시며 아침저녁으로 살뜰히 모셨어요. 삼십 리를 가면 공양을 올리고, 오십 리를 가서 또 공양을 올렸으며, 늦기 전에 쉬게 하면서 길을 따라 가지런히 줄을 맞춰 나아갔어요. 하루 세끼가 모두 마음에 흡족했고 밤에 잘 때도 편안한 곳에서 쉬었지요.

서쪽으로 사백 리 남짓 가자 문득 성곽이 가까이 보였어요. 제

3 『삼국지연의三國志演義』에서 제갈량諸葛良의 남만南蠻을 정벌하면서 남만의 왕 맹획孟獲을 일곱 번 생포하고 일곱 번 놓아주었다는 이야기에서 비롯된 말이다.

천대성은 여의봉을 들고 가마에서 일 리 떨어진 곳으로 나아가 성을 보고는 깜짝 놀라 휘청 자빠져서 일어나지 못했어요. 그토록 대담한 제천대성이 뭘 보고 이렇게 놀랐을까요? 알고 보니 그 성안에 사악한 기운이 자욱하게 퍼져 있었어요.

우글우글 요괴들이 모여들었으니
문 네 곳엔 모두 이리 요괴들이네.
얼룩무늬 호랑이 두령이 되었고
흰 얼굴 표범이 총병 되었네.
뿔이 삐죽 갈라진 사슴은 통행증명서를 전하고
영리한 여우는 길 안내를 하네.
천 자 길이의 구렁이는 성을 에워싸고
만 길 긴 뱀은 길을 가로막았네.
누대 아래 푸른 이리는 동료를 부르고
정자 앞 얼룩 표범은 사람 소리를 내네.
깃발 흔들고 북 치는 것 모두 요괴들이고
순찰 돌고 초소를 지키는 것 모두 산의 정령들이네.
교활한 토끼는 문을 열고 장사를 하고
멧돼지 멜대 메고 행상을 다니네.
전에는 원래 하늘이 내린 왕국이었지만
지금은 요괴들의 성으로 바뀌었네.

攢攢簇簇妖魔怪　四門都是狼精靈
斑斕老虎爲都管　白面雄彪作總兵
丫叉角鹿傳文引　伶俐狐狸當道行
千尺大蟒圍城走　萬丈長蛇占路程
樓下蒼狼呼食伴　亭前花豹作人聲

搖旗擂鼓皆妖怪　巡更坐鋪盡山精
狡兔開門弄買賣　野豬挑擔趕營生
先年原是天朝國　如今翻作虎狼城

제천대성이 두려움에 떨고 있는데, 귀 뒤쪽에서 바람 소리가 들려 급히 뒤돌아보았더니 셋째 요괴가 두 손으로 자루가 화려하게 장식된 방천극方天戟을 들고, 제천대성의 머리를 향해 공격해 오는 것이었어요. 제천대성은 급히 몸을 돌려 기어 일어나서 여의봉을 잡고 정면에서 막아냈어요. 둘은 각기 화가 잔뜩 나서 씩씩대며 말도 하지 않은 채 이를 악물고 싸웠어요.

또한 첫째 요괴는 명령을 내리고 강철 칼을 들고 저팔계를 마구 내리쳤어요. 저팔계는 말을 놓아두고 쇠스랑을 휘두르며 앞쪽을 향해 어지럽게 찔러댔어요. 둘째 요괴는 긴 창을 감아쥐고 사오정을 향해 찔러왔지요. 사오정은 항요장을 놀리며 막아냈어요.

세 요괴가 세 승려와 하나씩 맞붙어 싸우자, 산꼭대기에서는 사생결단의 싸움이 벌어졌지요. 열여섯 요괴는 명령에 따라 각기 맡은 일을 수행했어요. 백마와 봇짐을 빼앗고 삼장법사를 둘러싼 채 가마를 둘러메고 바로 성 옆으로 와서 크게 소리쳤어요.

"대왕 나리의 계책대로 당나라 중을 잡아 왔습니다!"

성 위에 있던 크고 작은 요괴들은 모두 뛰어 내려와 성문을 활짝 열고 진영마다 깃발을 걷어 들이고 북을 멈추게 하고 시끄럽게 징을 치지 못하게 했어요.

"대왕님께서 당나라 중을 놀라게 하지 말라는 영을 내리셨어. 당나라 중이 놀라면 고기가 시큼하게 상해 맛이 없어진다고 말이야."

여러 요괴들은

환호작약하며 삼장법사를 맞으니
깊이 허리 굽혀 스님을 맞아들이네.

懽天喜地邀三藏　控背躬身接主僧

삼장법사를 가마에 태운 채 금란전金鑾殿으로 데려가 앉혀놓고, 한편으로는 차를 내온다 밥을 올린다 하며 좌우에서 부산을 떨었어요. 삼장법사는 멍해져서 눈을 들어 바라보아도 아는 얼굴이 보이지 않았어요.

결국 삼장법사의 목숨이 어떻게 될지는 알 수 없으니, 이에 대해서는 다음 회를 들어보시라.

제77회
석가여래가 요괴들을 귀의시키다

삼장법사가 고초를 겪은 얘기는 잠시 접어두기로 하겠어요. 한편 세 요괴 왕은 한마음으로 힘을 합쳐 성곽 동쪽 산허리에서 제천대성 삼 형제와 치열한 싸움을 벌였어요. 이번 싸움은 그야말로 '쇠 솔로 구리 솥을 씻듯이(鐵刷箒刷銅鍋)' 양쪽 모두 기세가 완강했지요. 정말 살벌하기 그지없었어요.

여섯 형상과 여섯 무기
여섯 몸뚱이와 여섯 마음.
육악 육근이 육욕•에 얽혀
육문 육도가 승패를 겨루네.
서른여섯 방위에는 봄이 절로 오지만,
육륙의 형상 다치니 유명한 게 한스럽구나!
이쪽의 여의봉
천 가지 재주를 가졌고
저쪽의 방천극
백 가지 솜씨 뛰어나네.

저팔계 쇠스랑 더욱 사나운데
둘째 요괴 긴 창 매섭고 능란하네.
막내 사오정의 항요장도 보통이 아니라
때려죽일 듯 덤비고
첫째 요괴의 강철 칼은 날래고 예리하여
인정사정이 없네.
이쪽 셋은 삼장법사 호위하는 천하무적 장수들
저쪽 셋은 법을 어지럽히고 국왕을 능멸하는 못된 요괴들
처음엔 그래도 웬만하더니
갈수록 흉포하기 그지없구나.
여섯 모두 하늘 나는 술법을 써
구름 속을 번득번득 뛰어다니네.
순식간에 안개 토하고 구름 내뿜으니 천지가 캄캄하고
으르렁 무서운 기합 소리만 들리네.

六般體相六般兵　六樣形骸六樣情
六惡六根緣六慾　六門六道賭輸贏
三十六宮春自在　六六形傷恨有名
這一箇金箍棒　千般解數
那一箇方天戟　百樣崢嶸
八戒釘鈀兒更猛　二怪長鎗俊又能
小沙僧寶杖非凡　有心打死
老魔頭鋼刀快利　舉手無情
這三箇是護衛眞僧無敵將　那三箇是亂法欺君潑孽精
起初猶可　向後彌兇
六枚都使昇空法　雲端裡面各翻騰
一時間吐霧噴雲天地暗　哮哮吼吼只聞聲

그들 여섯이 이렇게 한참을 싸우니 어느덧 점점 날이 저물어 갔어요. 그런데 다시 바람과 안개가 자욱하게 깔리더니 순식간에 사방이 캄캄해졌어요. 그러자 원래 귀가 커서 눈꺼풀까지 덮고 있는 저팔계는 갈수록 눈앞이 가물가물하고 손발이 느려지며 공격을 제대로 막지 못하더니 쇠스랑을 질질 끌고 도망치기 시작했어요.

첫째 요괴가 놓칠세라 칼을 들어 찍으니 하마터면 목숨을 잃을 뻔했지만, 다행히 머리는 피하여 갈기털 몇 가닥만 잘려나갔지요. 첫째 요괴는 입을 쩍 벌려 저팔계의 목덜미를 덥석 물고 성 안으로 끌고 들어가서 졸개 요괴에게 넘겨 금란전에 묶어놓도록 했어요. 그리고 자신은 다시 구름을 몰아 공중에서 다른 요괴의 싸움을 도와주었어요.

사태가 불리하게 된 것을 본 사오정은 항요장을 휘두르는 체하다가 몸을 돌려 도망치려 했는데, 둘째 요괴가 코를 쭉 뻗어 쉭 하고 팔까지 친친 감아 성안으로 끌고 갔어요. 둘째 요괴 역시 졸개 요괴를 시켜 사오정을 금란전에 묶어두게 했지요. 그리고 다시 공중에 솟구쳐 올라 손오공을 잡으라고 소리치는 것이었어요.

손오공은 두 동생이 붙잡히는 걸 보고 혼자서는 도저히 당해낼 수 없겠다 싶었으니, 그야말로 '센 주먹이라도 하나로는 두 주먹을 당해낼 수 없고 두 주먹은 네 주먹을 당해내지 못한다(好手不敵雙拳 雙拳難敵四手)'는 격이었어요. 그는 버럭 소리를 지르며 여의봉으로 세 요괴의 무기를 한꺼번에 쳐내고 근두운을 솟구쳐 타고 도망쳤어요.

손오공이 근두운을 몰아 도망치는 걸 본 셋째 요괴는 즉시 몸을 흔들어 본모습으로 돌아간 뒤, 두 날개를 쫙 펼쳐 제천대성을 뒤쫓았어요. 그가 어떻게 손오공을 쫓을 수 있었을까요?

손오공이 하늘궁전을 떠들썩하게 뒤집어놓을 당시, 하늘 병사 십만도 그를 잡지 못했던 것은 그가 근두운을 타면 단숨에 십만 팔천 리를 갈 수 있어서 신들이 쫓아갈 수 없었기 때문이었지요. 하지만 이 요괴는 날개를 한 번 펄럭이면 구만 리를 갔으니, 두 번 펄럭이자 곧 손오공을 앞질러 갈 수 있었어요. 결국 손오공도 붙잡혀 그의 손아귀에서 옴짝달싹도 못하는 신세가 되고 말았어요.

손오공은 아무리 빠져나가려 해도 도저히 벗어날 수가 없었지요. 변화법이니 몸을 숨기는 둔법遁法이니 모두 써보았지만 꼼짝도 할 수 없었어요. 그가 크게 변신하면 요괴도 움켜쥔 손을 늦추어 붙잡고, 작게 변신하면 또 손을 꽉 쥐어 붙잡았으니까요. 요괴는 손오공을 붙잡아 곧바로 성안으로 돌아오자 땅바닥에 내던졌어요. 그리고 졸개 요괴들에게 분부하여 저팔계, 사오정처럼 묶어서 한곳에 두게 했어요.

첫째 요괴와 둘째 요괴가 모두 나와 영접하여 셋이 함께 금란전으로 올라갔지요. 아! 하지만 이것이 손오공을 붙잡은 것이 아니라 그를 전송해주는 결과가 될 줄이야!

이때 시간은 밤 열 시경, 요괴들은 함께 모여 인사를 나누고 나서 삼장법사를 전각 아래로 끌어 내게 했어요. 삼장법사가 등불 앞에 서니 문득 세 제자가 땅바닥에 꽁꽁 묶여 있는 것이 보였어요. 삼장법사는 손오공 옆에 엎드려 목놓아 울었어요.

"애야, 재난을 만날 때마다 그래도 네가 밖에서 신통력을 써서 어디에선가 도움을 얻어 마귀를 굴복시켰는데, 이번엔 너까지 잡혔으니 가련한 이 몸은 어떻게 목숨을 구한단 말이냐?"

저팔계와 사오정도 삼장법사가 이렇게 괴로워하는 소릴 듣자 덩달아 대성통곡을 했어요. 그러자 손오공이 빙그레 웃으며 말했어요.

"사부님, 안심하세요. 얘들아 울지 마라. 저놈들이 어쩐대도 절대 아무 일 없을 테니까. 저 요괴들이 잠들면 우린 길을 떠나면 되지."

저팔계가 말했어요.

"형님, 또 무슨 농간을 부릴 셈인 모양이구려? 삼줄로 꽁꽁 묶어놓고, 좀 느슨해졌다 싶으면 물을 뿜어대니, 형님 같은 말라깽이는 아무렇지도 않을지 모르지만 나같이 뚱뚱한 사람은 죽을 지경이란 말이오. 못 믿겠으면, 자, 이 팔뚝을 좀 보시오. 살 밑으로 벌써 두 치는 들어갔소. 그런데 어떻게 도망친단 말이오?"

손오공이 웃으며 말했어요.

"이깟 삼줄 따위가 뭐라고 그래? 사발만큼 굵은 종려나무 밧줄로 묶어봤자, 귓전을 스치는 가을바람처럼 아무것도 아냐!"

스승과 제자 일행이 한창 얘기를 하고 있는데, 첫째 요괴가 말하는 소리가 들렸어요.

"셋째는 힘도 센 데다 지모도 대단하단 말이야. 정말 묘한 계책을 써서 당나라 중을 잡아 왔구만."

그러더니 이렇게 소리를 질렀어요.

"얘들아, 다섯이 가서 물을 길어오고 일곱은 솥을 닦아라. 열 명은 불을 지피고 스무 명은 쇠 시루를 들고 오너라. 저 중놈 넷을 잘 쪄서 우리 형제들이 먹어야겠다. 그리고 너희들에게도 한 조각씩 나누어 주어 장수할 수 있도록 해주마."

저팔계가 이 말을 듣고 벌벌 떨며 말했어요.

"형님, 들어보시오. 저 요괴놈이 우릴 쪄 먹을 거라잖아요?"

"떨지 마라. 내가 저놈이 햇병아리 요괴인지 허풍쟁이 요괴인지 좀 봐야겠다."

사오정이 울며 말했어요.

"형님, 그렇게 속 편한 소리 마시오. 이제 바로 염라대왕 코앞에 와 있는데, 무슨 햇병아리니 허풍쟁이니 하고 있단 말이오?"

그 말이 채 끝나기도 전에 둘째 요괴가 말하는 소리가 들렸어요.

"저팔계는 잘 쪄지지 않을 것 같소."

그러자 저팔계가 반색을 하며 말했어요.

"아미타불! 어떤 음덕을 쌓을 놈이 내가 잘 쪄지지 않을 것 같다고 하는 거지?"

셋째 요괴가 말했어요.

"잘 쪄지지 않으면 껍질을 벗겨서 찝시다."

저팔계는 그 말에 화들짝 놀라 빽 소리를 질렀어요.

"껍질 벗길 필요 없다! 거칠긴 거칠어도 물이 펄펄 끓기만 하면 금방 흐물흐물해지니까."

첫째 요괴가 말했어요.

"잘 쪄지지 않으면 시루 맨 아래에다 놓고 찌면 될 게다."

그러자 손오공이 웃으며 말했어요.

"팔계야, 무서워 말거라. 들어보니 저놈들은 햇병아리이지 허풍쟁이는 아니다."

사오정이 말했어요.

"어떻게 아시오?"

"대개 음식을 찌게 되면 모두 위에서부터 익게 되어 있다. 잘 쪄지지 않는 것은 위에다 놓고 불을 많이 때면 김이 올라가 잘 익게 되지. 아래에다 놓게 되면 김이 막혀 아무리 불을 때도 김에 쬐일 수 없거든. 그런데 저놈이 저팔계가 잘 쪄지지 않으니까 아래에다 두라고 하는 걸 보면, 햇병아리가 아니고 뭐냐!"

저팔계가 말했어요.

"형님, 그 말대로라면 아예 사람 잡을 상황이 아니오? 저놈들이 아무래도 내가 쪄지지 않는 걸 보면, 꺼내가지고 이리저리 뒤집으며 다시 불로 구울 테지요. 그러면 앞뒤 가죽은 다 익고 속은 그대로 생고기로 남을 게 아니겠소?"

이렇게 얘기하고 있는데 졸개 요괴가 와서 알렸어요.

"물이 끓었습니다."

그러자 첫째 요괴가 삼장법사 일행을 떠메고 나오라고 명령했어요. 요괴들이 우르르 달려들어 저팔계를 시루 제일 아래에다 놓고 사오정을 다음 칸에 넣었어요. 손오공은 다음이 자기 차례일 거라 짐작하고 곧 몸을 빼내 "이 등불 앞이 손을 쓰기 좋겠군" 하고 중얼거리더니, 털 한 가닥을 뽑아 신선의 기운을 불어 넣으며 "변해랏!" 하고 외쳤어요. 그러자 털은 곧 손오공과 똑같은 모습으로 변해 삼줄에 묶여 있고, 진짜 손오공은 빠져나가 공중으로 뛰어올라 아래를 내려다보았어요. 요괴들이 어떻게 가짜 진짜를 알 수 있겠어요?

그들은 눈에 보이는 대로 곧장 떠메고 가서 가짜 손오공을 셋째 칸에 올려놓고, 마지막으로 삼장법사를 붙잡아 바닥에 넘어뜨린 뒤 꽁꽁 묶어 넷째 칸에 올려놓았어요. 그리고 마른 장작을 쌓아 올려 불을 놓자 맹렬한 불꽃이 솟아올랐어요. 제천대성이 구름 속에서 탄식하며 중얼거렸어요.

"저팔계와 사오정은 그래도 물이 두어 번 끓어오를 때까진 견디겠지만, 우리 사부님은 한 번 끓기만 해도 당장 흐물흐물 물러버릴 텐데. 무슨 수를 써서 구해내지 않으면 금방 돌아가시고 말 거야!"

멋진 손오공! 그는 공중에서 손가락을 구부려 결을 맺고 "옴람정법계唵藍淨法界 건원형리정乾元亨利貞"이란 주문을 외워 북해 용왕을 급히 불러냈어요. 그러자 곧 저쪽 구름 끝에서 검은 구름 한 조각이 나타나 큰 소리로 손오공의 부름에 대답했어요.

"북해 용왕 오순敖順이 머리 조아려 인사드립니다."

"일어나시오! 어서 일어나시오! 일이 생겨 폐를 끼치게 됐소. 지금 사부님과 함께 여기에 이르러 악독한 요괴놈들에게 붙잡혀 쇠 시루 속에 갇혀 쪄 먹힐 판이오. 사부님이 찜 쪄지지 않도록 그대가 가서 좀 보호해주시오."

용왕이 즉시 한 줄기 차가운 바람으로 변해 가마솥 밑으로 들어가 그 주위를 빙글빙글 돌며 보호하니, 솥을 데울 만한 불기운이 없어 쇠 시루 속의 세 사람은 비로소 목숨을 건지게 되었어요.

밤 한 시가 다 되어가자 첫째 요괴가 명을 내렸어요.

"애들아, 우리가 계책을 쓰고 힘을 쓴 끝에 당나라 중 일행 넷을 몽땅 잡아 왔다. 또 저놈들을 데리고 오느라 고생한 데다 꼬박 나흘 밤낮을 제대로 자지 못했구나. 이제 시루 속에 넣어놓았으니 빠져나가긴 어려울 것이다. 너희들은 신경 써서 잘 지키고, 열 명이 돌아가며 불을 때라. 우린 궁으로 들어가 좀 자고 오겠다. 날이 밝을 무렵이면 분명 다 익을 것이니, 너희들은 마늘과 기름, 소금, 식초를 준비해놓고 우리를 깨워라. 공복에 먹어야겠다."

요괴들은 각각 그 명을 따랐어요. 세 요괴는 각각 침궁寢宮으로 돌아갔어요.

구름 속에서 이 명령을 똑똑히 들은 손오공은 구름을 낮추어 내려갔는데, 시루 속에선 사람 소리가 들리지 않았어요. 그는 이렇게 생각했지요.

'불기운이 위로 솟구치면 분명 뜨거울 텐데, 왜 무서워하는 기색이 없지? 말소리도 끙끙거리는 신음 소리도 없네! 이거 푹 쪄져서 벌써 죽은 거 아냐? 가까이 가서 들어보자.'

멋진 제천대성! 그는 구름을 딛고 몸을 한 번 흔들어 검은 쇠파리로 변하더니, 쇠 시루에 내려앉아 귀를 기울였어요. 그러자 안에서 저팔계의 목소리가 들렸어요.

"재수 없다! 재수 없어! 김을 가두고 찌는 건지, 밖으로 빼며 찌는 건지 알 수가 없군!"

사오정이 말했어요.

"형님, 김을 가두는 건 뭐고 밖으로 빼는 건 뭐요?"

"김을 가두고 찌는 건 시루 뚜껑을 덮고 찌는 거고, 김을 빼며 찌는 건 뚜껑을 덮지 않는 거지."

제일 위 칸에 있던 삼장법사가 한마디 했어요.

"얘들아, 아직 뚜껑을 덮지 않았다."

저팔계가 말했어요.

"정말 운이 좋은걸! 오늘 밤엔 아직 죽지 않겠어. 이건 김을 빼며 찌는 거야."

세 사람이 말하는 것을 듣고 아직 죽지 않은 걸 안 손오공은 당장 날아가 쇠 시루 뚜껑을 살짝 덮어버렸어요. 그러자 삼장법사가 기겁하며 말했어요.

"얘들아, 뚜껑이 덮였구나!"

저팔계가 말했어요.

"아이고, 망했다! 그럼 이건 김을 가두고 찌는 거니까, 오늘 밤 우린 틀림없이 죽었다!"

사오정과 삼장법사가 엉엉 소리 내어 울었어요. 그러자 저팔계가 말했어요.

"잠깐 울지들 마세요. 이번엔 불 때는 당번이 바뀌었나 봐요."

사오정이 물었어요.

"어떻게 아시오?"

"아까 처음 시루에 들어왔을 땐 나한테 딱 좋았거든? 내가 차고 습한 기운 때문에 생긴 신경통이 좀 있어서 뜨끈뜨끈하게 지져주면 좋거든. 그런데 이번엔 도리어 냉기가 올라오니, 원. 제길! 불 때는 양반! 장작을 좀 더 넣으면 어디가 덧나오? 당신 것이 들어가는 것도 아닌데."

손오공이 이 말을 듣자 터져 나오는 웃음을 참을 수가 없었어요.

"이런 멍청한 녀석! 차가운 건 그래도 견딜 만하지. 뜨거워 봐라, 목숨이 달아날 텐데. 더 이상 어쩌니 저쩌니 하다간 들통나겠다. 얼른 구해줘야지. 가만! 저들을 구하려면 본모습으로 돌아가야 하는데, 그랬다간 불 때는 열 놈이 보고 일제히 아우성을 쳐서 요괴를 깨울 테니, 또 귀찮아지겠지? 음, 먼저 저놈들에게 술법을 써야겠다."

그러다가 문득 이런 생각이 났어요.

'아, 그래, 내가 제천대성 노릇을 하고 있었을 때, 북천문北天門에서 호국천왕護國天王과 홀짝 맞추기를 해서 잠벌레를 따낸 게 아직 몇 마리 남아 있을 거야. 그걸 써야겠다.'

즉시 허리춤에 찬 주머니를 뒤져보니 아직 열두 마리나 남아 있었어요.

'열 마리를 이놈들에게 뿌리고 두 마리는 남겨 씨를 받도록 하자.'

손오공은 당장에 잠벌레를 꺼내 졸개 요괴 열 명의 얼굴에 뿌렸어요. 잠벌레가 콧구멍으로 들어가자, 요괴들은 꾸벅꾸벅 졸기 시작하더니 금방 모두 곯아 떨어졌어요. 그런데 부지깽이를 든 한 놈이 잠이 푹 들지 않은 채, 머리와 얼굴을 긁적이고 코를 좌우로 비벼대며 연신 재채기를 했어요. 손오공이 중얼거렸어요.

"이놈이 술수를 알아차린 모양인데? 어디, 불 두 개를 동시에 밝히는 쌍첨등雙掭燈 술법을 써보자."

그리고 다시 잠벌레 한 마리를 더 그놈의 얼굴에 뿌렸어요.

"잠벌레 두 마리가 번갈아 왼쪽 오른쪽으로 들락날락하면, 잠들지 않고는 못 배길 게다."

그러자 그 졸개 요괴는 두세 번 하품을 하고 허리를 쭉 펴더니, 부지깽이를 떨어뜨리며 털썩 하고 쓰러져 다시는 몸을 뒤척이지 않았어요.

"정말 이 술법이야말로 신통방통한데!"

손오공은 즉시 본모습으로 돌아와 가마솥 가까이 다가가 가만히 불렀어요.

"사부님!"

삼장법사가 그 소리를 듣고 말했어요.

"오공아, 날 구해다오!"

사오정이 말했어요.

"형님, 지금 밖에서 부르시는 게요?"

"그럼 내가 밖에 있지 않고 너희와 같이 거기서 고생하고 있겠느냐?"

저팔계가 말했어요.

"형님, 혼자 살짝 빠져나가고 우린 모두 죽을 고생이라니. 여기서는 숨이 막혀 죽을 지경이오!"

손오공이 웃으며 말했어요.

"멍청아, 떠들지 마라! 내가 구해주러 왔잖니?"

"형님, 구해주려면 아주 확실히 구해주구려, 다시는 시루 찜을 당하지 않게 말이오."

손오공은 시루 뚜껑을 밀어제치고 삼장법사를 구해낸 다음, 몸을 한 번 흔들어 가짜 손오공으로 둔갑한 털을 거둬들이고, 한 칸

한 칸 차례대로 사오정과 저팔계를 꺼내주었어요. 멍텅구리는 빠져나오기 무섭게 재빨리 도망치려 했어요. 그러자 손오공이 말했어요.

"잠깐! 서두르지 마라!"

손오공은 다시 주문을 외워 용왕을 돌려보내고 나서 비로소 저팔계에게 말했어요.

"서천으로 가려면 아직도 높은 산과 험한 고개가 많은데, 사부님은 발에 힘이 없으셔서 걸어가시기 어려워. 가서 말을 찾아와야겠어."

여러분, 보세요. 손오공은 살금살금 금란전 아래로 다가갔어요. 거기엔 크고 작은 요괴들이 모두 잠들어서, 말고삐를 풀어도 아무도 깨어나는 자가 없었어요. 그 말은 본래 용마인지라, 낯선 사람이면 두 다리를 높이 쳐들고 울부짖었을 테지요. 하지만 손오공은 일찍이 말을 길러 필마온 벼슬까지 지냈고 또 한집안 식구인지라, 말은 뛰어오르지도 울부짖지도 않고 고분고분했어요.

손오공은 살그머니 말을 끌고 와 말의 뱃대끈을 단단히 묶고 여러 가지 준비를 말끔하게 해서 삼장법사를 말에 오르게 했어요. 벌벌 떨며 말 위에 올라탄 삼장법사 역시 얼른 떠나려고만 했어요. 그러자 손오공이 말했지요.

"잠깐 기다리십시오! 우리들이 서천으로 가자면 또 국왕들이 있을 테니, 반드시 통행증명서가 있어야 통과할 수 있습니다. 그게 없으면 무엇으로 증명하겠습니까? 제가 가서 봇짐을 찾아오겠습니다."

"내 기억엔 우리가 안으로 들어왔을 때 요괴들이 금란전 왼쪽 아래에 봇짐을 던져둔 것 같구나. 멜대도 그쪽에 같이 두는 것 같더라."

"알겠습니다."

손오공은 즉시 자리를 떠나 금란전으로 폴짝 뛰어갔는데, 갑자기 어디선가 눈부신 광채가 피어나는 것이 보였어요. 손오공은 그것이 봇짐임을 이내 알아보았어요. 어떻게 알았냐고요? 삼장법사의 금란가사엔 야명주夜明珠가 달려 있어 빛을 내기 때문이지요. 얼른 다가가 보니, 봇짐에 손도 대지 않은 채 원래 그대로 놓여 있었어요.

손오공은 얼른 봇짐을 가져다 사오정에게 지게 했어요. 저팔계는 말을 끌고 손오공이 길을 인도하여 곧장 정양문正陽門까지 가니, 바깥에선 딱따기와 방울이 요란하게 울리고 문엔 자물쇠가 걸려 있는데, 그 위엔 봉인까지 붙어 있었어요. 그러자 손오공이 말했어요.

"이렇게 방비를 하고 있으니, 어떻게 빠져나간담?"

저팔계가 말했어요.

"그럼 뒷문으로 갑시다."

손오공이 길을 인도하여 바로 뒷문으로 달려갔어요. 하지만 후재문後宰門 밖에도 딱따기 소리와 방울 소리가 요란했고 역시 문에는 봉인된 자물쇠가 걸려 있었어요.

"어쩌면 좋담? 이런 경우, 사부님이 평범한 인간의 몸만 아니라면, 우리 셋은 어찌 되었든 구름을 타고 바람을 일으켜 빠져나갈 수 있을 텐데. 사부님은 아직 삼계三界의 윤회를 벗어나지 못하고 오행五行의 순환 속에 계시어, 일신이 모두 부모님께 물려받은 범속한 육신이라 구름을 탈 수 없으니, 빠져나가기가 어렵구나."

그러자 저팔계가 말했어요.

"형님, 이러니저러니 할 거 없이, 딱따기 소리가 없고 방비가 허술한 곳으로 가서 우리가 사부님을 떠밀어 올려 담을 넘어가게 하면 되잖아요?"

손오공이 웃으며 대답했어요.

"그건 안 돼. 지금이야 어쩔 수 없어 담을 넘어가게 한다지만, 경전을 구해 돌아올 때가 돼봐라. 멍청한 네 녀석은 입이 헤퍼서 가는 곳마다 우리가 담장을 타고 넘은 중들이라고 떠벌릴 게 아니냐?"

"지금 품행 같은 걸 따지게 됐소? 우선 목숨을 구하고 봐야지."

손오공도 어쩔 수 없는지라 그 말에 따라 조용한 담장 쪽으로 가서 담을 타고 넘어갈 궁리를 했어요.

그런데 아뿔싸! 이런 일이 생길 줄이야! 역시 삼장법사는 아직 재난에서 벗어날 운명이 아니었던 거예요. 궁전에서 잠을 자고 있던 세 요괴가 갑자기 깜짝 놀라 일어나 당나라 중이 도망갔다고 외치며, 모두 황급히 옷을 걸치고 일어나 금란전으로 달려갔어요.

"당나라 중을 찔 때 몇 번이나 물이 끓었느냐?"

요괴들이 물었지만 불을 때던 졸개 요괴들은 이미 잠벌레 때문에 깊이 잠이 들어 아무리 때려도 한 마리도 일어날 기색이 없었어요. 다른 일을 보던 요괴들 몇 마리가 놀라 깨어나 우물쭈물 대답했어요.

"일, 일, 일, 일곱 번 끓었습니다."

그리고 졸개 요괴들이 급히 가마솥으로 달려가 보니 시루에 넣어둔 시렁들이 땅바닥에 나뒹굴고 불을 때던 놈들은 모두 곯아떨어져 있는 것이었어요. 깜짝 놀란 졸개들이 되돌아와 알렸어요.

"대왕마마, 도, 도, 도, 도망쳤습니다!"

세 요괴가 금란전을 내려와 가마솥으로 가서 살펴보니 과연 시루의 시렁들은 땅바닥에 나뒹굴고 솥은 싸늘하게 식어 불기운이라곤 전혀 없었어요. 불을 때던 놈들은 전부 드르렁 쿨쿨 코를 골며 진흙 덩어리처럼 꼼짝없이 잠에 빠져 있었어요. 요괴들이 일제히 고함을 쳤어요.

"당나라 중을 잡아라! 어서 빨리!"

고함 소리가 울려 퍼지자 전후좌우 크고 작은 요괴들이 전부 놀라서 일어났어요. 창칼을 들고 우르르 정양문으로 가 보니, 봉인된 자물쇠는 그대로 있었고 딱따기 소리와 방울 소리도 끊임없이 울리고 있었어요. 바깥에서 순찰을 돌고 있는 요괴에게 물었어요.

"당나라 중이 어디로 도망쳤느냐?"

"아무도 도망쳐 나간 자가 없습니다."

급히 후재문으로 달려가 보니 딱따기 소리며 봉인된 자물쇠 모두 앞문과 다름이 없었어요. 해서 다시 야단법석을 피우며 등롱과 횃불을 켜 들자 온 하늘이 시뻘겋게 물들어 마치 백주 대낮처럼 환해지니, 삼장법사 일행 넷이 담장을 기어오르고 있는 것이 환히 보였어요. 첫째 요괴가 쫓아와 호통을 쳤어요.

"이놈들, 어딜 도망치느냐?"

삼장법사는 너무 무서워 그만 다리에 힘이 빠져 담장 아래로 떨어지는 바람에 첫째 요괴에게 붙잡혀버렸어요. 둘째 요괴가 사오정을 잡고 셋째 요괴는 저팔계를 잡고 다른 졸개들은 봇짐과 백마를 붙들었고, 오직 손오공만이 도망쳤어요. 그러자 저팔계가 투덜투덜 손오공을 원망했지요.

"죽일 놈 같으니! 구해주려면 화근 없이 확실히 구해달라고 했더니, 이제 도로 시루 찜을 당하게 생겼잖아?"

요괴들은 삼장법사를 금란전으로 잡아갔으나 찌려고 하지는 않았어요. 둘째 요괴는 저팔계를 금란전 앞 처마 기둥에다 묶어놓으라 명했어요. 셋째 요괴는 사오정을 금란전 뒤 처마 기둥에 묶어두게 했지요. 그런데 첫째 요괴만은 삼장법사를 꼭 붙든 채 놓지 않았어요. 셋째 요괴가 물었어요.

"큰형님, 그놈을 왜 그렇게 붙들고 계십니까? 설마 산 채로 잡숫겠단 건 아니겠지요? 그랬다간 아무 맛도 없을 텐데요. 이놈은 보통 시시한 인간처럼 밥 삼아 먹듯이 해선 안 됩니다. 큰 나라에서 온 진귀한 물건이니, 먹을 게 떨어지고 할 일 없을 때 끌어내 깨끗이 손질해서, 잔잔한 음악을 깔고, 술상 받아 주령酒令 놀이를 해가며 먹어야 제격입니다."

첫째 요괴가 웃으며 말했어요.

"아우의 말이 옳긴 하나, 손오공이 또 훔쳐 갈까 봐 그러네."

"우리 황궁 안에 금향정錦香亭이란 데가 있는데 그 정자 안에 철 궤짝이 하나 있습니다. 제 생각엔 당나라 중을 그 궤짝 안에 가두어 정자 문을 닫은 뒤, 졸개들을 시켜 온 성안에다 당나라 중이 이미 우리한테 산 채로 먹혔다고 헛소문을 퍼뜨리는 게 좋겠습니다. 그놈의 손오공이 틀림없이 소식을 알아보러 올 텐데, 이 얘길 들으면 분명 단념하고 떠날 것입니다. 사나흘 정도 기다려봐서 시끄럽게 굴지 않으면, 그때 꺼내다가 천천히 맛을 봅시다. 어떻습니까?"

첫째 요괴와 둘째 요괴 모두 크게 기뻐하며 말했어요.

"맞다, 맞아! 자네 생각이 아주 괜찮네!"

가엾게도 삼장법사는 이날 밤 당장 끌려가 철 궤짝 속에 갇혔어요. 요괴들이 정자 문을 굳게 닫은 뒤 헛소문을 퍼뜨리니, 온 성안 자자하게 얘기가 떠돌았음은 더 이상 말하지 않겠어요.

한편 손오공은 한밤중에 삼장법사도 돌볼 겨를이 없이 구름을 타고 빠져나와 곧장 사타동으로 갔어요. 가는 길 내내 여의봉을 휘둘러 요괴 수만 마리를 깡그리 때려죽였어요. 다시 급히 되돌아왔을 땐 어느덧 먼동이 터오고 있었어요. 그는 성 부근에 이르렀지만 감히 싸움을 걸진 못했어요. 그야말로 '외가닥 실로는 줄을 꼬기 어렵고 손바닥 하나로는 소리를 낼 수 없다(單絲不線 孤掌難鳴)'는 격이었지요.

그는 구름을 낮추어 내려서 몸을 한 번 흔들어 졸개 요괴로 둔갑한 뒤, 성문 안으로 들어가 큰 거리 작은 골목을 구석구석 다니며 삼장법사의 소식을 알아보았어요. 그런데 온 성안에 "간밤에 당나라 중이 대왕님께 산 채로 잡아먹혔다"는 소문이 짜하게 돌고 있는 것이었어요. 어디를 가나 전부 이렇게 얘기를 하니, 손오공은 정말 마음이 바짝 타서 금란전 앞까지 가보았어요.

그 안에는 수많은 정령들이 모두 가죽에 쇠를 댄 모자를 쓰고, 몸에는 길고 누런 무명 장삼을 걸치고, 손에는 붉은 칠을 한 몽둥이를 들고, 허리엔 상아패를 찬 채 쉴 새 없이 오가고 있었어요. 그걸 본 손오공이 속으로 이렇게 생각했어요.

'이건 필시 궁중을 드나드는 요괴들일 게다. 나도 저놈들처럼 변신해서 안으로 들어가 소식을 알아봐야겠다.'

멋진 제천대성! 그는 정말 그 요괴들과 똑같은 모양으로 둔갑해 궁궐 문 안으로 섞여 들어갔어요. 한참 가다 보니 금란전 앞 기둥에 저팔계가 묶여 끙끙거리고 있는 것이 보였어요. 손오공이 가까이 다가가 "팔계야!" 하고 불렀어요. 손오공의 목소리인 줄 안 멍텅구리가 대답했어요.

"사형, 오셨소? 날 좀 구해주시오."

"그래, 구해줄게. 그런데 너, 사부님이 어디 계신지 아느냐?"

"사부님은 안 계시오. 어젯밤 요괴에게 산 채로 먹혀버리셨소."

이 말을 듣자마자 손오공은 목이 메여 눈물을 펑펑 흘렸어요. 그러자 저팔계가 말했어요.

"형님, 울지 마시오. 나도 졸개들이 떠들어대는 걸 들었을 뿐이지 직접 보지는 못했소. 혹시 모르니까 다시 가서 좀 더 알아보시오."

그제야 손오공은 눈물을 거두고 다시 안쪽으로 들어가 삼장법사를 찾아보았어요. 그러다 이번엔 금란전 뒤 처마 기둥에 사오정이 묶여 있는 걸 발견하고 가까이 다가가 그의 가슴을 쓸면서 "오정아!" 하고 불렀어요. 사오정 역시 손오공의 목소리를 알아듣고 말했어요.

"형님, 변신해서 들어오신 게요? 날 좀 구해주시오, 구해줘요."

"널 구해주는 건 쉽다만, 그래, 사부님께선 어디 계시느냐?"

그러자 사오정이 눈물을 떨어뜨리며 대답했어요.

"형님! 사부님은 요괴들이 찌지도 않고 바로 산 채로 먹어버렸소."

제천대성은 두 아우의 대답이 한결같자 심장을 칼로 도려내는 듯 마음이 아파 비 오듯 눈물을 흘렸어요. 급히 몸을 솟구쳐 공중으로 뛰어오른 그는 저팔계와 사오정은 내버려둔 채 성 동쪽의 산 위로 돌아와 구름을 멈춘 뒤 목놓아 울었어요.

"사부님,

아아! 제가 하늘을 멸시한 죄를 받아 고생하고 있을 때
사부님께선 절 구하여 고통에서 벗어나게 해주셨습니다.
경건한 마음과 독실한 뜻으로 함께 부처님을 뵙고자
힘을 다해 수련하며 함께 요괴의 시련을 거쳐 왔습니다.

그런데 오늘 아침 횡액을 만나
사부님 모시고 사바세계를 헤쳐갈 수 없게 될 줄이야!
아름다운 서천에 닿을 인연이 없어
기운이 흩어지고 혼은 사라졌으니 이를 어찌하면 좋습니까!

恨我欺天困網羅　師來救我脫沉痾
潛心篤志同參佛　努力修身共煉魔
豈料今朝遭蜇害　不能保你上娑婆
西方勝境無緣到　氣散魂消怎奈何

손오공은 슬프고 처량한 마음으로 혼자 곰곰 생각하다 이렇게 자문자답을 했어요.

'이게 다 석가여래가 극락정토에 앉아 할 일 없이 그따위 삼장진경三藏眞經이니 하는 걸 만들었기 때문이야. 정말 선을 권장할 생각이 있었다면 당연히 그냥 동녘 땅으로 보내주면 될 것을. 그랬으면 만고에 길이 전해졌을 게 아냐? 그냥 주기 아까우니까 괜히 우리더러 가져가라니 뭐니 하는 거지.

그렇게 고생하며 만수천산萬水千山 힘든 길을 지나왔건만 오늘 이곳에 이르러 목숨을 잃게 될 줄 어찌 알았더란 말이냐? 에라! 됐다! 관두자! 근두운을 타고 가서 여래님을 뵙고 그간의 일이나 말씀드려야겠다. 그래서 경전을 기꺼이 내주시면 동녘 땅에 가져다주어 선과도 널리 전파하고 우리들의 발원도 이루도록 하자. 내주려고 않으시면 송고아鬆箍兒 주문이나 외워달라고 해서 이 머리테를 벗어 돌려드리고, 이 몸은 수렴동에 돌아가 왕 노릇이나 하며 재미있게 지내면 되지 뭐.'

멋진 제천대성! 그는 당장 몸을 솟구쳐 근두운에 올라탄 뒤, 곧장 천축天竺으로 몰아갔어요. 두 시간이 채 안 되어 벌써 멀지 않은 곳에 영취산이 보였어요. 눈 깜짝할 사이 구름을 낮추어 취봉鷲峰 아래 이르렀지요. 고개를 들자 사대금강四大金剛이 앞을 가로막으며 말했어요.

"어디 가시오?"

손오공이 인사를 하며 말했어요.

"여래님을 뵐 일이 있소."

그러자 정면에서 또 곤륜산崑崙山 금하령金霞嶺의 불괴존왕不懷尊王 영주금강永住金剛이 나타나 호통을 쳤어요.

"이 원숭이놈이 어디서 함부로 까부는 게냐! 우마왕牛摩王에게 혼이 날 적에 우리들이 네놈을 위해 애를 써주었거늘 오늘은 보고도 한마디 인사도 없다니! 일이 있으면 먼저 안에다 아뢰고 윤허를 받아야 들어갈 수 있는 거야. 여긴 남천문과 달라, 네놈이 아무렇게나 들락날락할 수 있는 곳이 아니라고. 흥! 그래도 썩 비켜서지 않느냐!"

가뜩이나 속이 잔뜩 상해 있던 제천대성은 또 이런 타박을 받자 화가 치밀어 벽력같이 소리를 지르며 고래고래 떠들어대니, 곧 석가여래까지 놀라 알게 되었어요. 그때 석가여래께서는 구품보련대九品寶蓮臺에 단정히 앉아 여러 세상을 거치며 수행을 하는 열여덟 아라한阿羅漢들에게 경전을 강설하고 있다가, 이 소리를 듣자 곧 분부를 내리셨어요.

"손오공이 왔구나, 너희들이 나가서 맞아들여라."

아라한들은 부처님의 뜻을 받들어 깃발과 보개寶蓋를 양쪽에 늘어세우고 즉시 산문을 나가 맞이했어요.

"제천대성, 여래님께서 들라 하시오."

산문 입구의 사대금강은 그제야 길을 열어 손오공이 들어가게 해주었어요. 아라한들이 손오공을 인도하여 보련대 아래 이르자,

손오공은 석가여래 앞에 엎드려 절하고 눈물을 뚝뚝 흘리며 구슬피 울었어요. 석가여래께서 물으셨어요.

"오공아, 무슨 일이 있기에 그리 슬피 우는 게냐?"

"제가 여러 차례 여래님의 가르침의 은혜를 입고 부처님 문하에 몸을 의탁하여 정과에 귀의한 이래, 삼장법사를 사부님으로 모시고 보호하며 서천으로 오는 길 내내 이루 말할 수 없는 고초를 겪었습니다. 그런데 이제 사타산 사타동 사타성에 이르니 악랄한 요괴 셋이 있었습니다. 바로 사자 요괴와 코끼리 요괴, 그리고 붕새 요괴 이렇게 셋이었습니다. 그놈들이 제 사부님을 잡아가고, 아우들까지 모조리 붙들려 모두 시루에 갇혀 끓는 물과 뜨거운 불세례를 받았습니다. 다행히 제가 도망쳐나가 용왕을 불러 구했지요. 그날 밤 사부님과 아우들을 어렵게 구해냈는데, 웬걸? 재난에서 벗어날 운수가 아니었는지 또다시 잡혀가고 말았습니다. 다음 날 날이 밝아 성으로 들어가 알아보았더니, 글쎄, 그 못된 요괴놈이 정말 지독히도 악랄하고 사나워서, 밤사이에 사부님을 산 채로 잡아먹어버렸다는 겁니다. 뼈 하나 살 한 점도 남기지 않고요. 게다가 팔계와 오정 아우도 아직 거기에 묶여 있으니, 머지않아 모두 목숨을 잃을 것입니다. 저로선 어쩔 도리가 없는지라, 생각다 못해 여래님을 찾아뵈러 온 것입니다. 제발 큰 자비를 베푸시어 송고아 주문을 외어 이 머리테를 벗겨주시면 여래님께 돌려드릴 터이니, 제가 화과산으로 돌아가 마음 편히 지낼 수 있게 놓아주십시오."

그가 말을 다 맺지 못한 채 눈물을 샘솟듯 흘리며 구슬피 울어대자, 석가여래께서 빙그레 웃으시며 말씀하셨어요.

"오공아, 걱정하지 말거라. 그 요괴가 신통력이 대단해서 네가 이기지 못했기 때문에 이렇게 속상해하는 게로구나."

손오공은 아래에 꿇어앉아 가슴을 치며 말했어요.

"솔직히 말씀드리면, 제가 그때 하늘궁전을 떠들썩하게 하고 제천대성으로 불린 이래로 누구에게 져본 적이 없습니다. 그런데 이번에는 이런 악랄한 요괴놈들한테 걸리고 말았습니다."

"잠깐 분을 참으렴. 그 요괴는 내가 알고 있다."

그러자 손오공이 별안간 버럭 소리를 쳤어요.

"여래님! 듣자니까, 그 요괴놈들이 여래님과 친분이 있다 하더군요!"

"이런 못된 원숭이 녀석을 봤나! 요괴가 어떻게 나와 친분이 있다는 게냐?"

손오공이 헤헤 웃으며 말했어요.

"친분도 없는데 어떻게 그놈들을 아신다는 겁니까?"

"혜안으로 보았기 때문에 아는 것이다. 첫째 요괴와 둘째 요괴는 모두 주인이 있느니라."

그리고 아난阿難과 가섭伽葉을 불러 일렀어요.

"너희 둘은 각각 구름을 타고 오대산五臺山과 아미산峨眉山으로 가서 문수보살과 보현보살을 모셔 오너라."

두 존자는 즉시 명을 받들어 떠났어요. 그러자 석가여래께서 말씀하셨어요.

"그들이 바로 첫째 요괴와 둘째 요괴의 주인이니라. 그런데 그 셋째 요괴는 말이다, 굳이 말하자면 나와 어느 정도 친분이 있는 셈이야."

"친분이라니, 아버지쪽입니까? 어머니쪽입니까?"

"저 태초의 혼돈이 나뉘기 시작했을 때, 하늘은 자회子會에 열리고, 땅은 축회丑會에 갈라지고, 사람은 인회寅會에 태어났으며, 하늘과 땅이 다시 교합하여 만물이 고루 다 태어나게 되었다. 이

만물에는 들짐승과 날짐승이 있는데, 들짐승은 기린이 우두머리이고 날짐승은 봉황이 우두머리였지. 그 봉황이 다시 교합交合의 기운을 얻어 공작과 대붕을 낳았어. 공작은 세상에 태어났을 때 가장 악독하여 사람을 잡아먹었으니, 사십오 리 길에 있는 사람들을 모두 한입에 삼켜버렸다. 그때 나는 설산雪山 꼭대기에서 수련을 하여 여섯 길 금신金身의 몸이 되었으나, 그놈에게 먹혀 배 속에 들어가고 말았단다. 그놈의 밑구멍으로 빠져나갈까도 생각해봤지만 몸이 더럽혀질까 봐, 등줄기를 가르고 나왔다. 그대로 그놈을 타고 영취산으로 올라가 죽여버릴까 했다. 그런데 당시 여러 부처들이 공작을 해치는 건 내 어머니를 해치는 것과 같다며 말리더구나. 그래서 그놈을 영취산에 머물게 하고 불모공작대명왕보살佛母孔雀大明王菩薩로 봉해주었지. 대붕은 그와 한 어머니에게서 태어났으니 나하고 어느 정도 친분이 있는 셈이지."

손오공이 이 얘기를 듣고 깔깔거리며 말했어요.

"여래님, 그렇게 따져 보면 여래님은 그 요괴의 외조카뻘 되시네요."

"어쨌든 그 요괴는 반드시 내가 가야 잡을 수 있느니라."

손오공이 머리를 조아리며 석가여래에게 아뢰었어요.

"부디 한번 거동해주십시오."

석가여래께서는 즉시 보련대에서 내려와 여러 부처들과 함께 곧바로 산문을 나서셨어요. 때마침 아난과 가섭이 문수보살과 보현보살을 모시고 왔지요. 두 보살이 석가여래에게 절을 하니, 석가여래께서 말씀하셨어요.

"보살의 짐승이 산을 내려간 지 얼마나 되는가?"

문수보살이 대답했어요.

"이레가 되었습니다."

"산속에서 이레라면 속세에서는 몇천 년이 되겠구려. 그놈이 얼마나 많은 생명을 해쳤을지 모르니, 어서 나를 따라가서 그놈을 거두어들이시게."

두 보살이 좌우에서 석가여래를 모시고 다른 이들과 함께 하늘을 날아갔어요.

온 하늘 자욱하게 상서로운 구름 갈라지며
부처님 자비롭게 법문을 내리시네.
하늘이 열리고 만물이 생겨난 이치를 밝혀주시고
땅이 갈라지며 만물이 변화해온 모습을 상세히 일러주시네.
눈앞엔 오백아라한
머리 뒤엔 삼천게체신
가섭과 아난이 좌우에서 따르고
문수보살 보현보살이 요괴의 기운을 없애버리네.

滿天縹緲瑞雲分　我佛慈悲降法門
明示開天生物理　細言闢地化身文
面前五百阿羅漢　腦後三千揭諦神
迦葉阿難隨左右　普文菩薩殄妖氛

이렇게 도움을 받아 부처님과 여러 사람들을 모셔가는데, 얼마 안 있어 성곽이 눈앞에 나타나자 손오공이 알렸어요.

"여래님, 검은 기운이 서린 저곳이 바로 사타국입니다."

"네가 먼저 내려가 성안으로 들어가 요괴에게 싸움을 걸어라. 이기지 말고 지는 체하여 여기까지 유인해오면, 내가 잡도록 하겠다."

말이 떨어지기 무섭게 제천대성은 구름을 낮추어 곧장 성 위로

요괴는 삼장법사 일행을 쇠 시루에 쪄 먹으려 하나, 석가여래가 요괴를 굴복시키다

가, 성가퀴 위에 서서 욕설을 퍼부었어요.

"못된 짐승아, 어서 나와 이 어르신과 한번 겨뤄보자!"

성루에 있던 졸개 요괴가 당황하여 황급히 성안으로 뛰어 내려가 대왕에게 보고했어요.

"손오공이 성 위에서 싸움을 걸고 있습니다."

그러자 첫째 요괴가 말했어요.

"저 원숭이놈이 며칠간 잠잠하더니 오늘 또 찾아와 싸움을 거는군. 어디서 구원병이라도 청해 왔나 보지?"

셋째 요괴가 말했어요.

"그깟 게 뭐가 두렵습니까? 다들 가서 봅시다."

세 요괴가 각각 무기를 지니고 성으로 올라갔어요. 그들은 손오공을 보자마자 두말없이 무기를 쳐들고 일제히 마구 찔러댔어요. 손오공은 여의봉을 휘두르며 막았지요. 그렇게 일고여덟 합을 싸운 손오공은 짐짓 패한 체하며 달아났어요. 요괴들은 "어디로 도망가느냐!" 하며 땅이 울리도록 쩌렁쩌렁 고함을 쳤어요.

제천대성이 근두운을 솟구쳐 공중으로 뛰어오르니, 세 요괴도 즉시 구름을 날려 쫓아왔어요. 손오공이 번쩍 하고 몸을 흔들며 부처님의 금빛 후광 속으로 숨자 감쪽같이 사라졌어요. 그 대신 과거, 미래, 현재의 세 부처와 오백아라한, 삼천게체신이 좌우에 쭉 늘어서서 물샐틈없이 세 요괴를 포위했어요. 첫째 요괴가 깜짝 놀라 허둥대며 부르짖었어요.

"얘들아, 큰일 났다! 저 원숭이놈, 정말 우리 속을 훤히 꿰고 있구나. 어디서 우리 주인을 모셔 왔구나!"

셋째 요괴가 말했어요.

"큰형님, 그렇게 벌벌 떨지 마시오. 우리가 다 같이 달려들어 창과 칼로 여래를 거꾸러뜨리고 아예 뇌음사까지 뺏어버립시다!"

요괴들은 제 주제도 모르고 정말 칼을 들고 앞으로 달려들어 마구 휘둘렀어요. 그러자 문수보살과 보현보살이 진언을 외며 이렇게 꾸짖었어요.

"고약한 짐승들아! 아직도 정과에 귀의하지 않고 뭐하는 게냐?"

겁을 먹은 첫째 요괴와 둘째 요괴는 감히 더 버티지를 못하고 무기를 버리고 떼굴떼굴 굴러 본모습을 드러냈어요. 두 보살은 연화대를 두 요괴의 잔등에 던져 올려놓고 몸을 날려 그 위에 올라탔어요. 두 요괴는 마침내 귀를 축 늘어뜨려 붙이고 귀의했어요.

두 보살이 푸른 사자와 흰 코끼리를 거두어들였지만, 셋째 요괴만은 아직 항복하려 하지 않았어요. 그는 방천극을 팽개치고 날개를 쫙 펼쳐 회오리바람을 일으키며 하늘로 솟아올라 날카로운 발톱을 휘두르며 원숭이 왕을 낚아채려 했어요. 하지만 원래 제천대성은 석가여래의 금빛 후광 속에 숨어 있으니 가까이 갈 수가 없었어요.

석가여래께서 그의 이런 의도를 알아차리고 즉시 번쩍 하고 금빛을 번득이며 작소관정鵲巢貫頂•의 머리를 바람결에 흔드니, 곧 붉은 피가 뚝뚝 떨어지는 고깃덩어리로 변했어요. 요괴는 날카로운 발톱을 휘둘러 그것을 잡아채려 했는데, 석가여래가 손을 들어 위를 한 번 가리키자 그만 요괴는 날개의 힘줄이 툭 끊어지며 더 이상 날 수가 없었어요. 멀리 도망가 숨지도 못하고 부처의 머리 위에서 본모습을 드러내니, 바로 한 마리 대붕 금시조金翅鵰였어요. 대붕은 곧 입을 열어 여래에게 소리를 쳤어요.

"여래, 어찌하여 법력을 써서 날 꼼짝 못 하게 하는 게냐?"

"네가 여기에 그냥 있으면 죄업만 더 쌓을 뿐이나, 나를 따라가면 공과功果가 있을 것이다."

"네가 있는 그곳은 젯밥에 소식만 먹으며 가난하고 고생스럽기 이를 데 없지 않느냐? 여기서는 사람 고기를 언제나 맘껏 먹을 수 있다. 날 굶주리게 한다면 네가 죄를 짓는 것이지."

"나는 사대부주四大部洲를 관할하며 무수한 중생들이 나를 우러러보고 있다. 불사佛事를 올리는 사람들더러 모두 너에게 먼저 공양을 올리라고 해주지."

대붕은 어떻게 해봐도 석가여래의 손을 벗어날 수 없자, 하는 수 없이 불문에 귀의하고 말았어요. 그제야 손오공은 금빛 후광에서 나와 석가여래에게 머리를 조아리며 말했어요.

"부처님, 오늘 요괴를 잡아 큰 해악을 없애주셨습니다만, 저희 사부님만은 세상에 안 계시는군요."

그러자 대붕이 이를 바드득 갈며 원망했어요.

"못된 원숭이놈! 이렇게 밉살스런 놈을 찾아다 날 꼼짝 못 하게 하다니! 그 중을 우리가 언제 잡아먹었다더냐? 지금 저 금향정철 궤짝 안에 갇혀 있잖아!"

손오공이 이 말을 듣자 얼른 머리를 조아려 석가여래에게 감사의 절을 올렸어요. 석가여래는 대붕을 풀어놓을 수가 없어, 자신의 금빛 후광 속에 들어가 불법을 수호하는 호법護法 노릇을 하게 했어요. 그리고 함께 온 일행들을 데리고 구름을 돌려 곧장 뇌음사로 돌아갔어요.

한편, 손오공은 그 길로 구름을 낮추어 곧 바로 성안으로 들어갔어요. 성안에는 요괴들이 한 마리도 남아 있지 않았어요. 그야말로 '뱀은 머리 없이 기지 못하고 새는 날개 없이 날지 못한다(蛇無頭而不行 鳥無翅而不飛)'는 격이었지요. 졸개들은 석가여래가 요괴 왕을 거두어 가는 걸 보고 목숨을 건지려 뿔뿔이 도망쳤던 것이지요. 손오공은 그제야 저팔계, 사오정을 풀어주고 봇짐과 백마를 찾아 두 아우에게 말했어요.

"사부님은 잡아먹히신 게 아니셨어. 모두 나를 따라오너라."

그들 둘을 데리고 안쪽 뜰로 들어가 금향정을 찾아 문을 열어 보니, 그 안에 철 궤짝 하나가 놓여 있고, 삼장법사의 울음소리가 들렸어요. 사오정이 항요장으로 쇠로 된 자물쇠를 때려 부수고 궤짝 뚜껑을 밀어젖히며 부르짖었어요.

"사부님!"

삼장법사는 그들의 모습을 보고 목놓아 울었어요.

"애들아, 어떻게 요괴들을 물리쳤단 말이냐? 어떻게 여기까지 와서 나를 찾아내었더란 말이냐?"

손오공이 그간의 일을 처음부터 끝까지 상세히 들려주자, 삼장법사는 고마워 어쩔 줄 몰랐어요. 스승과 제자 일행은 궁전에서 쌀을 좀 찾아내 식사를 준비하여 한 끼 배불리 먹고 행장을 수습하여 성을 나섰어요. 큰길을 찾아 다시 서천 길을 떠났지요.

> 참된 경전은 반드시 참된 사람이 가져야 하니
> 애달피 마음 써도 결국은 허사라네.
>
> 眞經必得眞人取　意嚷心勞總是虛

이번에 또 가서 결국 언제나 석가여래를 만나게 될지는 알 수 없으니, 이에 대해서는 다음 회를 들어보시라.

第78회
비구국에서 아이들을 구해주다

생각이 일자마자 온갖 마귀 기승을 부리는데
견뎌내는 것이 가장 어려우니 어찌할까?
씻어내어 속세의 때를 없앨 뿐 아니라
마음을 붙들어 매고 갈고닦아야 하리.
수많은 인연 남김없이 물리쳐 적멸로 돌아가고
온갖 요괴 쓸어버리려 세월 헛되이 보내지 말게나.
반드시 울타리를 뛰어넘어
여정을 마치고 비상하여 대라천大羅天에 올라야 하리.

一念才生動百魔　修持最苦柰他何
但憑洗滌無塵垢　也用收拴有琢磨
掃退萬緣歸寂滅　蕩除千怪莫蹉跎
管教跳出樊籠套　行滿飛昇上大羅

그러니까 제천대성은 온갖 지략을 다 쓴 끝에 석가여래를 청해 요괴들을 항복시키고 삼장법사 일행을 구출한 후 사타성을 떠나 다시 서역으로 떠났지요. 또 몇 달이 지나 어느새 겨울이 찾아왔어요.

고갯길에 매화는 옥 같은 꽃봉오리 터뜨리려 하고
연못의 물은 점점 얼어가네.
단풍잎 모두 바람 따라 떨어지니
푸른 소나무 그 빛이 더욱 새로워라.
엷은 구름 날아가니 눈이 내릴 듯한데
시든 풀들 쓰러져 산속이 평온하네.
눈 가득 차가운 경치 펼쳐지고
으슬으슬 냉기가 뼛속을 파고드네.

嶺梅將破玉　池水漸成冰
紅葉俱飄落　青松色更新
淡雲飛欲雪　枯草伏山平
滿目寒光迥　陰陰透骨冷

삼장법사 일행이 추위를 무릅쓰고 비바람 속에서 먹고 자면서 길을 가다 보니, 또 성이 하나 보였어요. 삼장법사가 물었지요.

"오공아, 저기는 또 어떤 곳일까?"

"가까이 가보면 알게 되겠지요. 만약 서역 속국의 왕성이라면 반드시 통행증명서에 도장을 받아야 할 것이고, 작은 주나 현이라면 그냥 지나치지요."

일행은 말이 다 끝나기도 전에 성문에 이르렀어요.

삼장법사가 말에서 내리자 일행 네 명은 외성[1]으로 들어갔어요. 들어가 보니 늙은 군인 하나가 양지 바른 담장 아래서 바람을

1 본문에는 '월성月城'이라고 되어 있는데, 이것은 성 밖을 두르는 반원형의 작은 성을 가리킨다.

등지고 자고 있었어요. 손오공이 다가가 흔들어 깨웠지요.

"이보시오."

늙은 군인은 놀라 벌떡 깨어나 흐리멍덩하게 눈을 뜨고 손오공을 바라보더니, 황급히 무릎을 꿇고 고개를 조아리며 "아이고, 나리!" 하고 외쳤어요.

"왜 놀라시오? 내가 무슨 나쁜 신이라고 날 '나리'라 부르는 거요?"

그 군인은 고개를 조아리며 말했지요.

"벼락신 나리가 아니신가요?"

"쓸데없는 소리! 나는 동녘 땅에서 서역으로 경전을 가지러 가는 중이오. 마침 이곳에 도착했으나 어딘지 몰라 물어보려는 거요."

군인은 그 말을 듣자 마음을 진정시키고 하품을 하면서 기어 일어나 기지개를 켰어요.

"스님, 소인의 죄를 용서하세요. 이곳은 원래 비구국比丘國이라고 했지만, 지금은 소자성小子城으로 바꿔 부르고 있습니다."

"이 나라에 국왕은 계시오?"

"있습지요, 있고말고요!"

손오공은 몸을 돌려 삼장법사에게 말했어요.

"사부님, 이곳이 원래는 비구국이었는데 지금은 소자성이라 불린답니다. 하지만 왜 이름을 바꿨는지는 모르겠는데요."

삼장법사가 미심쩍은 듯 말했어요.

"어째서 이름을 바꿨을까?"

저팔계가 말했어요.

"아마도 비구 왕이 죽고 나서 새로 왕위에 오른 자가 어린애였나 보네요. 그래서 소자성이라고 하나 봐요."

"말도 안 돼! 성안으로 들어가서 사람들에게 물어보자꾸나."

사오정이 말했어요.

"그게 좋겠네요. 저 군인은 알지도 못하고, 안다 해도 큰형님 때문에 놀라서 헛소리를 한 걸 겁니다. 성안으로 들어가 물어보지요."

그들이 세 번째 문을 들어가니 확 트이고 번화한 거리가 나타났어요. 보아하니 사람들은 의관이 단정하고 생김새도 말쑥했지요.

술집과 기생집은 이야기 소리로 왁자지껄
비단 상점 찻집은 주렴을 활짝 열었네.
집집마다 장사가 잘되어
여기저기 상점마다 없는 것이 없다네.
금 사고 비단 파는 사람들 개미처럼 바글바글
오직 돈 때문에 이익과 명예를 다투네.
백성은 예절 바르고 나라 안 풍경 아름답고
온 나라가 두루 평안하니 태평성대로세.

酒樓歌館語聲喧　綵鋪茶房高掛簾
萬户千門生意好　六街三市廣財源
買金販錦人如蟻　奪利爭名只爲錢
禮貌莊嚴風景盛　河清海晏太平年

삼장법사 일행이 말을 끌고 짐을 메고 한참 동안 시내를 걸어 들어가니, 시내의 모습이 그지없이 호화로웠어요. 그런데 집집마다 거위 우리가 문 앞에 놓여 있었지요.

"얘들아, 이곳 사람들은 모두 거위 우리를 집 앞에 내놓고 있구나. 왜 그럴까?"

저팔계가 이 말을 듣고 좌우를 둘러보니, 정말로 색색 비단으로 덮어놓은 거위 우리들이 쭉 놓여 있었어요. 저팔계가 웃으며 말했지요.

“사부님, 아마 오늘이 길일인 모양입니다. 그러니까 결혼도 하고 친구들과 모임도 가지며 잔치를 하나 보지요.”

“바보 같은 소리! 집집마다 같은 날 잔치를 하는 법이 어디 있니? 분명 뭔가 이유가 있을 거야. 내가 좀 보고 와야겠다.”

손오공이 이렇게 말하자 삼장법사가 말렸어요.

“아서라, 가지 마라. 사람들이 네 흉한 얼굴을 보면 놀랄 게야.”

“다른 걸로 변해서 갔다 오면 되지요.”

멋진 제천대성! 그는 손가락을 구부려 결을 맺고 중얼중얼 주문을 외며 몸을 한 번 흔들어 꿀벌로 변해서는, 날개를 펴고 왱 하고 비단 장막 안으로 날아 들어갔어요. 그런데 알고 보니 우리 안에 앉아 있는 것은 어린아이였지요. 두 번째 집 거위 우리 안에도 어린애가 들어 있었고, 여덟아홉 집을 가보았지만 거위 우리 안에는 모두 아이들이, 그것도 사내아이만 들어 있고 계집아이는 하나도 없었어요. 우리 안에서 놀고 있는 아이가 있는가 하면 울고 있는 아이도 있고, 과일을 먹는 아이, 잠자는 아이도 있었어요. 손오공은 다 훑어보고 나서 본모습으로 돌아와 삼장법사에게 알렸지요.

“거위 우리 안에는 아이들이 있던데요. 일곱 살이 채 안 돼 보이는 아이부터 다섯 살밖에 안 된 아이도 있는데, 무슨 일일까요?”

그 얘기를 들은 삼장법사도 의혹을 누를 수가 없었어요.

일행이 길모퉁이를 돌자 ‘금정관역金亭館驛’이라는 역사가 보였어요. 삼장법사가 기뻐하며 말했지요.

“얘들아, 안으로 들어가 이곳 사정을 물어보고, 말도 좀 쉬게 하고, 날이 저물었으니 하루 묵었다 가자꾸나.”

“그래요, 어서 들어가시지요.”

사오정이 삼장법사의 말을 받았어요. 그래서 일행은 선뜻 안으로 들어섰지요. 안에 있던 관리가 역승驛丞에게 알리자, 역승이 그들을 맞아들여 서로 인사를 나누고 자리에 앉았어요.

"스님들은 어디서 오셨습니까?"

"소승은 동녘 땅 위대한 당나라의 사신으로 서역에 경전을 가지러 가는 사람입니다. 방금 이곳에 도착하였기에 통행증명서에 도장도 받고 잠시 쉬어 갈까 합니다만……."

역승은 차를 내오라고 해서 차 대접이 끝나자, 곧 당직 관리에게 식사와 잠자리를 마련해주라고 했어요. 삼장법사가 감사 인사를 하며 다시 물었어요.

"그런데 오늘 조정에 들어가 국왕을 배알하고 통행증명서에 도장을 받을 수 있을까요?"

"오늘은 너무 늦어서 어려우니 내일 아침 입궐하시지요. 오늘 밤은 이곳에서 하루 주무십시오."

잠시 후 식사가 마련되자 역승은 삼장법사 일행을 청해 함께 먹고 하인을 시켜 일행이 쉬도록 손님방을 깨끗이 치우게 했어요. 삼장법사가 거듭 감사하고 나서, 자리에 앉게 되자 다시 물었지요.

"한 가지 궁금한 게 있습니다. 이곳에서는 아이들을 어떻게 기르나요?"

"'하늘에는 해가 두 개 있을 수 없고 사람에게는 두 가지 도리가 있을 수 없다(天無二日 人無二理)'는 말이 있지요. 아이들을 기르는 것도 이와 마찬가지지요. 어머니가 아버지의 씨를 받아 태 안에서 열 달을 품고 있다가 날이 차면 아이를 낳습니다. 그리고 삼 년 동안 젖을 먹여 기르면 조금씩 그 모습을 갖추어갑니다. 그런데 뭘 모른다는 건가요?"

"말씀을 들어보니 우리나라와 다를 바 없군요. 다만 이 나라에 들어서서 보니, 집집마다 거위 우리를 마련해 그 안에 아이들을 넣어두었더군요. 제가 그 이유를 잘 모르겠기에 여쭙는 것입니다."

역승은 삼장법사의 귀에 대고 속삭였어요.

"스님, 신경 쓰지 마십시오. 그것에 대해서는 물어보지도 생각하지도 말고, 입에 올리지도 마세요. 이제 편히 쉬십시오. 내일 일찍 출발하셔야지요."

삼장법사는 역승을 꽉 붙들고 그 까닭을 물어봤지만, 그는 설레설레 고개를 저으며 그저 이렇게 말할 뿐이었어요.

"말조심하세요!"

하지만 삼장법사가 잡은 손을 놓지 않고 꼬치꼬치 캐묻자, 역승은 하는 수 없이 역의 관리들을 물리고 촛불만 켜놓고 소곤소곤 말했어요.

"거위 우리에 대해 물으셨는데, 그건 지금의 국왕이 무도해서 그런 겁니다. 그러니 스님이 그걸 물어서 뭘 어쩌시게요?"

"왜 무도하다는 겁니까? 분명히 알려주셔야 제가 안심하겠습니다."

"이 나라는 본래 비구국이었습니다. 그런데 근자에 백성들 사이에서 유행하는 노래에서는 소자성이라고 부르지요. 삼 년 전 도사 차림의 한 노인이 젊은 여자를 데리고 나타나 지금의 국왕에게 여자를 바쳤지요. 그런데 그 여자는 나이가 열여섯에, 반반하게 생긴 것이 꼭 관음보살 같았답니다. 폐하께서는 그 미모에 푹 빠져 궁에 두고 총애하면서 미후美后라고 불렀답니다. 근자에는 삼궁三宮의 왕후와 육원六院의 비빈들은 거들떠보지도 않고, 밤이나 낮이나 그 여자 곁에 붙어 계시지요. 그러다 보니 정력이 쇠퇴하고 몸도 마르고 잘 잡숫지도 못해서 목숨이 경각에 달려 있습니다. 태의원太醫院에서 좋다는 처방을 다 써봤지만 효험이 없었어요. 그리고 그 여자를 바친 도사는 벼슬을 받아 국왕의 장인[國丈]이라고 불린답니다. 국왕의 장인에게는 저 바다 건너편에서 건너온 비방이 있어 불노장생도 할 수 있다고 합니다. 얼마 전에는 십주十洲 삼도三島로 가서 약을 모아 와서 이미 다 만들었어요. 그런데 그 약의 보조약이라는 게 참 기가 막힙니다. 오직 어린아이 천백열한 명의 심장만을 달여 그 약과 함께 먹어야 한답니다. 그렇게 먹고 나면 불노장생을 한다는 것이지요. 거위 우리 안에 있는 어린아이들은 모두 그것 때문에 뽑혀서 거기서 길러지고 있습니다. 부모들은 국왕의 법도가 무서워서 감히 울지도 못하고 그 얘기만 입에서 입으로 퍼져, 이 나라를 소자성이라고 부르는 겁니다. 이런 게 무도한 게 아니면 또 무엇이겠습니까? 스님께서 내일 아침 조정에 들어가시거든, 통행증명서에 도장만 받으시고 이 얘기는 입 밖에 내지도 마십시오."

역승은 이야기를 마치자 물러갔어요. 삼장법사는 너무 놀라 온몸에 맥이 탁 풀려, 자기도 모르게 눈물을 줄줄 흘리며 소리쳤어요.

"아아! 정말 어리석은 왕이로다! 여색을 탐닉해 병에 걸려놓고 어찌하여 저 많은 어린 생명을 무고하게 죽이려 한단 말이냐! 괴롭구나! 괴롭구나! 너무나 가슴이 아프구나!"

사악한 임금은 무지해 참되고 바른 마음 잃어버리고
쾌락을 탐하다 저도 모르게 몸을 망쳤네.
오래 살기를 바라는 마음에 어린 생명 해치고
하늘이 내린 재앙(제한된 수명)을 풀기 위해 어린 백성 죽이는구나.

스님(삼장법사)은 자비로운 마음 떨쳐버리지 못하고
관리가 들려준 끔찍한 이야기 감히 듣지 못하네.
등불 아래 눈물 흘리며 길게 탄식하고
참선하며 부처님께 향하는 이 비통해 쓰러지게 하네.

邪主無知失正眞　貪歡不省暗傷身
因求永壽戕童命　爲解天災殺小民
僧發慈悲難割捨　官言利害不堪聞
燈前洒淚長吁嘆　痛倒參禪向佛人

저팔계가 나섰어요.

"사부님? 왜 그러셔요? '다른 사람의 관을 자기 집까지 메고 와서 곡하는(專把別人棺材擡在自家 家裏哭)' 격이네요. 마음 쓰지 마셔요. 시쳇말에 '임금이 신하보고 죽으라고 하는데 신하가 죽지 않으면 불충이고 아버지가 자식보고 죽으라고 하는데 자식이 죽지 않으면 불효(君教臣死 臣不死不忠 父教子亡 子不亡不孝)'라는 말이 있잖아요? 임금이 자기 백성들을 죽이겠다는데 사부님이 무슨 상관이세요? 어서 옷 벗고 잠자리에 드세요. '옛사람을 대신해서 걱정하는(替古人耽憂)' 일일랑 하지 마시고요."

그러나 삼장법사는 여전히 눈물을 뚝뚝 흘렸어요.

"애야, 너는 자비심도 없는 놈이냐? 우리같이 출가한 사람들에게는 공덕을 쌓으며 수행할 때 상황에 따라 일을 해결하는 것이 가장 중요하다. 이 어리석은 왕이 어쩌면 이다지도 못된 짓을 한단 말이냐! 나는 사람의 심장을 먹고 장수할 수 있다는 말은 이제껏 들어본 적이 없어. 이것은 모두 국왕이 무도해서 생긴 일이니, 내 어찌 슬퍼하지 않을 수 있겠느냐!"

이번에는 사오정이 끼어들었어요.

"사부님, 상심하지 마세요. 내일 아침 통행증명서에 도장을 받으러 가실 때, 국왕을 만나서 말씀을 해보시지요. 만일 말을 듣지 않으면 국왕의 장인이란 자가 어떤 자인지 한번 살펴보세요. 어쩌면 국왕의 장인이 요괴라서 사람의 심장을 먹을 욕심에 이런 수를 쓰는지도 모르잖아요?"

손오공이 거들었어요.

"오정이 말이 맞습니다. 사부님, 일단 주무시고 내일 제가 사부님과 함께 입궐해 국왕의 장인이 어떤 놈인지 좀 보겠습니다. 만일 그놈이 사람이라면, 곁길로 새어 정도正道를 모른 채 약초를 채집하는 것[採藥]을 진리로 알고 이단을 추구하는 자일 겁니다. 그럼, 이 몸이 먼저 천리天理로 타일러 정도로 돌아오게 하면 되지요. 그놈이 요괴라면, 제가 그놈을 붙잡아 국왕에게 정체를 드러내 보이고, 국왕더러 욕정을 끊어 몸을 추스르고, 절대 아이들 목숨을 해치지 못하도록 하겠습니다."

삼장법사는 이 말을 듣자 얼른 몸을 굽혀 거꾸로 손오공에게 절을 하는 것이었어요.

"애야, 정말 멋진 생각이구나, 훌륭하다! 그러나 아둔한 임금이라면 바로 이 일에 대해 물어서는 안 된다. 국왕이 사리를 분별하지 못하고 허무맹랑한 소리를 한다고 우리에게 죄를 덮어씌우면 어쩌겠느냐?"

"하하, 이 몸에게도 그럴싸한 방법이 있습니다. 우선 거위 우리 속에 든 아이들을 이 도성에서 멀리 데려가 내일 국왕이 아이들의 심장을 가져가지 못하게 하면, 관리들이 자연히 그 사실을 아뢸 것입니다. 국왕은 어지御旨를 내려야 할 테니, 국왕의 장인과 상의하거나 혹은 다시 아이들을 뽑으려 하겠지요. 그 기회를 빌려 말한다면, 죄를 묻지는 않을 겁니다."

삼장법사가 아주 기뻐했어요.

"그런데 아이들을 어떻게 여기서 떼어놓는담? 만일 피난시킬 수 있다면 정말로 오공이 네가 큰 덕을 쌓는 것이야! 어서 서둘러라. 조금이라도 지체했다가는 일을 그르칠지도 몰라."

손오공이 위엄을 떨치며 일어나 저팔계와 사오정에게 분부했지요.

"너희들은 사부님을 모시고 있어라. 내가 일을 처리하고 오마. 음산한 바람이 불면 아이들이 성 밖으로 나간 줄 알아라."

남은 세 사람은 "나무구생약사불南無救生藥師佛! 나무구생약사불!" 하면서 일제히 염불을 했어요.

문을 나선 제천대성은 휙 하고 휘파람을 불며 하늘로 날아올라 손가락을 구부려 결을 맺고 "옴정법계唵淨法界"라고 주문을 외웠어요. 그랬더니 그곳의 서낭신, 토지신, 사령社令, 진관眞官과 오방게체, 사치공조四値功曹, 육정육갑六丁六甲, 호교가람護教伽藍 등이 모두 손오공이 있는 곳으로 와 절을 올렸어요.

"제천대성님, 한밤중에 저희들을 부르시다니 무슨 급한 일이라도 있으십니까?"

"우리가 오늘 비구국을 지나게 되었는데, 이곳의 왕이 무도하여 요괴의 말을 믿고 어린아이들의 심장을 보조약으로 써서 불로장생할 맘을 먹고 있다. 사부님께서는 이를 차마 두고 볼 수 없어 아이들을 구하고 요괴를 퇴치하라고 하셨다.

그래서 손 어르신이 그대들을 부른 것이니, 각기 신통력을 발휘해 나와 같이 이 나라 거리마다 설치된 거위 우리 안의 아이들을 거위 우리째로 성 밖 산골짜기나 깊은 숲속으로 피난시키자꾸나.

하루 이틀 거기다 숨겨두고 배고프지 않게 과일을 주고 몰래 지켜주며 애들이 놀라 울지 않도록 조심해라. 내가 요괴를 물리쳐 나라를 편안하게 하고 국왕을 바른길로 돌아서게 할 때까지 말이야. 그리고 우리가 이곳을 떠날 때 아이들을 되돌려주면 된다."

거기 모인 신들은 손오공의 명령에 따라 즉시 각자의 신통력을 발휘했어요. 그들이 구름을 낮추니 온 성안에 음산한 바람이 몰아치고 짙은 안개가 자욱하게 드리웠으니, 그 모습은 바로 이러했지요.

음산한 바람이 불어 온 하늘의 별들이 빛을 잃고
짙은 안개 끼어 천 리까지 밝게 비추던 달을 가렸구나.
처음에는 그저 산들산들 불다가
나중에는 거세게 몰아치는구나.
산들산들 부는 바람
각기 집을 찾아 아이들을 구하고
거세게 몰아치는 바람
거위 우리를 돌아보며 갇힌 아이들 구하는구나.
냉기가 파고드니 어찌 고개조차 내밀 수 있으랴?
추위가 바늘처럼 온몸을 파고드는구나.
부모는 부질없이 발만 동동 구르고
형과 형수는 비탄에 젖네.
천지 가득 음산한 바람 일으켜
신들이 거위 우리를 채 갔구나.
이 밤은 비록 고독하고 두려울지나
날이 밝으면 모두들 기뻐하리라.

陰風刮暗一天星　慘霧遮昏千里月

起初時　還蕩蕩悠悠
次後來　就轟轟烈烈
悠悠蕩蕩　各尋門户救孩童
烈烈轟轟　都看鵝籠援骨血
冷氣侵人怎出頭　寒威透體衣如鐵
父母徒張皇　兄嫂皆悲切
滿地捲陰風　籠兒被神攝
此夜縱孤悽　天明盡歡悦

또한 이를 증명하는 시도 있지요.

불가에 자비심 많은 것은 예로부터 그러했으나
선업善業 쌓아 공을 이루는 것이 대승불법이라네.
수많은 성인과 구도자들 모두 덕을 쌓았으니
삼귀오계•를 따라 지켜야 하는 것
비구국은 어질지 못한 임금이 말썽 일으켜
천 명의 아이들 목숨이 위태롭구나.
손오공은 사부 위해 아이들을 구하니
이번에 쌓은 음덕은 피안에 가고도 남을 만하네.

釋們慈憫古來多　正善成功說摩訶
萬聖千眞皆積德　三皈五戒要從和
比丘一國非君亂　小子千名是命訛
行者因師同救護　這場陰騭勝波羅

밤 열두 시경이 되자 여러 신들은 거위 우리를 가져다 각처에 안전하게 숨겼어요.

손오공이 상서로운 빛을 낮추어 금정관 역 뜰에 이르니, 남은 세 사람은 여전히 "나무구생약사불!"을 염불하고 있었어요. 손오공이 은근히 기뻐하며 다가갔지요.

"사부님, 돌아왔습니다. 아까 음산한 바람이 일어나는 게 어떻던가요?"

저팔계가 대답했지요.

"아주 대단하던걸!"

그러자 삼장법사가 물었어요.

"아이들을 구하는 일은 어찌 되었느냐?"

"이미 한 명 한 명 다 구해냈고요, 우리가 떠날 때 돌려보낼 겁니다."

삼장법사는 거듭 고맙다는 인사를 하고 비로소 잠자리에 들었어요.

날이 밝자 삼장법사가 깨어나 옷을 갖추어 입고 입궐 준비를 마쳤어요.

"오공아, 나는 빨리 입궐해서 통행증명서에 도장을 받아야겠다."

"사부님, 혼자 가셨다 일이 틀어질까 걱정입니다. 제가 모시고 가지요. 국왕의 장인이 어떤 놈인지도 좀 보고요."

"넌 간다 해도 인사조차 하려 들지 않을 테니, 국왕을 화나게 할까 걱정이다."

"제 모습을 드러내지 않고 몰래 따라가서 보호해드리지요."

삼장법사가 몹시 기뻐하면서 저팔계와 사오정에게 짐과 말을 잘 간수하고 있으라 당부하고 막 나가려는데 역승이 왔어요. 역승이 삼장법사의 차림새를 보니 어제와는 사뭇 달랐어요.

몸에는 진귀한 금란가사를 걸쳤고
머리에는 금빛 비로모를 썼네.
손에는 구환석장을 짚고
가슴엔 신령한 빛을 감추었네.
통행증명서는 몸에 단단히 지니고
봇짐엔 비단 전대가 들어 있네.
걸음걸이는 인간 세상에 내려온 아라한 같아서
정말 살아 있는 부처님의 진면목일세.

身上穿一領錦襴異寶佛袈裟　頭戴金頂毗盧帽
九環錫杖手中拏　胸藏一點神光妙
通關文牒緊隨身　包裹袋中纏錦套
行似阿羅降世間　誠如活佛眞容貌

역승은 인사를 마치자 쓸데없는 소리는 하지 말라고 귀에 대고 소곤거렸어요. 삼장법사는 "네, 네" 하면서 고개를 끄덕였지요. 제천대성은 문 곁에 숨어 주문을 외며 몸을 흔들어 모기 눈썹 사이에 사는 벌레로 변신해 왱 삼장법사의 모자 위로 날아가 앉았어요. 삼장법사는 금정관 역을 나와 곧장 걸음을 옮겼지요.

삼장법사는 궁궐 문 밖에 이르자 문지기 관리에게 인사하며 말했어요.

"소승은 동녘 땅 위대한 당나라 황제의 명을 받아 서역으로 경전을 가지러 가는 승려입니다. 방금 귀국에 이르렀기에 국왕을 배알하고 통행증명서에 도장을 받으려 합니다. 국왕께 좀 아뢰어 주시기 바랍니다."

궁궐 문을 지키는 관리가 국왕에게 이 사실을 아뢰었더니, 국왕이 기뻐하여 "먼 곳에서 온 스님이니 반드시 도를 깨치고 계실 거야" 하며 알현을 허락했어요. 궁궐 문을 지키는 관리는 국왕의 명을 받들어 삼장법사를 안으로 인도했어요.

삼장법사가 계단 아래에서 배알하자, 국왕은 대전 위로 올라와 앉으라고 청했지요. 삼장법사가 감사의 인사를 드리고 자리에 앉아 국왕을 바라보니, 얼굴은 야위고 정신도 흐릿해 보였어요. 손을 들어 인사를 하는 것도 힘들어했으며, 말을 할 때는 목소리가 제대로 이어지지 않았지요.

삼장법사가 통행증명서를 바치자 국왕은 몽롱한 눈으로 한참 보다 겨우 옥새를 들어 찍고 다시 건네주었고, 삼장법사는 그것을 받아 넣었어요. 국왕이 무엇 때문에 경전을 가지러 가는지 막 물어보려 할 때, 곁에서 국왕을 모시는 신하가 아뢰었어요.

"폐하, 장인께서 오셨습니다."

국왕은 환관들의 부축을 받고 용상에서 간신히 일어나 몸을 굽혀 장인을 맞았어요. 당황한 삼장법사도 얼른 몸을 일으켜 국왕 곁에 서서 고개를 들어 바라보니, 국왕의 장인은 나이가 지긋한 도사였어요. 그는 거들먹거리며 계단 앞으로 왔는데, 그 모습은 바로 이러했지요.

머리에는 연노랑 바탕에 아홉 개의 구름무늬 장식한 비단 모자 쓰고
몸에는 가지 끝에 핀 매화 수놓고 침향에 쬐인 학창의를 입고
허리에는 푸른색 융으로 만든 세 갈래 허리띠를 차고
발에는 마와 칡을 엮은 운두리를 신고
손에는 아홉 마디 등나무로 만든 반룡괴장을 짚고
가슴 앞에는 용과 봉황을 수놓은 비단 주머니를 걸었네.
옥 같은 얼굴에는 광채가 환하고

수염은 턱 아래 찰랑찰랑
금빛 눈동자에서는 불꽃이 일고
긴 눈꼬리 눈썹보다 길게 찢어졌네.
움직일 때는 걸음마다 구름이 뒤따르고
느긋한 발길에 향기로운 안개 휘감네.
국왕과 신하들 모두 깍듯한 예로 맞이하고
“장인어른 납시오” 하고 입을 모아 외치네.

頭上戴一頂淡鵝黃九錫雲錦紗巾
身上穿一領筋頂梅沉香綿絲鶴氅
腰間繫一條紉藍三股攢絨帶　足下踏一對麻經葛緯雲頭履
手中拄一根九節枯藤盤龍拐杖　胸前掛一個描龍刺鳳團花錦囊
玉面多光輝　鬚髯頷下飄
金睛飛火燄　長目過眉稍
行動雲隨步　逍遙香霧饒
階下眾官都拱接　齊呼國丈進王朝

국왕의 장인은 대전 앞까지 와서도 인사는커녕, 고개를 쳐든 채 거드름을 피며 대전에 올랐어요. 국왕은 먼저 허리를 숙여 “장인어른, 오늘은 일찍 걸음을 하셨습니다” 인사를 하고 왼쪽에 놓인 자수 덮개를 씌운 도자기 걸상에 앉으라고 권했어요. 삼장법사가 한 걸음 나아가 몸을 굽혀 인사했어요.

“어르신, 소승이 인사드립니다.”

국왕의 장인은 꼿꼿이 앉아서 답례도 하지 않고 얼굴을 돌려 국왕에게 물었어요.

“저 중은 어디서 온 자랍니까?”

“동녘 땅 위대한 당나라 황제의 명을 받아 서역으로 경전을 가지러 가는 자인데, 통행증명서에 도장을 받으러 왔답니다."

국왕의 장인은 껄껄 웃었어요.

"서역으로 가는 길은 험하고 먼데 뭐 좋은 일이 있다고?"

삼장법사가 대답했어요.

"옛날부터 서역은 극락정토라고 하였으니, 어찌 좋은 일이 없겠습니까?"

그러자 국왕이 물었지요.

"짐은 예로부터 '중은 불가의 제자'라는 말을 들었소. 정말 중이 되면 죽지 않소? 또 부처를 따르면 장생할 수 있소?"

삼장법사가 이 말을 듣고 얼른 합장하며 이렇게 대답했어요.

중이 된 자는
수많은 인연을 모두 끊습니다.
본성을 깨달은 자에게는
모든 법이 공입니다.
큰 지혜는 거칠게 없어
담담히 생을 초월한 경지에 머무르고
진실한 이치는 말이 없으니
적멸 안에서 느긋하게 노닙니다.
삼계를 비우니 온갖 단초가 다스려지고
육근을 깨끗이 하니 온갖 미혹이 없어집니다.
깨달음을 바로 세우려면
반드시 마음을 알아야 합니다.
마음이 정결하면 자신을 분명히 파악하고
마음을 간직하면 모든 경계가 분명해집니다.
진정한 모습은 모자라거나 남음이 없으니

살아 있을 때 볼 수 있습니다.
환상은 형체가 있다 하나 끝내는 무너지니
분에 넘치게 무엇을 구하겠습니까!
고행하고 좌선하는 것은
입정•의 근원이고
보시하고 은혜를 베푸는 것은
바로 수행의 근본입니다.
매우 교묘한 것은 서툰 것과 같다고 했으니
만사에 무위를 행해야 함을 알아야 합니다.
훌륭한 계획은 준비하는 것이 아니라고 했으니
모든 것을 그대로 놓아두어야 하는 것입니다.
다만 한결같이 마음이 동요하지 않게 해야
모든 행동이 절로 온전해집니다.
음을 취하여 양을 보충한다는 것은
분명 잘못된 말이며
먹어서 장수한다는 것도
허황된 말입니다.
오로지 티끌 같은 속된 인연을 모두 끊기만 하면
모든 색상色相이 다 공이 되고
정갈하게 집착과 욕심을 줄이면
저절로 영원히 천수天壽를 누릴 것입니다.

爲僧者　萬緣都罷
了性者　諸法皆空
大智閑閑　澹泊在不生之內
眞機默默　逍遙於寂滅之中
三界空而百端治　六根淨而千種窮

若乃堅誠知覺　須當識心
心淨則孤明獨照　心存則萬境皆清
眞容無欠亦無餘　生前可見
幻相有形終有壞　分外何求
行躬打坐　乃爲入定之原
佈惠施恩　誠是修行之本
大巧若拙　還知事事無爲
善計非籌　必須頭頭放下
但使一心不動　萬行自全
若云採陰補陽　誠爲謬語
服餌長壽　實乃虛詞
只要塵塵緣總棄　物物色皆空
素素純純寡愛欲　自然享壽永無窮

국왕의 장인은 이 말을 듣고 픽 웃으며 삼장법사를 가리키며 손가락질했어요.

"으하하! 저 중놈이 입만 열면 헛소리를 지껄이는구나! 적멸의 문중(불교)에서는 본성을 깨닫는다고 말하는데, 그 본성이 어떻게 없어지는지는 모를걸! 고목처럼 앉아서 참선한다는 것은 모두 허튼짓이야. '죽치고 앉아 있어봤자 엉덩이만 닳아빠지고 열이 치밀어 도리어 재앙이 된다(坐 坐 坐 你的屁股破 火熬煎 反成禍)'는 속담도 있지 않느냐? 우리 도교는 어떤지 한번 들어봐라.

선도를 수행하면
뼈가 단단해지고
도에 통달하면

정신이 극도로 영험해지네.
대나무 주발과 표주박 손에 들고 산으로 벗을 찾아가고
갖가지 약초 캐어 세상 사람을 구한다네.
선경의 꽃을 꺾어 삿갓 만들고
향기로운 혜초를 베어 자리에 깐다네.
노래 부르며 손뼉 치다
춤이 끝나면 잠자리에 드네.
도법을 밝혀
태상노군의 올바른 가르침 드날리며
신령한 물을 베풀어
인간 세상의 요사한 기운을 없앤다네.
천지의 빼어난 기운을 거두고
해와 달의 정화를 모은다네.
음양을 운용하여 단전에 모으고
오행을 안배하여 태에 응집한다네.
이팔二八이면 음이 사라지니
황홀하도다!
삼구三九면 양이 자라나니
아득하기 그지없도다!
사계절에 맞추어 약재를 채취하고
아홉 번 뜨거운 불에 정련해 단약을 만든다네.
푸른 난새 타고 자부에 오르고
흰 학을 타고 요경에 오르네.[2]
온 천하의 화려한 모습 살펴서
오묘한 진리의 완전함 드러내네.

2 자부와 요경은 모두 천제天帝가 사는 신선 세계를 말한다.

고요히 참선하라는 석가의 가르침에 따르고
음신[魄]을 없애더라도
열반해도 냄새나는 껍데기나 남기고
속세에서 벗어나지 못하는 너희들에 비할 소냐!
유, 불, 도 삼교 가운데 더없이 높은 것이니
옛날부터 오로지 도교만이 홀로 높았다네!

修仙者　骨之堅秀
達道者　神之最靈
攜箪瓢而入山訪友　採百藥而臨世濟人
摘仙花以砌笠　折香蕙以鋪裀
歌之鼓掌　舞罷眠雲
闡道法　揚太上之正教
施符水　除人世之妖氛
奪天地之秀氣　採日月之華精
運陰陽而丹結　按水火而胎凝
二八陰消兮　若恍若惚
三九陽長兮　如杳如冥
應四時而採取藥物　養九轉而修煉丹成
跨青鸞　升紫府
騎白鶴　上瑤京
參滿天之華彩　表妙道之慇懃
比你那靜禪釋教　寂滅陰神
涅槃遺臭殼　又不脫凡塵
三教之中無上品　古來惟道獨稱尊

국왕은 이 말을 듣고 아주 기뻐했고 온 조정의 관리들이 모두

삼장법사는 비구국에서 국왕의 장인을 만나보고, 손오공은 그가 요괴임을 알아보다

갈채를 보내며 말했어요.

"좋은 말이로세. 과연 '오로지 도교만이 홀로 높았지.'"

삼장법사는 사람들이 모두 국왕의 장인만을 칭찬하는 것을 보고 몹시 부끄러웠어요. 국왕은 광록시光祿寺에 정갈한 음식을 마련해 멀리서 찾아온 서역으로 가는 스님을 대접하라고 분부했어요. 삼장법사가 감사 인사를 드리고 물러나 대전을 내려서 밖으로 걸어 나가자, 손오공이 모자에서 날아 내려와 귓전에 속삭였어요.

"사부님, 저 국왕의 장인은 요괴입니다. 국왕은 요기妖氣의 영향을 받고 있어요. 먼저 금정관 역으로 가서 공양 때를 기다리세요. 이 몸은 여기서 그놈에 대해 좀 알아보겠습니다."

삼장법사가 그렇게 하기로 하고 홀로 궁궐을 떠나간 이야기는 더 하지 않겠어요.

한편, 손오공은 금란전의 비취 병풍으로 날아가 앉아 있었어요. 그러자 늘어선 신하들 사이에서 오성병마관五城兵馬官이 나와 아뢰었지요.

"폐하, 간밤에 찬바람이 한바탕 불어닥쳐 거리거리 집집마다 우리 안의 아이들은 물론 거위 우리까지 모조리 실어가버렸는데, 종적을 찾을 수 없습니다."

국왕은 이를 듣고 놀랍기도 하고 근심스럽기도 해서 장인에게 말했어요.

"하늘이 짐을 없애려나 보오. 몇 달이나 중병을 앓았지만 어의御醫도 소용이 없었소. 다행히 장인어른께서 훌륭한 처방을 주어 오늘 정오 무렵 아이들의 심장을 꺼내어 보조약을 만들려 했소. 그런데 하필 찬바람에 날아가버렸으니 하늘이 짐을 없애려는 것이 아니겠소?"

국왕의 장인이 웃으며 말했어요.

"폐하, 걱정 마십시오. 아이들이 바람에 날아가버린 것이 바로 하늘이 폐하께 보낸 장생의 비방이올시다."

"거위 우리 안에 있던 아이들이 날아가버리지 않았소? 그런데 어찌하여 도리어 하늘이 장생의 비방을 보내주었다고 하시오?"

"내가 입궐하다 아주 진기한 보조약을 보았습니다. 그것은 천백열한 명 아이들의 심장보다 훨씬 나은 것이지요. 아이들의 심장으로는 천 년밖에 더 사실 수 없지만, 이것을 써서 제 선약仙藥을 드시면 영원토록 사실 수 있습니다."

국왕은 아무래도 그것이 무슨 약인지 알 수 없어 거듭 물어보았더니, 장인은 이렇게 말했어요.

"동녘 땅에서 경전을 가지고 오라고 파견한 그 중은 몸이 깨끗하고 용모가 단정한 것이, 제가 볼 때 열 세상을 돌며 수행을 쌓은 참된 몸[眞體]입니다. 즉, 어려서 중이 되어 원양元陽을 흘린 적이 없습니다. 아이들에 비하면 만 배나 낫지요. 국왕께서 만일 그의 심장을 달여 제 선약과 함께 복용하시면 만 년 사는 것쯤은 문제가 없습니다."

어리석은 국왕은 이 말을 듣고 무조건 믿었어요.

"그런데 왜 진작 말하지 않았소? 그런 효험이 있는 줄 알았으면 잡아두고 보내지 말 것을."

"그야 뭐 어렵겠습니까! 광록시에 공양을 준비해서 그를 대접하라고 하셨으니, 그 중은 밥을 먹고 나야 여기를 떠날 것입니다. 그러니 지금 속히 어명을 내리셔서 성문을 철통같이 닫아걸고, 병사를 보내 금정관 역을 에워싸 그 중놈을 잡아들인 후 반드시 예를 갖추고 심장을 달라고 하십시오. 만일 선선히 말을 따르면 그 즉시 가슴을 갈라 꺼내고, 폐하께서는 그 시신을 잘 수습해 장례를 치르고 사당을 세워 제사를 지내주십시오. 만일 말을 듣지 않으면 무력을 써서라도 꽁꽁 묶은 후에 가슴을 갈라 꺼내면 되지요. 뭐 어려울 게 있겠습니까!"

어리석은 국왕은 그 말에 따라 모든 성문을 굳게 닫으라고 어명을 내리는 한편, 우림위羽林衛의 높고 낮은 병사들을 파견해 금정관 역을 포위하게 했어요.

손오공은 이 말을 듣고 쌩하니 날아 금정관 역으로 와서는 본래의 모습으로 돌아와 삼장법사에게 말했어요.

"사부님! 큰일 났어요! 큰일 났어요!"

삼장법사는 마침 저팔계, 사오정과 함께 국왕이 내린 밥을 먹고 있다가 이 소식을 듣고는 혼비백산해서, 일곱 구멍에서 연기가 모락모락 오르며 땅바닥에 쓰러졌어요. 그는 전신이 식은땀으로 젖고 눈에 초점을 잃고 말도 하지 못했어요. 당황한 사오정이 다가가 부축하며 "사부님, 정신 차리세요! 제발 정신 차리세요!" 하고 외치자 저팔계가 말했어요.

"뭐가 큰일이라는 거야? 무슨 큰일? 형님, 좀 천천히 말해보시오. 사부님을 이렇게 놀라시게 하다니!"

"사부님이 궁궐을 나가신 뒤 이 몸이 다시 돌아가 국왕의 장인을 보니 요괴가 틀림없었어. 그런데 잠시 후 오성병마관이 찬바람에 아이들이 모두 날아가버린 일을 아뢰었지. 이 소식을 들은 국왕은 걱정이 가득했지만 그 국왕의 장인이란 놈은 도리어 기뻐하며 이야말로 '하늘이 폐하께 보낸 장수의 선물'이라고 하잖아? 그러면서 만일 사부님의 심장으로 보조약을 만들어 먹으면 만 년도 더 살 수 있다고 했지. 어리석은 왕은 터무니없는 소리를 그대로 믿고 병사들을 보내 금정관 역을 포위하고 국왕의 호위

병인 금의관錦衣官을 시켜 사부님의 심장을 가지고 오라고 했어."

저팔계가 비웃으며 말했어요.

"이런! 자비 한번 잘 베푸셨네! 애들 한번 잘 구하셨어! 음산한 바람 잘도 일으키더니만, 도리어 이런 재앙을 만났군!"

삼장법사는 벌벌 떨면서 기어 일어나 손오공을 붙잡고 애원했어요.

"착한 오공아! 이 일을 어쩌면 좋으냐?"

"일을 잘 풀자면 큰 것이 작은 것이 되어야 합니다."

사오정이 물었어요.

"그게 무슨 소리요?"

"목숨을 보전하려면 스승은 제자가 되고 제자는 스승이 되어야 한다는 거야."

"내 목숨을 구해주기만 한다면 얼마든지 네 제자, 제자의 손사라도 되마."

"그렇다면 지체할 필요가 없습니다. 팔계야, 어서 진흙을 가져와라!"

멍텅구리는 곧 쇠스랑으로 흙을 팠어요. 그러나 감히 물을 뜨러 밖으로 나가지 못하고, 옷을 추켜올려 오줌을 갈겨서 그걸 섞어 진흙을 만들어 손오공에게 주었지요. 손오공은 어쩔 수 없이 진흙을 자신의 얼굴에 발라 가만히 붙여 원숭이의 얼굴을 만든 다음, 삼장법사에게 움직이지 말고 말도 하지 말고 서 있으라고 했어요. 그리고 그것을 삼장법사의 얼굴에 붙인 후, 주문을 외고 신선의 기운을 불어 넣으며 "변해라!" 하고 외쳤어요. 그랬더니 삼장법사가 손오공과 똑같이 되었지요. 그는 자신의 옷을 벗고 손오공의 옷을 걸쳤어요. 손오공도 삼장법사의 옷으로 바꾸어 입은 뒤, 손가락을 구부려 결을 맺고 중얼중얼 주문을 외며 몸을 흔들어 삼장법사의 얼굴로 변했어요. 저팔계와 사오정도 누가 누구인지 가려내지 못할 정도였지요.

막 변장이 끝날 무렵 징 소리와 북소리가 한꺼번에 들리면서 창과 칼, 활 등을 든 병사들이 들이닥쳤어요. 우림위의 관리가 삼천 명의 병사를 이끌고 와서 금정관 역을 에워싼 채 뜰 앞으로 걸어오며 말했어요.

"동녘 땅 당나라에서 온 스님은 어디 계시냐?"

놀란 역승이 전전긍긍하며 꿇어앉아 손가락으로 가리켰어요.

"저, 저 안쪽 객실에 있습니다."

금의관 한 명이 객실로 들어갔어요.

"당나라 스님, 저희 폐하께서 부르십니다."

저팔계와 사오정이 가짜 손오공을 좌우에서 모시고 있고, 가짜 삼장법사는 문을 나와 절을 했지요.

"금의관 나리, 폐하께서 무슨 일로 소승을 부르십니까?"

금의관은 앞으로 성큼 나서며 가짜 삼장법사를 붙잡고 말했지요.

"나와 함께 입궐합시다. 아마 국왕께서 스님에게 꼭 얻어 쓸 게 있는 것 같소."

아! 바로 이런 경우를 두고 하는 말이 있지요.

요사한 거짓말이 자비와 선을 이기고
자비로운 선행이 도리어 재난을 불러들였네.

妖誣勝慈善　慈善反招凶

결국 손오공의 목숨이 어떻게 될지는 알 수 없으니, 이에 대해서는 다음 이야기를 들어보시라.

제79회

남극성이 요괴를 데려가다

한편, 금의관은 가짜 삼장법사를 데리고 역관을 나와 우림군으로 겹겹이 둘러싼 채 조정 문 앞에 이르러 문지기 관리에게 말했어요.

"당나라 승려를 모셔 왔으니 안에 아뢰어주시오."

문지기 관리가 급히 조정으로 들어가 어리석은 임금에게 아뢰니, 곧 안으로 모시게 했어요. 여러 벼슬아치들은 모두 계단 아래 무릎을 꿇고 절을 올렸지만, 가짜 삼장법사만은 계단 한가운데 뻣뻣이 서서 크게 소리쳤어요.

"비구국 왕께선 이 몸에게 무슨 하실 말씀이 있으시오?"

"허허! 짐에게 병이 생겼는데 여러 날이 지나도록 낫지 않고 있소. 다행히 짐의 장인께서 처방을 하나 내려주셔서 약은 벌써 준비가 다 됐는데, 다만 보조약 하나가 부족합니다. 그래서 특별히 스님을 청해 와 보조약을 좀 구할까 합니다. 병이 나으면 스님께 사당을 지어드리고 사시사철 제사를 올리며 영원토록 이 나라 백성들이 분향토록 해드리겠소."

"저는 출가한 사람이라 그저 이 한 몸만으로 이곳에 왔사온데,

폐하의 장인께서는 무엇을 보조약으로 쓰시겠다고 하셨는지요?"

"스님의 심장이 필요합니다."

"솔직히 말씀드리자면, 심장은 여러 개가 있사온데, 원하시는 것이 무슨 색깔인지요?"

그러자 국왕의 장인이 옆에서 손가락질하며 말했어요.

"이 중놈아! 네 검은 심장[黑心]이 필요하다!"

"그럼, 빨리 칼을 가져와서 제 배를 갈라보십시오. 검은 심장이 있다면 당연히 명에 따라 바치겠사옵니다."

어리석은 왕은 기뻐 감사하며 곧 곁에 있던 벼슬아치를 시켜 짧고 큼지막한 우이도牛耳刀 한 자루를 가져와 가짜 삼장법사에게 건네주게 했어요. 가짜 삼장법사는 그 칼을 받아 들자 옷을 풀어헤치고 가슴을 쭉 내밀더니, 왼손으로 배를 쓰다듬으며 오른손으로 칼을 잡고 쓱 하고 뱃가죽을 갈랐어요. 그러자 그 안에서 후두둑 하는 소리와 함께 한 무더기 심장이 쏟아졌어요. 깜짝 놀란 문관들은 얼굴이 하얗게 질리고 무장들도 몸이 굳어버렸어요. 대전 위에서 보고 있던 국왕의 장인이 말했어요.

"정말 심장도 많은 중이로군."

가짜 삼장법사는 피가 뚝뚝 흐르는 그 심장들을 하나하나 들어서 사람들에게 보여주었는데, 붉은 심장, 흰 심장, 노란 심장, 치사하고 탐욕스러운 심장, 명리名利에 집착하는 심장, 계교를 부리는 심장, 질투하는 심장, 승리에 집착하는 심장, 높은 지위를 탐내는 심장, 남을 깔보는 심장, 남을 해치려는 심장, 악독한 심장, 두려워 겁내는 심장, 삼가고 조심하는 심장, 사악하고 못된 심장, 이름 없이 숨어 지내려는 심장을 비롯해서 갖가지 선하지 못한 심장들이 있었지만, 검은 심장은 없었어요.[1] 어리석은 왕은 너무 놀

1 여기서 '심장'이라고 번역한 '심心'은 '마음'을 의미하기도 한다.

라 말도 못한 채 멍청히 있다가 부들부들 떨며 분부했어요.

"얼른 거둬들이시오! 주워 담아요!"

가짜 삼장법사는 더 이상 참지 못해 술법을 거두고 본래 모습을 드러내며, 어리석은 왕에게 말했어요.

"폐하, 정말 보는 눈이 없으십니다. 우리 승려들은 모두 좋은 심장만 가지고 있는데, 오직 폐하의 장인만이 보조약으로 쓰기 좋은 검은 심장을 지니고 있습니다. 믿지 못하시겠거든 제가 저자의 것을 꺼내 보여드리겠습니다."

국왕의 장인이 그 말을 듣고 급히 눈을 부릅뜨고 자세히 살펴보니, 그 중의 변한 얼굴은 전에 알던 그 모습이 아니었어요. 아!

알고 보니 왕년의 제천대성이니
오백 년 전부터 유명했던 이라네.

認得當年孫大聖　五百年前舊有名

국왕의 장인은 몸을 빼내 구름을 타고 솟구쳤어요. 그러자 손오공은 재주를 넘어 허공으로 뛰어오르며 호통을 쳤어요.

"어딜 도망치려고! 내 여의봉 맛이나 봐라!"

국왕의 장인은 즉시 반룡괴장蟠龍拐杖으로 맞섰어요. 그들 둘이 공중에서 벌인 이 싸움은 정말 대단했어요.

여의봉과
반룡괴장
허공엔 한 조각 구름이 뭉게뭉게
원래 국왕의 장인은 요괴였는지라
일부러 요괴의 딸을 미녀라 불렀다네.

국왕은 환락을 탐해 몸에 병이 들고
요괴는 아이를 잡아먹으려 했지.
신통력 드러내는 제천대성 만나니
제천대성은 요괴를 붙잡아 사람들을 재난에서 구하려 하네.
머리로 내려치는 여의봉 정말 살벌하고
맞서는 반룡괴장 감탄할 만하구나.
하늘 가득 살벌한 안개 기운 성을 어둡게 가리니
성안의 백성들 모두 얼굴이 하얗게 변했네.
문무백관들은 혼비백산하고
비빈과 궁녀들도 안색이 바뀌는구나.
깜짝 놀란 비구국의 어리석은 왕은 정신없이 숨어
부들부들 떨며 안절부절
여의봉은 마치 산을 나서는 호랑이 같고
반룡괴장은 바다에서 나온 용과 같네.
이번에 비구국에서 벌인 큰 싸움은
결국 사악함과 올바름을 분명히 가려주었지.

如意棒　蟠龍拐　虛空一片雲靉靉
原來國丈是妖精　故將怪女稱嬌色
國主貪懽病染身　妖邪要把兒童宰
相逢大聖顯神通　捉怪救人將難解
鐵棒當頭着實兇　拐棍迎來堪喝采
殺得那滿天霧氣暗城池　城裡人家都失色
文武多官魂魄飛　嬪妃秀女容顏改
諕得那比丘昏主亂身藏　戰戰兢兢沒佈擺
棒起猶如虎出山　拐輪卻似龍離海
今番大鬧比丘城　致令邪正分明白

요괴는 손오공과 스무 합 남짓 힘겹게 싸우다가 반룡괴장이 여의봉을 당해낼 수 없자, 슬쩍 한 번 휘둘러 공격하는 체하고 바로 한 줄기 차가운 빛으로 변해 왕궁 안으로 들어갔어요. 그리고 왕에게 바친 미후를 데리고 궁궐 문을 나와 함께 차가운 빛으로 변하더니 어디론가 사라져버렸어요.

제천대성은 구름을 내리고 궁전으로 내려가서 여러 벼슬아치들에게 말했어요.

"국왕께서 대단한 장인을 두셨더구려!"

여러 벼슬아치들이 일제히 절을 올리며 감사하자 손오공이 말했어요.

"절은 관두고, 당신네 멍청한 국왕이나 찾아보시지?"

"국왕께선 싸움을 보시고 놀라 무서워 숨어버리셨는데, 어느 건물로 가셨는지 모르겠습니다."

손오공은 미후가 납치해 가지 못하도록 얼른 찾아보라고 지시했어요. 그 말을 들은 여러 벼슬아치들은 남녀유별의 예절 따위는 접어두고 손오공과 함께 먼저 미후의 궁전으로 달려가 보았어요. 하지만 국왕은 흔적도 찾을 수 없었고 미후조차 감쪽같이 사라져버린 상태였어요. 국왕의 세 왕비와 육원의 비빈들은 여러 후비后妃들을 불러 모아 모두 함께 와서 제천대성에게 감사했어요. 제천대성이 말했어요.

"일어나십시오. 아직 감사하실 때가 아닙니다. 어서 국왕을 찾아보셔야지요."

잠시 후 다섯 태감太監들이 어리석은 국왕을 부축한 채 근신전謹身殿 뒤쪽에서 나왔어요. 여러 신하들이 땅에 엎드려 일제히 아뢰었어요.

"전하! 전하! 신승께서 오셔서 진짜와 가짜를 가려주셨습니다.

폐하의 장인은 바로 요괴였으며 미후도 사라져버렸습니다."

국왕은 그 말을 듣고 즉시 손오공더러 황궁으로 나오도록 하여, 그가 대전에 이르자 감사 인사를 하며 말했어요.

"스님, 아침에 오셨을 때는 그렇게 용모가 준수하시더니 지금은 어째서 이렇게 바뀌셨는지요?"

"하하, 솔직히 말씀드리자면, 아침에 오신 분은 제 사부님으로, 바로 당나라 황제의 아우님이신 삼장법사이십니다. 저는 그분의 제자 손오공이라 하는데, 저 말고도 저오능과 사오정이라는 두 제자가 더 있습니다. 지금 금정관 역에 있습지요. 국왕께서 요괴의 말을 믿고 저희 사부님의 심장을 취해 보조약으로 쓰려 하심을 알고, 이 몸이 사부님의 모습으로 변신해서 요괴를 잡으러 왔던 것입니다."

국왕은 그 말을 듣고 즉시 교지를 내려 내각의 재상으로 하여금 얼른 역으로 가서 삼장법사 일행을 모셔 오도록 했지요.

삼장법사는 손오공이 본래 모습을 드러내고 공중에서 요괴를 물리쳤다는 소식을 듣고 깜짝 놀라 혼비백산했어요. 다행히 저팔계와 사오정이 보호하며 부축해주었지요. 그가 얼굴 가득 진흙을 뒤집어쓴 채 답답해하던 차에, 누군가의 말소리가 들렸어요.

"법사님, 저희는 비구국 국왕께서 파견한 내각 재상 일행이온데, 조정으로 모셔 은혜에 감사하러 왔습니다."

저팔계가 웃으며 말했어요.

"사부님, 겁내지 마세요. 괜찮아요! 이번엔 사부님의 심장을 달라고 하는 게 아니니까요. 아마도 사형이 승리를 거두어 사부님께 사례하려는 모양입니다."

"승리를 거둬서 데리러 왔다지만, 내 이런 얼굴로 어떻게 사람들을 만나겠느냐?"

"어쩔 수 없잖아요? 우리가 가서 사형을 만나면 저절로 풀릴 겁니다."

삼장법사는 정말 다른 계책이 없었는지라 저팔계의 말에 따를 수밖에 없었어요. 그래서 봇짐을 메고, 말을 끌고, 함께 역의 마당으로 갔어요. 재상은 그들을 보더니 겁을 집어먹고 말했어요.

"맙소사! 이분들은 모두 요괴처럼 생겼잖아!"

그러자 사오정이 말했어요.

"재상, 못난 용모를 탓하지 마십시오. 저희들은 바로 태어나 자란 그대로의 몸입니다. 저희 사부님은 조정에 들어가 저희 사형을 뵈면 준수한 용모가 되실 겁니다."

그들 셋은 재상들과 함께 조정으로 가서 들어오라는 허락을 기다리지도 않고 곧장 대전 아래로 갔어요. 손오공은 그들을 보자 즉시 대전에서 내려와 삼장법사의 진흙으로 된 얼굴을 붙잡고 신선의 기운을 불어 넣으며 "원래대로!" 하고 소리쳤어요. 그러자 삼장법사는 즉시 본래 모습으로 돌아왔고 기분이 상쾌해졌어요. 국왕은 몸소 대전에서 내려와 맞이하며, 말끝마다 "영험하신 법사님[法師老佛]" 하고 불렀어요. 삼장법사 일행이 말을 매어 놓고 모두 대전으로 올라가자 손오공이 말했어요.

"폐하, 그 요괴가 어디서 왔는지 아십니까? 이 몸이 모조리 잡아 와서 후환을 없애드리겠습니다."

삼궁육원의 여러 비빈들은 모두 비취 병풍 뒤에 있다가 손오공이 후환을 없애주겠다는 소리를 듣고 남녀유별의 예도 잠시 접어둔 채 일제히 밖으로 나와서 절하며 말했어요.

"영험하신 법사님, 제발 큰 법력을 베푸시어 요괴의 뿌리를 뽑아주십시오. 크나큰 은혜에는 후하게 보답하겠습니다."

손오공은 급히 답례하며 국왕에게 그 요괴가 사는 곳을 말해

달라고 했어요. 국왕은 부끄러운 표정으로 말했어요.

"삼 년 전 그자가 왔을 때 짐이 물어보았더니, 이 성에 그리 멀지 않은 곳에 산다고 했습니다. 남쪽으로 칠십 리 정도 떨어진 곳에 있는 유지파柳枝坡의 청화장淸華莊이 그곳입니다. 장인은 늙도록 자식이 없고 그저 후처에게서 딸 하나를 낳았는데, 막 열여섯이 되었지만 배필을 구하지 못해 짐에게 바쳤으면 한다고 했습니다.

짐은 그 여자가 얼굴도 예쁘고 성격도 온화해 보여서 궁으로 들이고 총애했습니다. 그런데 뜻밖에 병을 얻어 태의太醫가 거듭 약을 썼지만 효험이 없었습니다. 그런데 장인 말이 '제게 신선의 처방이 있는데, 그저 어린애의 심장을 달여 그 국물과 함께 약을 먹으면 됩니다'라고 하더군요. 짐이 못나서 선불리 그 말을 믿고 민간에서 어린아이를 골라 오늘 정오에 배를 갈라 심장을 꺼내기로 했습니다.

그런데 뜻밖에 신승께서 오셨고, 또 공교롭게도 갇혀 있던 아이들이 모두 사라져버렸습니다. 그러자 그자는 신승께서 열 세상을 돌며 수행한 훌륭한 분이고 원양이 새나가지 않은 분이니, 스님의 심장을 얻을 수만 있다면 어린아이들의 심장보다 만 배의 효과가 있다고 했습니다.

짐이 잠시 잘못을 저질러 신승께서 요괴를 알아보는 능력을 갖고 계신 줄 몰랐습니다. 제발 큰 법력을 베푸셔서 후환을 없애주십시오. 짐이 온 나라의 재물을 다 내놓더라도 보답하겠습니다."

손오공이 말했어요.

"솔직히 말씀드리자면, 갇혀 있던 어린아이들은 저희 사부님께서 자비심을 베푸셔서 저더러 숨겨두게 하신 것입니다. 국왕께선 무슨 재물로 사례한다느니 하는 말씀은 마십시오. 제가 요괴를 잡으면 제 공이 세워지는 것이니까요."

그리고 저팔계에게 말했어요.

"팔계야, 나와 함께 다녀오자."

"형님 말씀대로 하겠소. 하지만 배 속이 비어서 힘을 쓸 수 없겠군요."

국왕은 즉시 교지를 내려 얼른 광록시에서 공양을 준비해 올리라 했어요. 잠시 후 공양이 도착하자, 저팔계는 배불리 먹고 정신을 추스른 후 손오공을 따라 구름을 타고 올랐어요. 깜짝 놀란 국왕과 후비 및 문무 벼슬아치들은 모두 허공을 향해 절을 올리며 말했어요.

"진짜 부처와 진짜 신선들께서 인간세계에 내려오셨구나!"

제천대성은 저팔계를 데리고 곧장 남쪽으로 칠십 리를 가서 구름을 내리고 요괴의 거처를 찾았어요. 한 줄기 맑은 계곡물이 보이는데, 양쪽 언덕 위에 수많은 버드나무가 우거져 있어 도무지 청화장이 어디 있는지 알 수 없었어요.

드넓은 들판 끝없이 펼쳐져 있는데
제방마다 버드나무 우거져 종적을 찾을 수 없구나.

萬頃野田觀不盡　千堤煙柳隱無踪

제천대성은 아무래도 찾을 수 없자 즉시 손가락을 구부려 결을 맺고 "옴" 하고 주문을 외어 그곳 토지신을 불러내니, 토지신이 덜덜 떨며 다가와 무릎을 꿇고 소리 높여 말했어요.

"제천대성님, 유지파의 토지신 대령했습니다."

"겁내지 마라. 때리지 않으마. 물어볼 게 있는데, 유지파에 청화장이 있다던데, 그게 어디 있는 것이냐?"

"이곳에 청화동淸華洞이라는 곳은 있어도 청화장이라는 곳은 없습니다. 아하! 제천대성께선 아마 비구국에서 오신 모양이군요?"

"그래, 맞다. 비구국 국왕이 어느 요괴한테 속았는데, 이 손 어르신이 거기 가서 정체를 알아챘다. 그때는 싸워서 물리쳤는데, 요괴는 한 줄기 차가운 빛으로 변해 어디론가 사라져버렸지. 비구국 국왕에게 물어보니, 그놈이 삼 년 전에 미녀를 바칠 때 자기가 성 남쪽 유지파의 청화장에 산다고 했다더구나. 마침 여기로 찾아왔는데 숲이 빽빽한 언덕만 보이고 청화장은 보이지 않아서 네게 묻는 것이다."

토지신이 머리를 조아리며 말했어요.

"제천대성님, 용서해주십시오. 비구국 국왕 또한 저희 땅의 주인이니 마땅히 제가 보살펴주었어야 합니다만, 요괴가 신통력이 크고 술법을 잘 부려서 제가 자기 일에 대해 누설한 걸 알면 당장 찾아와 못살게 굴 것이기에 여태 어쩌지 못하고 있었습니다. 이제 제천대성께서 오셨으니 말씀드리겠습니다. 저 남쪽 물가에 있는 아홉 가지가 갈라져 나온 버드나무의 발치에서 왼쪽으로 세 바퀴, 오른쪽으로 세 바퀴를 돌며 두 손으로 나무를 두드리시면서 '문 열어라!' 하고 연달아 세 번 외치십시오. 그러면 청화동 마을이 나타날 것입니다."

제천대성은 그 말을 듣고 즉시 토지신을 돌려보냈어요. 그리고 저팔계와 함께 계곡을 뛰어 건너 버드나무를 찾아보니, 과연 하나의 뿌리에서 아홉 가지가 갈라져 나온 버드나무가 있었어요.

"넌 잠시 멀찌감치 떨어져 서 있다가, 내가 문을 열고 요괴를 찾아 밖으로 꾀어 나오면 달려와 도와라."

저팔계는 그 말을 듣고 즉시 버드나무에서 이백 미터쯤 떨어진 곳으로 가 서 있었어요. 제천대성은 토지신의 말대로 나무 발치로 다가가 왼쪽으로 세 바퀴, 오른쪽으로 세 바퀴를 돌고 두 손으로 나무를 두드리면서 "문 열어라! 문 열어! 문 열어!" 하고 소리쳤어요. 그러자 순식간에 끼리릭 하며 문짝이 열리는 소리와 함께 나무의 모습이 사라져버렸어요. 그 안쪽에는 오색 노을빛이 밝게 빛나고 있었지만, 사람 사는 흔적은 보이지 않았어요. 손오공이 용감하게 거침없이 안으로 달려 들어가 보니, 그곳은 정말 멋진 곳이었지요.

노을 연기 환하게 덮여
해와 달의 빛을 훔친 듯
흰 구름 항상 동굴에서 피어나고
푸른 이끼 정원에 어지러이 자라네.
길에는 온통 꽃들이 자태를 다투고
계단 가득 고운 풀들 저마다 향기를 내뿜네.
공기는 따뜻하고
경치는 항상 봄날 같으니
신선의 땅인 듯
봉래산에도 뒤지지 않네.
매끈한 걸상엔 긴 넝쿨이 감아 오르고
반듯한 다리엔 얼기설기 등나무 줄기 걸렸네.
벌들은 붉은 꽃가루 물고 바위 동굴로 찾아오고
나비는 그윽한 난초 희롱하며 돌 병풍을 지나네.

煙霞幌亮　日月偷明
白雲常出洞　翠蘚亂漫庭

一徑奇花爭豔麗　遍階瑤草鬥芳榮

溫暖氣　景常春

渾如閬苑　不亞蓬瀛

滑凳攀長蔓　平橋掛亂藤

蜂啣紅蕊來巖窟　蝶戲幽蘭過石屏

손오공이 급히 걸음을 옮겨 앞으로 다가가 자세히 살펴보니, 돌 병풍 위에 큰 글씨로 '청화선부淸華仙府'라고 새겨져 있었어요. 그는 참지 못하고 돌 병풍을 뛰어 건너 살펴보았지요. 그곳에는 요괴 두목이 미녀를 품에 안고 씩씩거리며 비구국에 일어난 일에 대해 얘기하고 있던 참이었어요. 그 놈은 모두 이렇게 소리쳤어요.

"좋은 기회였는데! 삼 년 동안 벼른 일을 오늘에야 끝내는가 싶었는데, 그놈의 원숭이가 망쳐버렸어!"

손오공이 그들 가까이 달려가 여의봉을 꺼내들고 크게 소리쳤어요.

"네 이 못된 털북숭이야! 무슨 '좋은 기회'란 말이냐? 내 여의봉 맛이나 봐라!"

요괴는 미녀를 내팽개치고 반룡괴장을 휘두르며 급히 맞섰어요. 그들 둘이 동굴 앞에서 벌인 이 싸움은 지난번과도 무척 달리, 살벌하기 그지없었어요.

여의봉 휘둘러 금빛 광채를 뿌리니
반룡괴장 빙글빙글 흉맹한 기운 내뿜네.
요괴가 "멋모르고 감히 내 집에 들어왔구나!" 하니
손오공은 "못된 요괴를 잡으러 왔다!"고 받아친다.

"국왕 일은 너와 상관없는데
어째서 속임수로 망쳐놓았느냐?"
"승려가 올바른 가르침을 수양하는 것은 자비심을 바탕을 삼나니
아이들이 산 채로 살해되는 것을 차마 볼 수 없었느니라."
말싸움 주고받으며 서로 원수처럼 미워하니
여의봉은 반룡괴장 막으며 심장을 찌르러 가네.
목숨을 돌보느라 고운 꽃 망가뜨리고
발이 미끄러지며 푸른 이끼 차 뭉개네.
그 살벌함에 동굴 속 오색 노을도 빛을 잃고
벼랑 위 향긋한 풀도 모두 짓눌렸네.
쨍강쨍강 소리에 놀란 새들 제대로 날지도 못하고
호통과 기합에 미인들 놀라 흩어지네.
오직 요괴와 원숭이 왕만 남아 있는데
휙휙 땅을 휩쓸며 거센 바람 일어나네.
보라, 살벌하게 싸우며 동굴 문 밖으로 나오니
또 저팔계의 우악스러운 성질과 맞닥뜨렸네.

棒舉迸金光　拐輪凶氣發
那怪道　你無知敢進我門來
行者道　我有意降邪怪
那怪道　我戀國主你無干　怎的欺心來展抹
行者道　僧修政教本慈悲　不忍兒童活見殺
語去言來各恨仇　棒迎拐架當心劄
促損琪花爲顧生　踢破翠苔因把滑
只殺得那洞中霞采欠光明　崖上芳菲俱掩壓
乒乓驚得鳥難飛　吆喝嚇得美人散

손오공이 요괴를 물리치자 남극성이 나타나 거둬들이다

只存老怪與猴王　呼呼卷地狂風刮
看看殺出洞門來　又撞悟能獃性發

저팔계는 그들이 안에서 싸우는 소리를 밖에서 듣고 있자니 참을 수 없이 손이 근질거려서 쇠스랑을 들어 저 아홉 가지가 달린 버드나무를 쓰러뜨려버렸어요. 쇠스랑으로 몇 차례 내리치자 버드나무에서는 검붉은 피가 터지면서 끙끙 신음하는 듯한 소리가 들렸어요.

"이놈의 나무도 정령이 되었구나! 정령이 되었어!"

그렇게 버드나무를 땅바닥에 쓰러뜨려놓고 쇠스랑으로 내리치고 있던 차에, 손오공이 요괴를 유인해 밖으로 나왔어요. 멍텅구리는 다짜고짜 달려들어 쇠스랑으로 내리쳤지요. 요괴는 이미 손오공도 감당하지 못하던 차에 저팔계가 쇠스랑으로 공격하자 더욱 당황했어요. 그는 몸을 한 번 흔들어 차가운 빛으로 변하더니, 곧장 동쪽으로 도망쳤어요. 손오공과 저팔계도 절대 놓치지 않으려고 동쪽으로 쫓아갔지요.

그들이 막 요괴를 때려죽이려 할 때, 난새와 학이 우는 소리가 들리며 멀리서 상서로운 빛이 나타났어요. 눈을 들어 바라보니 바로 남극성南極星이었어요. 그 늙은 신선은 차가운 빛을 막으며 소리쳤어요.

"제천대성, 잠깐만요! 천봉원수, 쫓지 마시오! 이 늙은이가 왔으니 인사부터 받으시지요."

손오공은 즉시 답례하며 물었어요.

"동생, 어디서 오는 길인가?"

저팔계가 웃으며 말했어요.

"통통한[2] 늙은이! 차가운 빛을 가로막았으니, 분명 요괴를 잡았겠지요?"

"허허! 여기 있소이다. 여기 있어요. 두 분께선 부디 저놈의 목숨을 살려주십시오."

손오공이 물었어요.

"요괴는 자네와 상관없는데, 어째서 간청하는 거지?"

"허허! 저놈은 저를 태우고 다니던 일꾼 가운데 하나인데, 뜻밖에도 도망쳐서 이런 요괴가 되었습니다."

"동생의 물건이라면, 저놈더러 본래 모습을 드러내보라고 하게."

남극성은 그 말을 듣고 즉시 차가운 빛을 놓아주며 호통을 쳤어요.

"못된 짐승! 어서 본래 모습을 드러내고 살려달라고 빌지 못할까!"

그 요괴가 몸을 돌리니 원래 흰 사슴이었어요. 남극성은 반룡괴장을 집어 들며 말했어요.

"이 몹쓸 짐승! 내 지팡이까지 훔쳐 왔구나!"

흰 사슴은 땅에 엎드린 채 아무 말도 못 하고 머리를 조아리며 눈물만 흘릴 뿐이었으니, 그 모습은 이러했어요.

온몸은 옥간[3]처럼 알록달록
두 뿔은 일곱 굽이 물줄기처럼 구불구불
배고플 때면 몇 번이나 약초밭을 찾았던가?
아침에 목마르면 구름을 마셨다네.
나이 먹으며 하늘을 나는 법 배웠고

2 '통통한'이라고 번역한 '육두肉頭'라는 말에는 '소극적이고 무능한' 또는 '줏대 없이 좋기만 한'이라는 뜻도 포함되어 있다.

3 옥에다 글자를 새긴 간책簡冊으로 산천山川의 신에게 제사 지낼 때 사용하던 도구이다. 여기서는 흰 사슴의 얼룩무늬 반점을 비유하고 있다.

오래도록 수련하여 얼굴도 변했네.
이제 주인을 만나 흐느끼면서
옥돌 같은 귀의 본래 모습 드러내고 속세에 엎드렸네.

一身如玉簡斑斑　兩角參差七汊灣
幾度飢時尋藥圃　有朝渴處飲雲潺
年深學得飛騰法　日久修成變化顏
今見主人呼喚處　現身珉耳伏塵寰

남극성이 손오공에게 감사하고 곧 사슴을 타고 떠나려 하자, 손오공이 붙들며 말했어요.

"동생, 잠깐만. 아직 두 가지 일이 남아 있네."

"무슨 일인지요?"

"아직 미녀를 잡지 못했는데, 그게 무슨 요괴인지 모르겠어. 그리고 함께 비구국에 가서 그 멍청한 국왕을 만나 요괴의 본래 모습을 보여줘야 하네."

"그렇다면 제가 참아야지요. 제천대성께서 천봉원수와 함께 동굴로 가서 그 미녀를 잡아 오시면, 제가 함께 가서 본래 모습을 드러내게 하겠습니다."

"그럼, 잠시만 기다리게. 다녀오겠네."

저팔계는 정신을 추스르고 손오공을 따라 곧장 청화선부로 들어가 고함을 내질렀어요.

"요괴 잡아라! 요괴 잡아!"

미녀는 부들부들 떨며 도망치지도 못하고 있었는데, 다시 고함이 크게 울리자 곧장 돌 병풍 안쪽으로 돌아 들어갔어요. 그렇지만 도망칠 뒷문이 없었지요. 저팔계가 소리쳤어요.

"게 서라! 사내나 홀리고 다니는 이 추잡한 요괴야! 쇠스랑 맛이나 봐라!"

미인은 손에 아무 무기가 없었는지라 맞서 싸우지 못하고, 재빨리 몸을 피해 한 줄기 차가운 빛으로 변하더니 밖으로 도망쳤어요. 하지만 손오공이 가로막고 여의봉으로 땅 하고 치자 요괴는 제대로 서지도 못하고 땅에 쓰러져 본래 모습을 드러냈으니, 원래 그것은 얼굴이 하얀 여우였어요. 멍텅구리가 참지 못하고 쇠스랑을 들어 여우의 머리를 내리치니, 가엾게도 그놈은

나라를 망치는 온갖 교태 다 부리더니
털북숭이 여우 꼬락서니로 변해버렸다네.

傾城傾國千般笑　化作毛團狐狸形

손오공이 말했어요.

"너무 망가뜨리진 말아라, 그놈의 몸을 남겨두었다가 멍청한 국왕에게 보여줘야 하니까."

멍텅구리는 더러운 것도 마다 않고 여우의 꼬리를 잡고 질질 끌며 손오공을 따라 동굴 문 밖으로 나왔어요. 남극성은 사슴의 머리를 쥐어박으며 욕을 퍼부었어요.

"못된 짐승 같으니! 어째서 주인을 배반하고 도망쳐 이곳에서 요괴가 되었느냐? 내가 오지 않았더라면 제천대성께서 널 때려 죽이셨을 게다."

그때 손오공이 뛰어나오며 물었어요.

"동생, 무슨 말을 하는 거야?"

"사슴을 꾸짖는 소리였습니다. 사슴에게 한 말이에요!"

저팔계는 죽은 여우를 사슴의 면전에 내팽개치며 말했어요.

"이게 네 딸이냐?"

사슴은 고개를 끄덕이며 머리를 숙인 채 주둥이를 내밀어 몇 번 냄새를 맡아보더니, 우우 하며 연민의 정을 버리지 못하는 듯했어요. 그러자 남극성이 손바닥으로 사슴의 머리를 탁 치며 말했어요.

"못된 짐승! 네 목숨을 건졌으면 됐지, 그것의 냄새는 맡아 어쩌자는 게냐?"

그는 즉시 장삼의 허리띠를 풀어 사슴의 목에 매더니 끌어 일으키며 말했어요.

"제천대성, 비구국 국왕을 만나러 가시지요."

"잠깐! 아예 이 근처를 깨끗이 청소해서 나중에라도 또 요괴가 생기지 않게 해놓아야지."

저팔계는 그 말을 듣고 쇠스랑으로 버드나무들을 마구 후려쳤어요. 손오공이 또 "옴" 하고 주문을 외자 아까처럼 그곳의 토지신이 나왔어요.

"땔나무를 찾아 불을 지펴라. 이곳의 요괴 걱정을 없애서 네가 수모를 당하지 않도록 해주마."

토지신은 즉시 몸을 돌려 음산한 바람을 쏴쏴 일으키며 저승 병사들을 불러 모아 서리 맞은 풀이며, 가을에도 푸른 풀, 여뀌, 산예초山蕊草, 쑥, 꼬불꼬불한 나뭇가지, 마른 갈대 줄기 등을 날라 왔는데, 모두가 한 해 동안 바짝 마른 것들이었어요. 이것들은 모두 불에 닿기만 하면 기름처럼 타오를 것들이었어요. 그러자 손오공이 말했어요.

"팔계야, 나무를 찍을 필요 없다. 이것들만 있으면 동굴을 막고 불을 놓아 깨끗이 태워버리기에 충분하니까."

과연 불을 붙이자 요괴들이 사는 청화동은 완전히 불타 먼지 구덩이로 변해버렸어요.

손오공은 그제야 토지신을 물러가게 하고, 남극성과 함께 사슴을 몰고 여우를 질질 끌며 돌아와 국왕에게 말했어요.

"이게 바로 당신의 미후라오. 같이 좀 놀아보시겠소?"

국왕은 놀라 간담이 떨리고 있었는데, 또 손오공이 남극성을 데리고 흰 사슴을 끌며 대전 앞에 이르렀어요. 깜짝 놀란 국왕과 신하, 비빈들이 일제히 절을 올리자 손오공이 다가가 국왕을 부축해 일으키며 말했어요.

"하하! 나한테 절할 필요 없소. 이 사슴이 바로 폐하의 장인이시니, 저분께나 절을 올리시지요."

국왕은 부끄러워 몸 둘 바를 몰라 했어요.

"감사합니다. 신승께서 온 나라 어린아이들을 구해주신 것은 정말 하늘 같은 은혜입니다."

그리고 즉시 교지를 내려 광록시에서 정갈한 음식으로 잔치를 준비하게 하고, 동각을 활짝 열어 남극성과 삼장법사 일행을 모시고 가서 함께 앉아 은혜에 감사했어요. 삼장법사가 남극성에게 절을 올리자 사오정도 절을 올렸어요. 그리고 둘이 같이 물었어요.

"흰 사슴이 신선의 것이라면, 어째서 이곳에 와서 재앙을 일으킨 걸까요?"

"허허! 지난번에 동화제군東華帝君께서 제 거처를 찾아와 바둑을 두고 있었는데, 한 판이 채 끝나기도 전에 이 못된 짐승이 도망을 쳐버린 것이지요. 손님이 가시고 나서 찾아보니 보이지 않더이다. 제가 손가락을 꼽아 헤아려보고[4] 저놈이 여기로 도망친 걸 알고 찾으러 왔는데, 마침 제천대성께서 위엄을 떨쳐 보이고 계

4 이것은 손의 지문을 가지고 일의 길흉吉凶, 도주나 분실 등의 상황을 미루어 짐작하는 것으로, '겹산掐算'이라고도 한다. 예전에 중국에서 행해지던 미신적인 점술占術의 한 가지이다.

셨습니다. 조금만 늦게 왔더라도 이놈은 끝장이 났을 겁니다."

이야기를 채 끝내지도 못했는데, "잔치가 준비되었습니다" 하는 보고가 들어왔어요. 정갈한 채소로 준비한 그 잔칫상은 정말 대단했어요.

찬란한 빛깔 문안에 가득하고
기이한 향기 자리에 넘치네.
비단 씌운 탁자엔 고운 무늬 수놓아졌고
바닥에 깔린 붉은 양탄자 노을처럼 빛나네.
오리 모양 향로에선
침향沉香이 하늘하늘 피어나고
대나무 방석 앞에는
채소 요리들 향기롭네.
쟁반을 보니 과일들이 누대처럼 높이 쌓여 있고
용처럼 감아올린 사탕으로 짐승 모양 만들어 늘어놓았네.
원앙탕[5] 끓는 신선로
사자와 신선 모양으로 만든 사탕들
그 모양 진짜와 꼭 닮았고
앵무새 모양 술잔과
가마우지 모양 국자도
살아 있는 새 같네.
자리 앞에는 온갖 과일 풍성하고
탁자에 놓인 정갈한 음식 모두가 훌륭하네.

5 음양탕陰陽湯 혹은 태극탕太極湯이라고도 부른다. 대개 하나의 냄비나 솥을 반으로 나누어, 한쪽에는 흰 빛깔의 담담한 국물을 넣고 다른 쪽에는 붉은 빛깔의 매운 국물을 넣어 끓인 것을 가리킨다.

누에고치처럼 동그란 밤
신선한 밤과 복숭아
대추와 곶감은 다디달고
잣과 포도는 취할 듯 향기 진하네.
달콤한 음식들과
찌고 볶은 것들
기름에 튀긴 꼬치와 물엿 바른 것들
꽃을 쌓아놓은 듯 아름답네.
황금 쟁반엔 커다란 떡이 쌓여 있고
은 접시엔 쌀밥이 가득 담겼네.
매콤한 국물 속엔 기다란 국수 가락
연달아 들어오는 향긋하고 보기 좋은 요리들
마고버섯과 침향, 부드러운 죽순, 황정 등등
온갖 채소로 만든 갖가지 진수성찬
이리저리 오가며 젓가락질 멈추지 않고
내오고 물리는 모든 음식 풍성하기 그지없네.

五彩盈門　異香滿座
桌掛繡緯生錦豔　地鋪紅毬幌霞光
寶鴨內　沉檀香裊
御筵前　蔬品香馨
看盤高果砌樓臺　龍纏斗糖擺走獸
鴛鴦錠　獅仙糖　似模似樣
鸚鵡杯　鷺鷥勺　如相如形
席前果品般般盛　案上齋肴件件精
魁圓繭栗　鮮栗桃子
棗兒柿餅味甘甜　松子葡萄香膩酒

幾般蜜食　數品蒸酥
油劄糖澆　花團錦砌
金盤高壘大饝饝　銀碗滿盛香稻飯
辣熓熓湯水粉條長　香噴噴相連添換美
說不盡蘑菇　木香　嫩筍　黃精
十香素菜　百味珍饈
往來綽摸不曾停　進退諸般皆盛設

그때 앉은 서열은 이러했어요. 남극성이 맨 윗자리, 삼장법사가 그다음, 국왕은 그 앞에 앉고, 손오공, 저팔계 사오정은 국왕 옆에 앉았어요. 또한 그 옆에는 두세 명의 태사들이 자리를 함께 했지요. 국왕은 즉시 교방사敎坊司에 일러 음악을 연주하게 하고 자하배紫霞杯를 들어 일일이 술을 바쳤는데, 삼장법사만 마시지 않았어요. 저팔계는 손오공에게 말했어요.

"사형, 과일은 형님께 드릴 테니 국과 밥은 제발 나한테 양보해 줘요."

멍텅구리는 좋은 것 나쁜 것 가리지 않고 닥치는 대로 달려들어, 내놓는 음식을 깡그리 먹어치웠어요.

잔치가 끝나자 남극성이 작별 인사를 했어요. 그러자 국왕이 또 남극성에게 다가가 무릎을 꿇고 절을 올리며 병을 없애고 장수하는 법을 가르쳐달라고 부탁했어요.

"허허! 저는 사슴을 찾아 나서느라 단약을 가져오지 않았소이다. 그대에게 수양하는 법을 가르쳐주고 싶어도 이미 그대는 근력이 쇠약해지고 정신이 피폐해져 있는지라, 단전의 정기를 되돌릴 수 없겠구려. 그저 이 소매 안에 대추가 세 알 있는데, 동화제군에게 차를 올릴 때 쓰던 것이오. 내가 아직 먹지 않고 있었는데,

당신께 드리겠소."

국왕은 그걸 삼키자 점차 몸이 가벼워지고 병이 물러가는 느낌이 들었어요. 훗날 그 국왕이 장수하게 된 것도 모두 이 때문이었지요. 그런데 저팔계가 그걸 보고 말했어요.

"여보시오, 대추가 있으면 나도 몇 개 먹어봅시다."

"더 이상 가져온 게 없으니, 나중에 몇 근 보내드리겠네."

남극성은 동각을 나와 감사 인사를 하고, 흰 사슴에게 호통을 쳐서 일어나게 한 후, 훌쩍 등에 올라 구름을 타고 떠났어요. 조정의 국왕과 왕비들, 성안의 백성들이 저마다 향을 사르며 예를 올린 일은 더 이상 얘기하지 않겠어요.

삼장법사가 말했어요.

"얘들아, 짐을 꾸리고 국왕께 작별 인사를 하자꾸나."

국왕이 또 한사코 붙들며 가르침을 청하자 손오공이 말했어요.

"폐하, 이제부턴 여색에 대한 욕심을 줄이고 남몰래 공덕을 쌓으며, 모든 일을 처리할 때 남는 것으로 부족한 것을 보충하시면, 충분히 병을 물리치고 장수하실 수 있을 것입니다. 이게 바로 가르침입니다."

국왕이 금과 은 부스러기 두 쟁반을 바치며 여비로 삼으라 했으나, 삼장법사는 한 푼도 받지 않았어요. 국왕은 어쩔 수 없이 수레를 준비하라 하고, 삼장법사를 모셔서 자신의 수레에 태운 후, 자신이 직접 여러 비빈들과 함께 수레를 밀어 궁궐 밖으로 전송해주었어요. 온 저잣거리의 백성들도 잔에 깨끗한 물을 떠놓고 향로에 향을 피우면서 성 밖으로 전송했어요.

그때 문득 허공에서 바람 소리가 일어나더니 길 양쪽으로 천백열한 개의 거위 우리가 떨어졌는데, 그 안에는 어린아이들이 울고 웃고 있었어요. 그러자 몰래 삼장법사를 보호하고 있던 성황신과 토지신, 사직社稷의 신, 진관眞官, 오방게체, 사치공조, 육정육갑, 그리고 호교가람 등이 소리 높여 외쳤어요.

"제천대성님, 저희들이 지난번 분부대로 아이들이 갇힌 거위우리를 가져갔다가, 이제 제천대성께서 공을 이루고 길을 떠나시는 걸 알고 모두 돌려보냅니다."

국왕과 비빈, 그리고 여러 신하들과 백성들이 또 모두 절을 올리자, 손오공이 허공을 향해 말했어요.

"여러분, 수고하셨소. 각자 사당으로 돌아가시구려. 내 백성들더러 당신들에게 감사의 제사를 올리게 하리다."

그러자 휘휘 쌩쌩 음산한 바람이 또 일어나더니, 여러 신들이 물러갔어요.

손오공은 성안의 사람들에게 각자 아이를 찾아가게 했어요. 그 말이 전해지자 사람들은 모두 와서 제각기 우리 속의 아이를 확인하고 기뻐하며 안아 들었어요. "얘야, 아들아" 하고 부르면서 펄쩍펄쩍 뛰고 웃고 하더니, 모두들 소리쳤어요.

"당나라 나리들을 붙들어라. 우리 집으로 모셔 아이를 구해주신 은혜에 감사해야겠다."

남녀노소 할 것 없이 모두 삼장법사 제자들의 못생긴 용모를 무서워하지 않고, 저팔계를 맞들고, 사오정을 떠메고, 손오공을 머리 위로 들고, 삼장법사를 붙들고, 백마를 끌고, 봇짐을 멘 채 일제히 성으로 되돌아오니, 국왕도 막지 못했어요.

이 집에서 잔치를 열고 저 집에서도 자리를 마련하고, 심지어 그들을 모셔가지 못한 이들은 모두가 승모僧帽와 신, 승복, 양말을 비롯하여 크고 작은 속옷과 겉옷을 만들어 보내왔어요.

그들은 이렇게 한 달 정도 머문 후에야 비로소 성을 떠날 수 있었어요. 그 나라 백성들은 또 삼장법사 일행의 초상화를 그리고 기념비를 세운 후 극진한 예를 갖춰 향을 피우고 공양을 올렸으니, 이는 바로

> 남몰래 세운 공 높이 쌓여 그 은혜 산처럼 크나니
> 수많은 사람들의 목숨 살려주었기 때문이라네.
>
> 陰功高疊恩山重　救活千千萬萬人

라는 것이었어요.

결국 그 뒤에 또 무슨 일이 일어날지는 아직 알 수 없으니, 이에 내해서는 다음 회를 들어보시라.

제80회

삼장법사, 여자 요괴를 구하여 선림사에 묵다

그러니까 비구국의 국왕과 신하, 백성들은 삼장법사 일행 넷을 성 밖 이십 리까지 나와서 전송하면서도 여전히 보내주려 하지 않았어요. 삼장법사는 가까스로 수레에서 내려 말에 올라 작별 인사를 하고 떠났어요. 전송하는 이들은 일행의 모습이 사라질 때까지 계속 지켜보고 나서야 돌아갔어요.

삼장법사 일행이 한참 가다 보니 다시 겨울이 지나고 봄도 끝나갈 무렵이 되었어요. 들판의 꽃들과 산의 나무들, 향기로운 경치를 구경하자니 싫증이 나질 않았어요. 그런데 그때 다시 앞쪽에 높은 산과 험준한 고개가 나타났어요. 삼장법사는 무서운 생각이 들어서 제자들에게 이렇게 말했어요.

"얘들아, 앞쪽에 높은 산이 있는데 길이 있는지 모르겠구나. 반드시 조심해야 한다."

손오공이 웃으면서 대답했어요.

"사부님의 그 말씀은 먼 길을 가는 사람 같지 않습니다. 꼭 우물 속에 앉아 하늘을 바라보고 있는 귀족 집안의 도련님 같아요. 예로부터 '산은 길을 막지 않고 길은 저절로 산으로 통한다(山不

礙路 路自通山)'라는 말도 있으니, 길이 있는지 없는지야 굳이 물으실 필요가 있습니까?"

"산이 길을 막지는 않는다 하더라도 험준한 곳에서 요괴가 나타날까 무섭구나. 깊은 산중에 요괴가 있지나 않은지 잘 살펴봐야 한다."

저팔계가 말했어요.

"안심하세요. 안심해요. 이곳은 극락정토와 멀지 않으니 틀림없이 태평하고 아무 일 없을 겁니다."

스승과 제자가 이렇게 이야기를 나누는 사이에 어느덧 산기슭에 도착했어요. 손오공은 여의봉을 꺼내 바위 벼랑 위에 올라가 살펴보더니 이렇게 말했어요.

"사부님, 여기 산을 돌아가는 길이 있는데 가기가 아주 편할 듯합니다. 빨리 오세요, 빨리!"

삼장법사는 마음을 놓고 말에 채찍질을 가했어요. 사오정이 저팔계를 불렀어요.

"둘째 형님, 형님이 짐을 좀 메주시오."

저팔계는 그 말대로 짐을 받아서 멨어요. 사오정은 고삐를 잡고 삼장법사는 안장 위에 편안히 앉은 채, 손오공을 따라 모두 함께 벼랑 위로 올라가 큰길로 접어들었어요. 그 산의 모습은 이러했지요.

구름과 안개, 봉우리 정상을 뒤덮고
졸졸 계곡에는 물이 흐르네.
온갖 꽃향기 길에 가득하고
갖가지 나무들 빽빽하게 늘어서 있네.
매화나무 푸르고 자두나무 꽃 희며

버드나무 푸르고 복사꽃 붉구나.
두견새 우는데 봄은 점차 저물어가고
제비 지저귀니 사제社祭는 벌써 끝났구나.[1]
울퉁불퉁한 바위
비췻빛 덮개 덮인 소나무
험한 고갯길
우뚝 솟아 영롱하구나.
깎아지른 절벽과 낭떠러지 험준하고
쑥과 초목들 우거져 있구나.
수많은 바위들 빼어남을 다투니 창을 늘어놓은 듯
수많은 계곡들 다투어 흐르며 물결 멀리 이어지네.

雲霧籠峰頂　潺湲湧澗中
百花香滿路　萬樹密叢叢
梅青李白　柳綠桃紅
杜鵑啼處春將暮　紫燕呢喃社已終
嵯峨石　翠蓋松
崎嶇嶺道　突兀玲瓏
削壁懸崖峻　薜蘿草木穠
千巖競秀如排戟　萬壑爭流遠浪洪

삼장법사는 천천히 산 경치를 구경하다가 문득 새 우는 소리를 듣고 고향 생각이 났어요. 그는 말을 멈추고 제자들을 불렀어요.

"애들아,"

1 사제는 토지신에게 지내는 제사를 말한다. 춘사春社와 추사秋社가 있는데 일반적으로 각각 입춘과 입추 후 닷새째 되는 날에 지낸다. 제비는 보통 춘사 때 왔다가 추사 때 간다.

나는 천자의 위촉장을 통해 명을 받았고
비단 병풍 아래서 통행증명서를 받았단다.
등을 구경하는 정월 대보름날 고향을 떠나
비로소 황제 폐하와 아득히 멀리 이별하게 되었지.
어렵사리 용과 호랑이 물리치고 바람과 구름을 타고 모이니
스승과 제자 기마병을 물리칠 기세라네.
무산 열두 봉우리를 모두 지나왔으니
이제 언제나 폐하를 다시 뵐 수 있을까?[2]

我自天牌傳旨意　錦屏風下領關文
觀燈十五離鄉井　才與唐王天地分
甫能龍虎風雲會　却又師徒拗馬軍
行盡巫山峰十二　何時對子見當今

손오공이 말했어요.

"사부님께서 항상 고향 생각을 염불 삼아 하시니, 전혀 출가한 사람 같지 않습니다. 마음을 편히 가지시고 갈 길이나 갑시다. 쓸데없는 근심은 그만하시고요. 옛말에도 '살아생전 부귀를 얻으려면 죽을 고생을 다해야 한다(欲求生富貴 須下死工夫)'는 말이 있잖아요?"

"애야, 네 말도 일리가 있다만 서천으로 가는 길이 아직 얼마나 남았는지 모르겠구나."

저팔계가 끼어들었어요.

2 이 여덟 구의 시는 골패骨牌 놀이의 용어를 가지고 지은 시이다. 시의 내용은 삼장법사가 당나라 황제의 명을 받아 경전을 가지러 가는 고난의 역정과 황제에 대한 그리움을 담고 있다. 이 시에 나오는 천패天牌, 금병풍錦屏風, 관등십오觀燈十五, 천지분天地分, 용호풍운회龍虎風雲會, 요마군拗馬軍, 무산봉십이巫山峰十二(원래는 십이무산十二巫山), 대자對子 등은 모두가 골패 놀이의 용어들이다.

"사부님, 석가여래께서 삼장경三藏經이 아까워서 우리가 가져갈 줄 아시고 아마 다른 곳으로 옮기셨나 봅니다. 그게 아니라면 어떻게 아직 도착하지 못하겠어요?"

그러자 사오정이 말했어요.

"헛소리 좀 그만하시고 큰형님을 따라가기나 합시다. 이런 시간들을 참고 견디다 보면 결국에는 도착할 날이 있겠지요."

스승과 제자가 이렇게 한가롭게 이야기를 나누고 있는데, 또 거대한 흑송黑松 숲이 나타났어요. 삼장법사는 무서워져 손오공을 불렀어요.

"애야, 방금 험준한 산길을 지나왔는데 또 이런 울창한 흑송 숲을 만나게 되었구나. 반드시 조심해야 한다."

"뭐가 무섭다고 그러세요?"

"무슨 소리냐? '겉모습이 정직하다고 해서 믿어서는 안 되니, 마음이 어진지를 살펴봐야 한다(不信直中直 須防仁不仁)'는 말이 있다. 내 너와 함께 몇 차례나 소나무 숲을 지나왔지만, 이 숲처럼 깊고 울창하지는 않았다."

그 흑송 숲은 이러했어요.

동서로 빽빽하게 펼쳐져 있고
남북으로 늘어서 있구나.
동서로 빽빽하게 펼쳐져 하늘을 찌를 듯하고
남북으로 늘어서 은하수에 닿을 듯하구나.
빽빽한 가시덩굴 사방을 휘감고
여뀌는 나뭇가지 위아래를 둘둘 감고 있구나.
등나무는 칡을 휘감고
칡은 등나무를 둘둘 감고 있구나.

등나무가 칡을 휘감으니
동서로 가는 나그네 지나기가 어렵고
칡이 등나무를 둘둘 감고 있으니
남북으로 가는 장사꾼들 어떻게 지나랴?
이 숲속에서는
반년을 살아도
해와 달을 구분할 수 없으며
몇 리를 가도
별이 보이지 않는다네.
보라, 저 그늘진 곳의 갖가지 풍경과
양지바른 곳의 온갖 꽃들을!
천 년 묵은 홰나무
만 년 된 노송나무
추위를 견뎌낸 소나무
산복숭아
들작약
목련나무 등이
여기저기 무더기를 이룬 채
이곳저곳 흩어져 있으니 신선이라도 그려내기 어렵겠구나.
또 온갖 새들 지저귀는 소리 들리니
앵무새 재잘거리고
두견새 울부짖고
까치는 가지 사이를 날아다니고
새끼 까마귀는 자라서 그 어미를 먹이며
꾀꼬리는 날아 춤추고
때까치는 노래하고

자고새 울고
제비는 지지배배 울어대는구나.
구관조는 사람 말을 따라 하고
화미조는 경전을 읽을 줄 아네.
또 저쪽의 큰 벌레 꼬리를 흔들고
호랑이는 이를 갈고
몇 년 묵은 여우와 담비 여자로 변장하고
해묵은 푸른 이리 울부짖는 소리 숲을 흔드네.
탁탑천왕이 이곳에 온다 해도
요괴를 물리칠 수는 있겠지만 넋이 나가리라.

東西密擺　南北成行
東西密擺徹雲霄　南北成行侵碧漢
密查荊棘周圍結　蓼却纏枝上下盤
藤來纏葛　葛去纏藤
藤來纏葛　東西客旅難行
葛去纏藤　南北經商怎過
這林中　住半年　那分日月
行數里　不見斗星
你看那背陰之處千般景　向陽之所萬叢花
又有那千年槐　萬載檜
耐寒松　山桃果
野芍藥　旱芙蓉
一攢攢密砌重堆　亂紛紛神仙難畫
又聽得百鳥聲
鸚鵡哨　杜鵑啼
喜鵲穿枝　烏鴉反哺

黃鸝飛舞　百舌調音
鷓鴣鳴　紫燕語
八哥兒學人說話　畫眉郎也會看經
又見那大蟲擺尾　老虎磕牙
多年狐貉粧娘子　日久蒼狼吼振林
就是托塔天王來到此　縱會降妖也失魂

제천대성은 태연자약 전혀 겁내지 않고 여의봉을 휘두르며 앞으로 나아가 큰길을 헤치며 삼장법사를 인도하여 곧장 깊은 숲속으로 들어갔어요. 아무런 방해도 받지 않고 한나절을 걸어왔지만, 숲을 빠져나가는 길은 아직 나타나지 않았어요. 삼장법사가 손오공에게 말했어요.

"애야, 서쪽으로 가는 동안 줄곧 수많은 산과 숲들이 험준하기만 했다. 다행히 이곳은 운치도 있고 오는 동안 내내 아무 일 없이 평탄하구나. 이 숲의 기화요초琪花瑤草들은 정말 사랑스러우니, 내 여기서 잠시 앉았다 가야겠다. 말도 쉬게 해야겠고 배도 고프구나. 너는 어디 가서 동냥이나 좀 해오너라."

"사부님, 말에서 내리세요. 이 몸은 동냥하러 갔다 오겠습니다."

삼장법사는 그 말대로 말에서 내렸어요. 저팔계는 말을 나무에 매었고, 사오정은 짐을 내려서 바리를 꺼내 손오공에게 주었어요. 손오공이 말했어요.

"사부님, 편히 앉아 계세요. 무서워하지 마시고요. 바로 다녀오겠습니다."

삼장법사는 소나무 그늘 아래 단정히 앉았고, 저팔계와 사오정은 꽃과 과일 열매를 찾아다니며 한가롭게 놀았지요.

한편, 제천대성이 근두운을 솟구쳐 공중에 올라 구름을 멈추고 고개를 돌려 바라보니, 소나무 숲 속에 상서로운 구름과 안개가 자욱하게 서려 있었어요. 그는 자기도 모르게 탄성을 질렀어요.

"대단하구나! 대단해!"

여러분, 그가 왜 이렇게 말했는지 아세요? 그것은 바로 삼장법사를 칭찬하는 말이었어요. 그가 알기로 삼장법사는 금선장로金蟬長老가 환생한 것으로 열 세상을 돌며 수행한 훌륭한 사람이었어요. 그래서 이런 상서로운 구름과 안개가 머리를 덮고 있는 것이라고 생각했던 것이지요.

'이 몸이 오백 년 전 하늘궁전에서 크게 소란을 피울 때, 구름을 타고 바다 모퉁이에도 가보았고, 하늘 끝까지 두루 돌아다녔다. 여러 요괴들을 모아놓고 스스로 제천대성이라 부르며 용과 호랑이를 물리치고, 저승의 명부에서도 내 이름을 지워버렸지.

머리에는 세모진 금관을 쓰고, 몸에는 황금 갑옷을 입고, 손에는 여의봉을 들고 발에는 구름 밟는 보운리步雲履를 신었지. 내 밑에는 사만칠천 요괴들이 있어 모두 나를 제천대성 나리라고 불렀으니, 정말 제대로 사람 노릇을 했다고 할 수 있지. 지금은 하늘의 재앙에서 벗어나긴 했지만, 비굴하게 다른 사람 밑에서 무릎을 꿇고 제자 노릇이나 하고 있어.

하지만 사부님 머리 위에 상서로운 구름과 안개가 덮여 있는 걸 보니 동녘 땅으로 돌아가게 되면 반드시 좋은 일이 있을 것이고, 이 몸도 틀림없이 정과를 얻을 수 있을 거야.'

그가 혼자서 이런 생각을 하고 있는데, 갑자기 숲의 남쪽에서 검은 기운이 뭉게뭉게 피어오르는 것이 보였어요. 손오공은 매우 놀라 중얼거렸어요.

"저 검은 기운 속에는 틀림없이 요괴가 있을 테지. 저팔계와 사

삼장법사가 흑송 숲에서 변신한 요괴를 구하게 하다

오정이 저런 검은 기운을 내뿜을 리는 없거든."

제천대성은 공중에서 살펴봤지만 자세히 볼 수는 없었어요.

한편 삼장법사는 숲속에 앉아 마음을 맑게 하여 본성을 살피고 『마하반야바라밀다심경』을 외고 있었어요. 그런데 문득 엉엉 울며 "살려주세요" 하고 외치는 소리가 들렸어요. 삼장법사는 몹시 놀라 중얼거렸어요.

"아미타불, 이렇게 깊은 숲속에서 누가 소리를 지르고 있는 것일까? 아마 이리나 파충류, 호랑이, 표범에게 놀란 사람인가 보군. 한번 가봐야겠다."

삼장법사는 일어나 발걸음을 옮겨 천 년 묵은 잣나무를 지나고 만 년 묵은 소나무를 헤치며 칡과 등나무 덩굴을 붙들고 다가가 살펴봤어요. 큰 나무에 한 여자가 묶여 있는데 상반신은 칡과 등나무 덩굴로 나무에 묶여 있고, 하반신은 땅에 묻혀 있었어요. 삼장법사가 걸음을 멈추고 그녀에게 물었어요.

"보살님, 무슨 일로 여기 묶여 있는 겁니까?"

아! 요괴가 분명했지만, 삼장법사는 평범한 육안의 소유자인지라 알아보질 못했어요. 요괴는 그가 와서 묻는 걸 보더니 눈물을 펑펑 흘렸어요. 그녀의 복숭앗빛 볼에 눈물이 흘러내리니, 물고기가 물속으로 숨고 기러기가 땅 위로 내려앉을 정도의 미모였어요. 별빛 같은 눈에는 슬픔이 가득했으니, 달도 숨고 꽃도 부끄러워할 용모였지요. 삼장법사는 감히 다가가지는 못하고 다시 이렇게 물었어요.

"보살님, 도대체 무슨 죄를 지은 겁니까? 말씀을 해주셔야 구해드리지요."

요괴는 부드러운 말로 그럴듯한 상황을 꾸며내어 재빨리 대답

했어요.

"스님, 저는 빈파국貧婆國에 사는데, 여기서 이백 리 남짓 떨어져 있습니다. 부모님은 모두 살아 계시는데, 매우 착하셔서 평생 친척이나 친구들과 화목하게 지내고 있었습니다. 청명절이 되어 여러 친척들을 청하여 저희 식구들과 함께 조상님의 묘에 참배하기 위해 가마와 말을 타고 성 밖 교외에 가게 되었지요.

묘소 앞에 제사 음식을 차려놓고 막 지전紙錢과 종이 말[馬]을 사르려고 할 때였습니다. 갑자기 징과 북이 울리더니 한 무리 강도들이 칼과 몽둥이를 휘두르고 함성을 지르며 달려왔습니다. 저희들은 놀라 혼비백산할 지경이었지요. 부모님과 친척들은 말이나 가마를 타고 각자 달아났습니다. 하지만 저는 나이가 어려 도망치지도 못하고 놀라 땅바닥에 엎드려 있다가 강도들에게 산으로 붙들려 왔습니다.

첫째 대왕은 저를 부인으로 삼으려 했고, 둘째 대왕도 저를 아내로 삼으려 했습니다. 셋째와 넷째도 저의 미모에 반하여 칠팔십 명 사이에 일제히 싸움이 났습니다. 모두들 승복하려고 하지 않자, 강도들은 결국 저를 숲속에 묶어놓고 흩어져 떠나버렸습니다. 오늘이 벌써 닷새째로 목숨이 거의 다하여 곧 죽게 될 지경이었지요.

어느 조상님들이 음덕을 쌓으셨는지는 모르겠지만, 오늘 이곳을 지나는 스님을 만나게 되었습니다. 제발 큰 자비심을 베푸셔서 제 목숨을 구해주신다면, 죽어서도 그 은혜를 결코 잊지 않겠습니다."

요괴는 그렇게 말하더니 비 오듯 눈물을 흘렸어요. 삼장법사는 정말 자비로운 마음을 가진 사람이어서 자신도 모르게 눈물을 흘리며 흐느껴 울었어요. 그리고 "얘들아" 하고 제자들을 불렀지요. 저팔계와 사오정은 숲속에서 꽃과 과일 열매를 찾아다니다가, 문득 사부님이 슬픔에 잠긴 목소리로 부르는 소리를 들었어요. 멍텅구리가 말했어요.

"사오정, 사부님이 여기서 친척을 만났나 보다."

사오정이 웃으며 말했어요.

"둘째 형님, 헛소리 좀 그만하시오. 우리가 여태까지 오는 동안 좋은 사람은 하나도 만난 적이 없는데, 친척이 어디서 나타난단 말이오?"

"친척이 아니라면 사부님이 어째서 누군가와 함께 울고 있단 말이냐? 가보자."

사오정은 말을 끌고 짐을 들고 삼장법사가 있는 곳으로 가 물었어요.

"사부님, 무슨 일입니까?"

삼장법사는 손으로 나무 위를 가리키며 말했어요.

"팔계야, 저 보살님을 나무에서 풀어 구해드려라."

멍텅구리는 이것저것 따지지 않고 바로 행동에 옮겼어요.

한편, 제천대성은 공중에서 검은 기운이 짙어지더니 상서로운 빛을 완전히 덮어버리는 것을 보고 이렇게 중얼거렸어요.

"큰일 났다! 큰일 났어! 검은 기운이 상서로운 빛을 덮어버린 걸 보니, 요괴가 사부님을 해쳤나 보구나! 동냥하는 것은 사소한 일이니 잠시 사부님한테 가봐야겠다."

그가 즉시 구름을 돌려 숲속에 내려와 보니, 저팔계가 밧줄을 한참 풀고 있었어요. 손오공은 앞으로 가서 저팔계의 귀를 끌어당기더니 홱 하고 잡아채 넘어뜨렸어요. 멍텅구리가 고개를 들고 쳐다보며 기어 일어나 말했어요.

"사부님이 나보고 구해주라고 한 것인데, 형님은 어째서 자기 힘만 믿고 나를 이렇게 내동댕이치는 거요?"

손오공이 웃으며 대답했어요.

"동생, 풀어주어서는 안 돼. 그 여자는 요괴야. 속임수를 써서 우리를 속이고 있는 거라고."

삼장법사가 호통을 쳤어요.

"이 못된 원숭이 녀석아! 또 와서 무슨 헛소릴 지껄이는 거냐? 어떻게 이런 여자를 보고 요괴라고 하는 거냐?"

"사부님은 모르실 겁니다. 이런 것은 모두 이 몸이 왕년에 사람 고기를 먹으려고 써먹던 수법입니다. 사부님이 어떻게 아시겠어요?"

저팔계는 입을 삐죽 내밀며 말했어요.

"사부님, 이 필마온이 사부님을 속이려는 것이니 믿지 마세요. 이 여자는 이 세상 사람입니다. 우리는 멀리 동녘 땅에서 왔고, 그 여자와 사귀어보지도 않았으며 게다가 친척도 아닌데, 어떻게 그 여자를 요괴라고 말할 수 있겠습니까? 형님은 우리더러 이 여자를 내버려두고 가도록 해놓고, 자기는 오히려 근두운을 타고 되돌아와 신통술을 부려 이 여자와 낯 뜨거운 짓을 하고 데릴사위가 되려는 겁니다."

손오공이 버럭 화를 냈어요.

"이 멍청한 자식! 멋대로 지껄이지 마라! 이 몸이 서쪽으로 가는 동안 어디 그런 돼먹지 못한 짓을 한 적이 있었느냐? 너처럼 여자만 보면 사족을 못 쓰고 이익을 보면 의리를 저버리는 밥통이나 이것저것 안 가리고 남에게 속아 데릴사위가 되었다가 나무에 매달리지."

삼장법사가 말했어요.

"됐다. 그만해라. 팔계야, 네 사형은 언제나 틀린 적이 없었다. 저렇게 얘기하니, 저 여자는 그냥 두고 우리끼리 떠나도록 하자."

손오공은 큰 소리로 웃으며 맞장구를 쳤어요.

"그러셔야지요. 사부님은 목숨을 건지셨습니다. 말에 오르시지요. 소나무 숲 밖으로 나가 인가가 있으면 동냥을 해올 테니 드시도록 하세요."

네 일행은 결국 그 요괴를 버려둔 채 줄곧 앞으로 걸어갔어요.

한편, 요괴는 나무 위에 묶여 이를 갈며 손오공을 원망했어요.

"몇 년 전에 손오공의 신통력이 대단하다는 말을 들은 적이 있는데, 오늘 보니 정말 헛소문이 아니었구나. 저 당나라 중은 어린 아이였을 때부터 수행하여 원양이 조금도 빠져나가지 않은 상태라서, 그를 데려다가 배우자로 삼아 태을금선이 되려고 했는데, 저 원숭이가 내 속셈을 파악하고 그를 구할 줄이야!

만약 밧줄을 풀어 나를 내려놓았다면 그 자리에서 납치해 내 사람으로 만들었을 게 아냐? 그런데 지금 그가 쓸데없는 말을 지껄여 데리고 가버렸으니, 고생만 실컷 하고 아무것도 얻은 것이 없군. 한 번 더 불러서 어쩌는가 볼까?"

요괴는 밧줄에 그대로 묶인 채 자비심을 자극하는 좋은 말을 지어내, 순풍에 실어 삼장법사의 귓가에 앵앵 울리게 했어요. 여러분, 그 요괴가 뭐라고 했는지 아세요? 그는 이렇게 말했어요.

"스님, 살아 있는 생명을 구해주지 않고 버려두다니요! 그런 심보로 무슨 부처님을 뵙고 경전을 구하겠다고 하십니까?"

삼장법사는 말 위에서 이 말을 듣고 말을 세우더니 손오공을 불렀어요.

"얘야, 가서 저 여자를 구해주고 오너라."

"사부님, 잘 가시다가 어째서 또 그 여자 생각을 하십니까?"

“저 여자가 저쪽에서 계속 부르고 있구나.”

손오공이 저팔계에게 물었어요.

“너 들었니?”

“큰 귀에 귓구멍이 가려서 듣지 못했소.”

손오공은 다시 사오정에게 물었어요.

“너는 들었니?”

“짐을 지고 가다 보니 신경 쓸 겨를이 없어, 나도 듣지 못했소.”

“이 몸도 듣지 못했다. 사부님, 그 여자가 뭐라고 하던가요? 사부님만 들으셨군요.”

“그 여자 말도 일리가 있었다. 그 여자가 이렇게 말하더구나. ‘살아 있는 생명을 구해주지 않고 버려두다니요! 그런 심보로 무슨 부처님을 뵙고 경전을 구하겠다고 하십니까?’라고 말이다. 속담에 ‘한 사람의 목숨을 구하는 것은 칠 층 불탑을 세우는 것보다 낫다’고 했으니, 빨리 가서 그 여자를 구해주거라. 부처님을 뵙고 경전을 구하는 것만큼 좋은 일일 테니.”

손오공이 웃으면서 대답했어요.

“사부님이 선행을 하려고 마음먹으면 정말 약도 없다니까요! 사부님 한번 생각해보세요. 사부님이 동녘 땅을 떠난 후 줄곧 서쪽으로 오시면서 수많은 산을 지나왔고 무수한 요괴들을 만났잖아요? 요괴들은 그때마다 사부님을 동굴 속으로 붙잡아 갔고, 이 몸은 구하러 가 여의봉을 휘두르고 수없이 많은 요괴들을 때려 죽였습니다. 그런데 오늘 또 이 요괴의 목숨이 아까워 구해주자는 겁니까?”

“얘야, 옛말에 ‘자잘한 선이라 해도 행하지 않으면 안 되고, 자잘한 악이라 해도 행해서는 안 된다(勿以善小而不爲 勿以惡小而爲之)’라는 말이 있지 않으냐? 그러니 가서 그 여자를 구해주어라.”

"사부님께서 정 그러시겠다면 할 수 없군요. 하지만 이번 일만은 이 몸이 하지 못하겠습니다. 사부님이 그 여자를 구해주려 하시니 저도 억지로 말리지는 않겠습니다. 제가 다시 말리면 화를 내실 테니까요. 사부님 마음대로 가서 구해주십시오."

"이 원숭이 녀석, 잔소리 좀 그만해라! 너는 앉아 있어라. 내 저팔계와 같이 가서 구해주겠다."

삼장법사는 숲속으로 되돌아가 저팔계더러 위쪽의 밧줄을 풀게 하고 쇠스랑으로 파서 묻힌 하반신을 꺼내주도록 했어요. 요괴는 다리를 절뚝거리며 치마를 조여 매고, 기쁜 표정으로 삼장법사를 따라 소나무 숲을 나와 손오공에게 인사를 했어요. 손오공은 그저 쓴웃음만 지을 뿐이었어요. 삼장법사가 손오공을 꾸짖었어요.

"못된 원숭이 녀석, 왜 웃는 거냐?"

"사부님을 보니 '때가 되면 좋은 친구를 만나고 운이 다하면 미인을 만난다(時來逢好友 運去遇佳人)'는 말이 생각나네요."

삼장법사는 다시 손오공에게 욕을 퍼부었어요.

"못된 원숭이 녀석! 무슨 헛소리를 하는 거냐? 나는 어머니 배속에서 나오면서부터 중이 되었고, 지금 황제의 명을 받들어 서쪽으로 가 경건한 마음으로 부처님께 예를 올리고 경전을 구하고자 한다. 이익이나 봉록을 탐하는 사람도 아닌데, 무슨 운이 다할 때 어쩌고 한단 말이냐?"

손오공이 웃으며 대답했어요.

"사부님, 사부님은 어려서 스님이 되었기 때문에 경전을 읽고 염불할 줄만 알았지 나라 법은 모르실 겁니다. 이 여자는 나이도 젊고 예쁘게 생겼습니다. 사부님이나 저는 출가한 사람인데, 그 여자와 함께 길을 가다가 나쁜 사람이라도 만나 우리를 관청으로 끌고 가 고소한다면 어찌 되겠습니까?

무슨 경전을 구하고 부처님을 만나는 것은 그만두고, 모두 간통죄를 덮어쓰게 될 겁니다. 설사 그런 일까지는 없더라도 유괴죄로 추궁당하게 될 겁니다. 사부님은 도첩을 빼앗기고 죽도록 맞을 것이며, 저팔계는 군대로 보내질 것입니다. 사오정도 역참에 배치될 것이고, 이 몸도 무사할 수 없을 겁니다. 제가 아무리 말을 잘한다고 한들 어떻게 변명하겠습니까? 역시 대답이 궁할 겁니다."

삼장법사는 버럭 고함을 쳤어요.

"쓸데없는 소리 그만해라. 절대 그럴 리가 없다! 설마 내가 저 여자의 목숨을 구해주는 것이 다른 사람에게 무슨 피해를 주기야 하겠느냐? 저 여자를 데리고 가자. 무슨 문제가 생기면 내가 다 책임지마."

"사부님, 문제가 생기면 다 책임지겠다고 하시지만, 그게 저 여자를 구하는 것이 아니라 도리어 해치는 것이라는 사실은 모르시는군요."

"저 여자를 구해서 숲을 빠져나가면 생명을 구해주는 것인데, 어째서 도리어 저 여자를 해친다는 것이냐?"

"저 여자가 전처럼 숲속에 묶인 채 사나흘 혹은 열흘이나 반달 정도 아무것도 먹지 않고 있다가 굶어 죽으면, 온전한 몸으로 저승으로 갈 수 있을 겁니다. 그런데 지금 저 여자를 데리고 가면 사부님은 빠른 말을 타고 계시니 바람처럼 길을 가실 테고, 우리들은 어쩔 수 없이 사부님을 따라갈 것입니다. 하지만 저 여자는 발이 작아 걷기가 어려울 테니, 어떻게 따라오겠습니까? 어느 순간에 그 여자가 떨어져 이리나 호랑이, 표범이라도 만난다면 한입에 잡아먹힐 테니, 도리어 그의 목숨을 해치는 것이 아닙니까?"

"그건 맞는 말이다. 그럼 그 문제는 네가 한번 생각해보아라. 어떻게 처리하면 되겠느냐?"

손오공이 웃으면서 말했어요.

"저 여자를 끌어안고 함께 말을 타고 가시지요."

삼장법사는 깊이 생각하다가 이렇게 말했어요.

"내가 어떻게 저 여자와 같이 말을 타겠느냐! ……어떻게 데려간담? 팔계더러 업고 가라고 하자."

손오공이 웃으며 말했어요.

"야, 멍청아. 재수 좋구나!"

"'먼 길에 가벼운 짐이란 없다(遠路沒輕擔)'는 말이 있소. 나보고 다른 사람을 업고 가라고 하는데, 재수가 좋다는 게 무슨 말이요?"

"너는 주둥이가 기니까 그 여자를 업고 주둥이를 돌려 엉큼한 말로 꼬드기기가 좋지 않겠냐?"

저팔계는 이 말을 듣더니 가슴을 치고 발을 동동 구르며 말했어요.

"싫습니다. 싫어요. 사부님이 저를 몇 대 때리시겠다면 차라리 아픔을 참고 맞겠습니다. 저 여자를 업는 것은 영 개운치가 않아요. 형님이 평생 이걸 꼬투리 삼아 절 놀릴 테니까요. 저는 못 업어요!"

삼장법사가 말했어요.

"됐다. 됐어. 나도 얼마쯤은 걸을 수 있으니까, 내가 말에서 내려 천천히 같이 걸어가겠다. 팔계더러 말을 끌게 하지 뭐."

손오공이 크게 웃으며 말했어요.

"멍청아, 그래도 건수가 생겼구나. 사부님이 너를 생각해서 말꾼을 하라고 하시잖아?"[3]

3 옛날 혼례에서는 신랑이 신부 집으로 갈 때 말잡이가 고삐를 끌고 가는 말을 타고 갔다.

"이 원숭이 녀석, 또 헛소리를 하는구나. 옛말에도 '말이 천 리를 간다 해도 사람 없이 저 혼자 갈 수는 없다(馬行千里 無人不能自往)'고 하지 않더냐? 내가 길에서 천천히 걷는다고 너희들은 나를 떼어놓고 가서는 안 된다. 내가 천천히 가면 너희들도 천천히 가야 한다. 모두 함께 저 보살님과 함께 산을 내려가, 사람들이 있는 암자나 절에 도착해서 그곳에 맡기면, 우리가 그녀를 구한 것이 되지 않겠느냐?"

손오공이 말했어요.

"사부님 말씀이 일리가 있습니다. 빨리 갑시다."

삼장법사가 앞을 향해 걸어가자 사오정은 짐을 지고, 저팔계는 빈 말을 끌고, 손오공은 여의봉을 든 채 여자를 인도하여 모두 함께 앞으로 나아갔어요. 이삼십 리도 못 가서 날이 어두워지려 하는데, 누대와 전각이 보였어요. 삼장법사가 말했지요.

"얘들아, 저곳은 분명 암자나 절인 듯하니, 가서 하룻밤 묵고 내일 아침 일찍 출발하도록 하자."

손오공이 말했어요.

"사부님 말씀이 맞습니다. 모두들 조그만 더 걸읍시다."

일행은 금방 문 앞에 도착했어요. 삼장법사가 말했어요.

"너희들은 멀찌감치 서 있어라. 내가 먼저 가서 묵게 해달라고 부탁해보겠다. 묵을 만한 곳이 있으면 사람을 보내 너희들을 부르마."

그러자 다른 사람들은 모두 버드나무 그늘 아래 서 있었지만, 손오공만은 여의봉을 들고 그 여자를 지키고 있었어요. 삼장법사가 걸음을 옮겨 다가가 보니, 문은 기울어지고 찌그러져 퇴락한 모습이었어요. 문을 열고 바라보노라니 서글퍼지는 마음을 억누를 수가 없었어요. 긴 복도는 적막했고 오래된 사찰은 쓸쓸했어요. 정원에는 이끼가 가득했고 길에는 온통 쑥이 무성하게 자라고 있었어요. 오직 반딧불이만이 날아다니는 등불 역할을 했고, 개구리 소리가 물시계 소리를 대신하고 있을 뿐이었지요. 삼장법사는 갑자기 눈물을 흘렸어요.

대웅전은 쇠락하여 무너졌고
복도는 쓸쓸히 기울어져 있구나.
조각난 벽돌과 깨진 기와 여기저기 쌓여 있고
온통 기울어진 들보와 부러진 기둥뿐이구나.
앞뒤로 푸른 잡초 무성하고
주방은 먼지 쌓인 채 썩어 있구나.
종루는 무너져 있고 북에는 가죽이 없으며
불전 앞 유리등은 깨져 있네.
부처님의 금칠한 몸은 색깔이 바랬고
나한상은 이리저리 나뒹구네.
관음상은 습기로 무너져 완전히 진흙이 되었고
버드나무 가지 꽂혀 있던 정병도 땅바닥에 떨어져 있구나.
낮에도 들어오는 스님 없고
밤이 되면 여우와 살쾡이들이 잠자네.
우레같이 우는 바람 소리만 들리니
호랑이와 표범이 몸을 숨기는 곳이라네.
사방 담장은 모두 무너졌고
닫아걸 문짝도 없구나.

殿宇凋零倒塌　廊房寂寞傾頹
斷磚破瓦十餘堆　盡是些歪梁折柱
前後盡生青草　塵埋朽爛香廚

鐘樓崩壞鼓無皮　琉璃香燈破損
佛祖金身沒色　羅漢倒臥東西
觀音淋壞盡成泥　楊柳淨瓶墜地
日內并無僧入　夜間盡宿狐狸
只聽風響吼聲如雷　都是虎豹藏身之處
四下牆垣皆倒　亦無門扇關居

이를 증명하는 시가 있지요.

수년간 오래된 사찰 보수하는 이 없어
꼴사납게 쇠락하여 무너지고 끝장났구나.
매서운 바람 불어 가람신의 얼굴 갈라졌고
큰비 내려 부처님의 머리 뭉개져버렸네.
금강신상 쓰러지고 깨져 물에 젖고
토지신은 집이 없어 밤에도 잘 곳이 없다네.
또 두 가지 탄식할 일이 있으니
구리 종 땅바닥에 뒹굴어도 걸어둘 누각이 없음이라.

多年古剎沒人修　狼狽凋零倒更休
猛風吹裂伽藍面　大雨澆殘佛祖頭
金剛跌損隨淋洒　土地無房夜不收
更有兩般堪嘆處　銅鐘着地沒懸樓

삼장법사는 용기를 내서 두 번째 문으로 들어갔어요. 종과 북을 매단 누각은 모두 쓰러져 있는데, 구리 종 하나가 땅바닥에 나뒹굴고 있었어요. 종의 위쪽은 눈처럼 희었고, 아래쪽은 쪽풀처럼 푸르스름했어요. 오랜 세월이 흘러 위쪽은 비에 씻겨 희어진 것이었고, 아래쪽은 땅기운이 올라와 구리가 푸르게 된 것이었지요. 삼장법사는 손으로 종을 어루만지며 절규했어요.

"종아, 너는"

> 예전엔 높은 누각에 매달려 울렸고
> 오색 들보에 매달려 멀리까지 소리 울렸으리라.
> 닭이 울 때면 바로 새벽을 알렸고
> 날이 어두워질 때면 황혼을 전송했겠지.
> 구리 시주 받아 온 도사는 어디로 갔으며
> 구리 주조한 장인은 어디에 있느냐?
> 아마도 그 둘의 목숨 저승 관청으로 돌아가
> 그들도 종적 없고 너도 울리지 않는 것이리라.
>
> 也曾懸挂高樓吼　也曾鳴遠彩梁聲
> 也曾雞啼就報曉　也曾天晩送黃昏
> 不知化銅的道人歸何處　鑄銅匠做那邊存
> 想他二命歸陰府　他無蹤跡你無聲

삼장법사가 큰 소리로 탄식하다 보니 자기도 모르는 사이에 절 안에 있던 사람을 놀라게 했어요. 그 안쪽에는 향불을 돌보는 불목하니 한 사람이 있었어요. 그는 사람 소리를 듣고서 뭉그적거리며 일어나 깨진 벽돌을 하나 집어 종을 향해 내던졌어요. 그러자 종이 쨍 울렸고, 그 소리에 삼장법사는 놀라 자빠졌어요. 간신히 일어나 달아나려고 하는데, 이번에는 발이 걸려 퍽 하고 다시 넘어졌어요. 삼장법사는 땅바닥에 엎드려 고개를 들고 다시 종을 불렀어요.

"종아!"

내가 한참 네 신세를 탄식하고 있는데
갑자기 쨍 하고 울리는구나.
아마도 서천으로 가는 길에 지나는 사람이 없어
오랜 세월이 흐르다 보니 정령이 되었나 보구나.

貧僧正然感嘆你　忽的叮噹響一聲
想是西天路上無人到　日久多年變做精

불목하니가 다가와서 삼장법사를 붙잡고 말했어요.

"나리, 일어나세요. 종의 정령이 한 짓이 아니라 제가 종을 친 것입니다."

삼장법사가 머리를 들고 보니, 그의 모습이 험상궂고 거무튀튀한지라 이렇게 물었어요.

"당신은 도깨비나 요괴가 아니오? 나는 평범한 사람이 아니라 위대한 당나라에서 온 사람이오. 내 밑에는 용과 호랑이도 물리치는 제자가 있소. 당신이 만약 그 애를 건드리면 목숨을 보존하기 어려울 것이오."

불목하니는 무릎을 꿇고서 말했어요.

"나리, 무서워하지 마세요. 저는 요괴가 아닙니다. 저는 이 절에서 향불을 돌보는 불목하니입니다. 방금 나리께서 좋은 말로 종을 칭찬하는 걸 보고, 바로 나와서 영접하려고 했습니다. 하지만 사악한 귀신이 찾아왔나 싶어서 깨진 벽돌을 주워 종을 한 번 때려 잡귀를 몰아낸 후에 나온 것입니다. 나리, 일어나시지요."

삼장법사는 그제야 정신을 차리고서 말했어요.

"스님, 하마터면 놀라 죽을 뻔했습니다. 저를 좀 안내해주시지요."

불목하니는 삼장법사를 인도하여 곧장 세 번째 문으로 들어갔어요. 그곳은 바깥과는 완전히 달랐어요.

푸른 벽돌로 오색 구름무늬 담장을 쌓았고
녹색 기와로 유리 대전의 지붕을 해 얹었네.
황금으로 불상을 칠했고
백옥으로 계단과 돈대를 만들었네.
대웅전 위에서는 푸른빛 일렁이고
비라각 아래서는 섬뜩한 기운 솟아나네.
문수전에는
장식해놓은 채색 비단 구름처럼 휘날리고
윤장당에는
새겨놓은 꽃문양에 푸른빛 어려 있네.
삼각형 천장 위에는 보병이 뾰족하고
오복루에는 수놓은 덮개 덮어놓았네.
천 그루 푸른 대나무 참선하는 자리에서 흔들거리고
만 그루 푸른 소나무 산문에 어른거리네.
벽운궁에서는 금색 광채 뿜어져 나오고
자줏빛 안개 숲에서는 상서로운 기운 피어오르네.
아침에는 사방 들판에서 향기로운 바람 불어오고
저녁에는 산 높은 곳에서 북소리 울리네.
아침 햇살에 터진 옷을 기울 수 있으니
어찌 달빛 아래 남은 경전을 다 읽을 수 없겠는가?
담장 중간에 걸린 등불 후원을 밝게 비추니
한 줄기 향 연기 뜰에 퍼지네.

青磚砌就彩雲牆　綠瓦蓋成琉璃殿
黃金粧聖像　白玉造堦臺

大雄殿上舞青光　毗羅閣下生銳氣
文殊殿　結采飛雲
輪藏堂　描花堆翠
三簷頂上實瓶尖　五福樓中平繡蓋
千株翠竹搖禪榻　萬種青松映佛門
碧雲宮里放金光　紫霧叢中飄瑞靄
朝聞四野香風遠　暮聽山高畫鼓鳴
應有朝陽補破衲　豈無對月了殘經
又只見半壁燈光明後院　一行香霧照中庭

삼장법사는 이 광경을 보고 감히 들어가지 못하고 물었어요.

"스님, 저 앞쪽은 엉망진창이던데 뒤쪽은 이렇게 잘 정돈되어 있으니, 무슨 사연이 있는 것입니까?"

불목하니가 웃으며 대답했어요.

"나리, 이 산에는 요괴와 강도들이 많습니다. 날이 맑으면 산을 끼고 약탈을 하고, 날이 좋지 않으면 이 절에 와서 몸을 숨깁니다. 그들은 불상을 넘어뜨려 깔고 앉고 나무를 가져다가 불을 피웁니다. 이 절의 스님들은 유약하여 감히 그들에게 따지지도 못합니다. 그 때문에 저 앞쪽의 무너진 건물들은 모두 그 강도들에게 내주어 쉬도록 하고, 별도로 새로 몇 분의 시주님께 보시를 청해 이 절을 지은 것입니다. 스님들과 강도들이 각각 한 곳에 있는 것이 지금 서방의 상황입니다."

"알고 보니 그랬군요."

다시 걸어가자니 산문 위에 '진해선림사鎭海禪林寺'라는 큰 글자가 적혀 있었어요. 걸음을 옮겨 문안으로 들어가니, 문득 스님 한 분이 걸어 나왔어요. 여러분, 그가 어떤 모습인지 볼까요?

머리에는 왼쪽에 비녀 꽂은 비단 모자를 썼고
한 쌍의 구리 귀걸이 귀뿌리에 매달려 있네.
몸에는 파라 털실로 짠 옷을 입었는데
한 쌍의 흰 눈은 은빛으로 반짝이네.
손에는 파랑고[4] 흔들면서,
입으로는 불경을 외우고 있으나 알아듣지 못하겠구나.
삼장법사는 몰랐지만
이 사람은 서방으로 가는 길에 있는 라마승이라네.

頭戴左笄絨錦帽　一對銅圈墜耳根
身着頗羅毛線服　一雙白眼亮如銀
手中搖著播郎鼓　口念番經聽不眞
三藏原來不認得　這是西方路上喇嘛僧

그 라마승은 문으로 걸어 나오다가 삼장법사를 발견했어요. 삼장법사는 눈썹이 수려하고 눈은 맑았고 이마는 넓고 정수리는 평평하고 귀는 어깨까지 늘어져 있고 손은 무릎을 지날 정도였어요. 마치 나한이 속세에 내려온 듯 매우 준수하고 고상한 모습이었지요. 라마승은 다가와 삼장법사를 끌어당기며, 활짝 웃는 얼굴로 그의 손과 발을 비비고, 코를 만지고, 귀를 끌어당겨 친근한 감정을 표현했어요. 그는 삼장법사를 방장으로 안내하여 예를 올리더니 이렇게 물었어요.

"노스님께서는 어디서 오시는 길입니까?"

"저는 동녘 땅 위대한 당나라 황제의 명을 받아 서천 천축국 대뇌음사로 가서 부처님을 뵙고 경전을 구하려는 사람입니다. 마침 이곳을 지나다가 날이 저물어, 여기에 들러 하룻밤 묵고 내일 아

4 손에 들고 흔드는 북으로, 주로 몽고나 신강 지역에서 사용한다.

침에 떠났으면 합니다. 부디 편의를 좀 봐주십시오."

라마승은 웃으면서 대답했어요.

"허허! 이러지 마십시오! 우리는 원해서 출가한 것이 아니라오. 모두 부모가 우리를 낳을 때 화개성華蓋星[5]을 범했기 때문에 집에서는 기를 수 없어서 인연을 끊고 출가시킨 것이지요. 하지만 일단 부처님의 제자가 되었으면 절대 거짓말을 해서는 안 됩니다."

"저는 사실대로 말씀드린 겁니다."

"동녘 땅에서 서천까지가 얼마나 먼 길인데! 가는 길에는 산도 있고, 산에는 동굴도 있고, 동굴 속에는 요괴도 있소. 당신 혼자 몸으로 너군다나 그렇게 여리게 생겨가지고 도무지 경전을 가지러 갈 사람처럼 보이지 않습니다."

"주지스님, 옳게 보셨습니다. 저 혼자서 어떻게 여기까지 올 수 있었겠습니까? 저한테는 세 제자가 있는데, 그들이 산이 나타나면 길을 내고, 물을 만나면 다리를 놓으며 저를 보호하여 이곳까지 올 수 있었지요."

"세 제자분들은 어디 계십니까?"

"지금 산문 밖에서 기다리고 있습니다."

라마승은 놀라면서 말했어요.

"스님, 스님은 모르시겠지만 이곳에는 호랑이와 이리, 요괴, 귀신들이 있어 사람들을 해치고 있습니다. 대낮에도 멀리 나가지 못하고 날이 어두워지기도 전에 문을 닫습니다. 이 시간에 사람을 밖에 있게 하다니!"

그리고 제자들에게 일렀어요.

"얘들아, 빨리 모시고 들어오너라."

5 재난이나 악운을 상징하는 별 이름이다.

어린 두 라마승이 밖으로 뛰어나가더니 손오공을 보고는 놀라 자빠졌어요. 그리고 저팔계를 보더니 다시 고꾸라졌어요. 그들은 기어 일어나 나는 듯이 뒤쪽으로 뛰어가 이렇게 말했어요.

"나리, 큰일 났습니다. 스님의 제자분들은 보이질 않고 서너 요괴들만 문 앞에 서 있습니다."

삼장법사가 물었어요.

"어떻게 생겼더냐?"

"하나는 벼락신의 주둥이였고, 하나는 주둥이가 절굿공이 같고, 또 하나는 푸르뎅뎅한 얼굴에 송곳니가 삐져나와 있었습니다. 그런데 그들 옆에는 짙고 야하게 화장한 여자가 있었습니다."

"너희들이 잘못 본 것이다. 못생긴 그 세 명은 내 제자들이다. 여자는 내가 소나무 숲에서 목숨을 구해준 사람이란다."

"나리같이 이렇게 잘생긴 스님이 어째서 그런 못생긴 제자들을 두셨습니까?"

"그들이 못생기기는 했지만 다 쓸모가 있지요. 어서 안으로 데려오시구려. 더 시간을 지체했다가는 문제가 생길 게다. 그 벼락신의 주둥이를 한 놈은 좀 재앙덩어리거든. 그는 사람으로 나서 부모 밑에서 자란 놈이 아닌지라, 당장 쳐들어올 게야."

어린 라마승들은 즉시 뛰어나가 벌벌 떨며 무릎을 꿇고 말했어요.

"나리님들, 당 나리께서 모셔 오라고 하셨습니다."

저팔계가 웃으며 말했어요.

"형님, 저놈은 들어오라고 하면 그만이지, 어째서 이렇게 벌벌 떠는 걸까요?"

"못생긴 우리 얼굴을 보고 무서워서 그러나 보다."

"무슨 말 같지 않은 소리요! 이렇게 태어난 걸 어쩌란 말이오? 누구는 못생기고 싶어서 못생겼나!"

"그 못생긴 모습 좀 수습해봐라."

멍텅구리는 입을 품속에 감추고 고개를 숙인 채 말을 끌었어요. 사오정은 짐을 들고, 손오공은 뒤쪽에서 여의봉을 든 채 여자를 감시하며 함께 안으로 들어갔어요. 무너진 복도를 지나 세 번째 문으로 들어가 말을 매어두고 짐을 내리고 방장으로 들어가 라마승과 인사를 나누고 자리를 나눠 앉았어요. 라마승은 안으로 들어가더니 칠팔십 명의 어린 라마승들을 데리고 나와 인사를 하게 한 후 공양을 준비해서 대접했어요. 이는 바로,

공덕을 쌓는 것은 자비로운 마음에 달려 있으니
불법이 흥성할 때는 스님이 스님을 높인다네.

積功須在慈悲念　佛法興時僧贊僧

라는 것이었지요. 결국 이들이 어떻게 선림사를 떠나게 될지는 알 수 없으니, 이에 대해서는 다음 회를 들어보시라.

부록

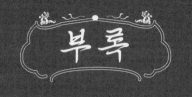

현장법사의 서역 여행도

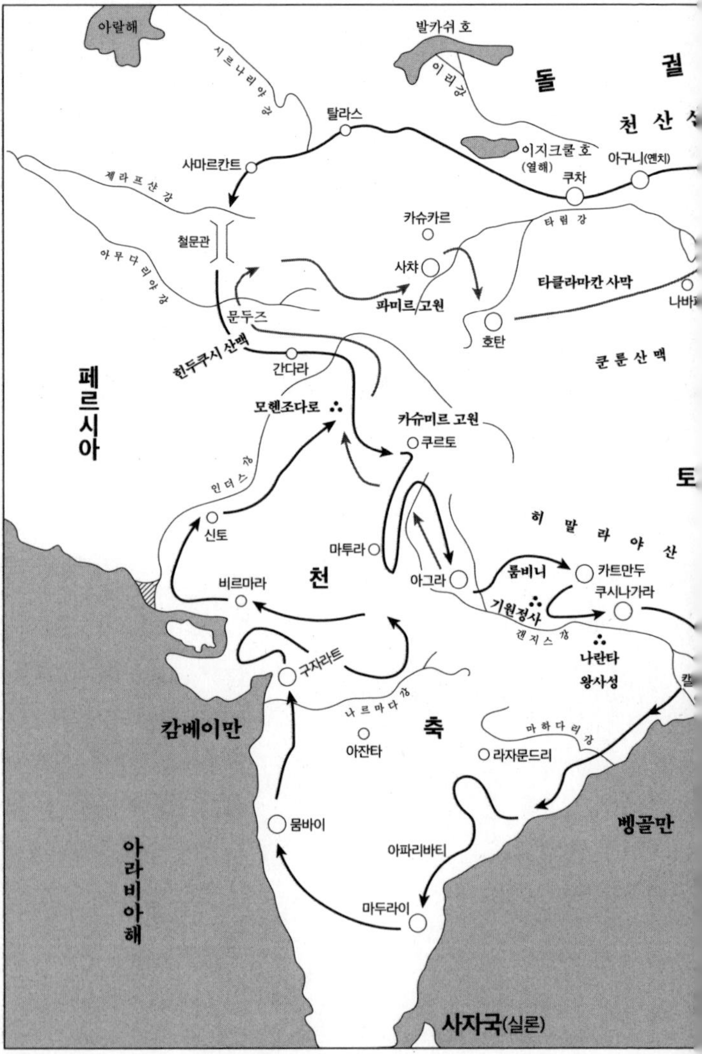

아랄해
시르나리아 강
발카쉬 호
이리강
돌
궐
천 산
탈라스
사마르칸트
제라프샨 강
이지크쿨 호
(열해)
아구니(옌치)
쿠차
카슈카르
타림 강
철문관
아무다리아 강
사챠
타클라마칸 사막
파미르 고원
문두즈
호탄
나바
힌두쿠시 산맥
간다라
쿤룬 산맥
페르시아
모헨조다로
카슈미르 고원
쿠르토
인더스 강
토
신토
히말라야 산
마투라
카트만두
룸비니
비르마라
천
아그라
쿠시나가라
기원정사
갠지스 강
구자라트
나란타
왕사성
나르마다 강
캄베이만
축
아잔타
마하다리 강
라자문드리
뭄바이
벵골만
아파리바티
아라비아해
마두라이
사자국(실론)

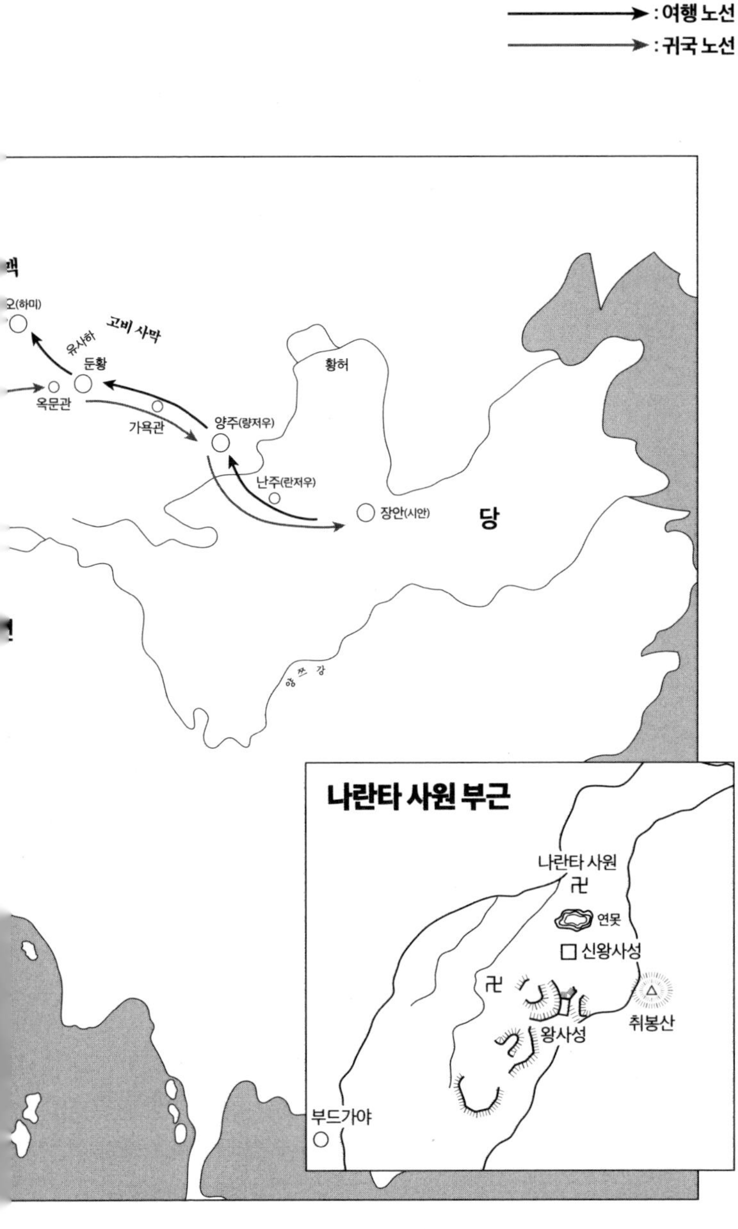

: 여행 노선
: 귀국 노선
고비 사막
유사하
둔황
옥문관
가욕관
양주(량저우)
황허
난주(란저우)
장안(시안)
당
양쯔강
나란타 사원 부근
나란타 사원
연못
신왕사성
취봉산
왕사성
부드가야

『서유기』 8권 등장인물

손오공

동승신주東勝神洲 오래국傲來國 화과산花果山의 돌에서 태어나 수보리조사須菩提祖師에게 도술을 배워 일흔두 가지 변신술을 익힌다. 반도대회를 망치고 도망쳐 화과산의 원숭이 무리를 이끌고 스스로 '제천대성齊天大聖'이라 칭하며 옥황상제에게 도전했다가, 석가여래에게 붙잡혀 오백 년 동안 오행산 아래 눌려 쇠구슬과 구리 녹인 쇳물로 허기를 때우며 벌을 받는다. 관음보살의 안배로 서천으로 불경을 가지러 가는 삼장법사의 제자가 되어 신통력과 기지로 온갖 요괴들을 물리친다.

삼장법사

장원급제한 수재 진악陳沂의 아들이자 승상 은개산殷開山의 외손자이다. 아버지는 부임지로 가던 도중 홍강洪江의 도적들에게 피살되고, 임신 중이던 어머니는 강제로 도적의 아내가 된다. 죽은 아버지의 직위를 사칭하던 유홍劉洪의 음모를 피해, 어머니는 그를 강물에 띄워 보낸다. 요행히 금산사金山寺의 법명화상法明和尙이 그를 구해 현장玄奬이라는 법명을 주었다. 그는 이후 불가의 수양에 뜻을 두고 수행하다가 관음보살의 배려로 불경을 찾아 서천으로 떠나도록 선발된다. 당 태종은 그에게 삼장三藏이라는 법명을 준다.

저팔계

본래 하늘의 천봉원수天蓬元帥였으나 반도대회에서 항아를 희롱한 죄로 인간 세상으로 내쫓긴다. 어미의 태를 잘못 들어가 돼지의 모습으로 태어났으나, 서른여섯 가지 술법을 부리며 요괴가 되어 악행을 일삼다가 관음보살에게 감화되어 삼장법사의 제자로 안배된다. 이후, 오사장국烏斯藏國 고로장高老莊에서 데릴사위로 있었는데, 손오공을 만나 싸우다가 복릉산福陵山 운잔동雲棧洞으로 도망친다. 하지만 곧 굴복하여 삼장법사의 제자가 된다. 아홉 날 쇠스랑[九齒花]을 무기로 쓴다.

사오정

본래 하늘의 권렴대장군捲簾大將軍이었으나, 반도대회에서 실수로 옥파리玉渾璃를 깨뜨리는 바람에 아래 세상으로 내쫓긴다. 유사하流沙河에서 요괴 노릇을 하며 지내다가 관음보살에 의해 삼장법사의 제자로 안배된다. 훗날 유사하를 건너려던 삼장법사 일행을 몰라보고 손오공, 저팔계와 싸우지만, 관음보살이 자신의 큰제자인 목차木叉 혜안惠岸을 보내 오해를 풀어주어서, 결국 삼장법사의 셋째 제자가 된다. 무기로는 항요장降妖杖을 쓴다.

거미 요괴

반사령盤絲嶺 반사동般絲洞에서 미녀로 변신해 있던 요괴로, 삼장법사를 납치하여 유혹하려 하지만 실패하고, 손오공 일행에게 쫓겨 다목괴多目怪에게 도망쳐 원수를 갚아달라고 호소한다. 그러나 결국 손오공의 여의봉에 맞아 죽는다.

새태세

주자국朱紫國의 기린산麒麟山 해치동獬豸洞에 사는 요괴로, 국왕의 첫째 왕비인 금성궁金聖宮을 납치하여 아내로 삼는다. 큰 도끼를 무기로 사용하며, 불길과 모래를 내뿜는 세 개의 방울인 자금령紫金鈴을 갖고 있다. 손오공은 변신술을 써서 요괴의 동굴에 잠입해 보물을 훔치고 요괴와 싸워 굴복시킨다. 그러나 그때 관음보살이 나타나 요괴를 거둬들이며 정체를 밝히는데, 요괴는 바로 관음보살이 타고 다니던 금모후金毛犼였다.

다목괴

황화관黃花觀에서 도사 노릇을 하고 있는 지네 요괴로서 백안마군百眼魔君이라고도 하며, 거미 요괴와 친척이다. 거미 요괴의 하소연을 듣고 분개하여 삼장법사 일행에게 독이 든 차를 먹였다가, 나중에는 자신이 직접 삼장법사를 잡아먹으려 한다. 그리고 이를 막으려는 손오공에게 자신의 양쪽 겨드랑이에 난 천 개의 눈에서 금빛 광채를 뿜어 곤경에 빠뜨린다. 결국 손오공은 묘일성관昴日星官의 어머니로서 자운산紫雲山 천화동千花洞에 사는 비람파毘藍婆보살의 힘을 빌려 요괴를 굴복시킨다.

사타동의 세 요괴

팔백리八百里 사타령獅駝嶺에 사는 사자 요괴와 코끼리 요괴, 그리고 운정만리붕雲程萬里鵬이라는 호를 갖고 있는 대붕 요괴를 가리킨다. 손오공은 대붕 요괴가 갖고 있는 보물인 음양이기병陰陽二氣甁에 갇혀서 고생하다가 간신히 빠져나와 사자 요괴의 배 속에 들어가 요괴들을 굴복시키지만, 요괴들은 속임수를 써서 삼장법사를 납치해버린다. 손오공이 석가여래를 찾아가 도움을 청하자, 석가여래는 문수보살文殊菩薩과 보현보살普賢菩薩을 불러 함께 요괴들을 굴복시키고 그 정체를 밝히는데, 그들은 각기 두 보살이 타고 다니던 푸른 사자와 흰 코끼리, 그리고 봉황이 낳은 금시조金翅鳥였다.

비구국 왕의 장인

비구국의 유지파柳枝坡 청화동清華洞에서 도사 노릇을 하며 사는 요괴로서, 반룡괴장蟠龍拐杖을 무기로 쓴다. 그는 자신의 딸(본래 여우의 정령이다)을 국왕에게 바치고 신임을 얻어 온갖 횡포를 부리며, 어린

아이 천 명의 심장으로 불로장생의 약을 만들 수 있다고 국왕을 속인다. 손오공이 찾아가 물리칠 때 남극성南極星이 찾아와 요괴를 거둬들였는데, 알고 보니 남극성을 태우고 다니던 흰 사슴이었다.

불교 · 도교 용어 풀이

【ㄱ】

구전대환단九轉大還丹

도가에서 말하는 신선의 단약. '구전九轉'은 아홉 번 달였다는 뜻이다. 도가에서는 단약을 달이는 횟수가 많고 시간이 오래될수록 복용한 후에 더 빨리 신선이 될 수 있다고 생각했다. "아홉 번 달인 단약은 복용한 후 사흘 안에 신선이 될 수 있다"는 말이 『포박자抱朴子』「금단金丹」에 보인다.

금련金蓮

원래는 '지용보살地湧菩薩'이라고 한다. 『법화경法華經』「용출품湧出品」에 의하면, 석가여래가 「적문迹門」— 『법화경』은 「적문」과 「본문本門」으로 나뉜다 — 을 강의한 후 「본문」을 강의하려 하자, 석가여래의 교화를 입은 무량대보살無量大菩薩이 땅 밑에서 솟아올라 허공에 머물렀다고 한다. 부처와 보살은 모두 연꽃 자리에 앉아 있으므로 '지용금련地湧金蓮'이라 칭하기도 한다. 여기에선 수보리조사가 위대한 도의 오묘함을 강론했음을 비유한 것이다.

급고독장자給孤獨長者

중인도中印度 교살라국橋薩羅國 사위성舍衛城의 부유한 상인 수달다須達多의 별칭이다. 그는 자비와 선을 베풀기를 좋아해서 종종 외롭고 쓸쓸한 이들에게 먹을 것을 베풀어주었기 때문에 이런 별칭을 얻었다. 그는 왕사성王舍城에서 석가여래의 설법을 듣고 크게 감동하여 석가여래를 자기 나라로 초청했다. 그리고 태자 기다祇多의 정원을 사서 기원정사祇園精舍를 세워 석가여래에게 바치며 설법하는 장소로 쓰게 해주었다.

기원琪園

기원祇園, 즉 지원정사祇園精舍를 가리키는 듯하다. 인도의 불교 성지 중 하나이다. 코살라Kosala국 급고독장자給孤獨長者가 큰돈을 주고 파사닉왕태자波斯匿王太子 제타(Jeta, 祇陀)의 사위성舍衛城 남쪽의 화원花園인 기원을 사들여 정사精舍를 건축하여 석가가 사위국舍衛國에 머물며 설법하는 장소로 삼았다. 제타 태자는 화원을 팔았을 뿐만 아니라 화원에 있던 나무를 석가에게 바치고 두 사람의 이름을 따 이 정사를 기수급독고원祇樹給獨孤園이라고 불렀다. 기원은 약칭이다. 왕사성王舍城의 죽림정사竹林精舍와 함께 불교 최고最古의 두 정사로 알려져 있다. 당나라 현장법사가 인도를 찾았을 때 이 정사는 이미 붕괴되어 있었다.

【ㄴ】

"너는 열 가지 악한 죄를 범하였다."(제1권 5회 171쪽)

불교에서는 사람이 몸, 입, 생각으로 범하는 10가지 죄악으로 살생, 절도[偸盜], 음란[邪淫], 망령된 말[妄語], 일구이언[兩舌], 욕설[惡口], 거짓으로 꾸민 말[綺語], 탐욕, 격노[瞋迷], 사악한 생각[邪見]을 들고 있다. 십악대죄十惡大罪라고 하면 모반謀反, 모대역謀大逆, 모반謀叛, 악역惡逆, 부도不道, 대불경大不敬, 불효不孝, 불목不睦, 불의不義, 내란內亂을 가리킨다.

네 천제[四帝]

도교에서 떠받드는 네 명의 천신으로 사제四帝 또는 사어四御라고 불린다. 호천금궐지존옥황대제昊天金闕至尊玉皇大帝, 중천자미북극대제中天紫微北極大帝, 구진상천천황대제勾陳上天天皇大帝, 승천효법토황제지承天效法土皇帝祇를 가리킨다.

녹야원鹿野苑

석가모니가 도를 깨달은 후 처음으로 법륜法輪을 전하고 사체법四諦法을 이야기하였다는 곳으로 전해진다.

【ㄷ】

"다시 오천사백 년이 지나서 해회가 끝날 무렵에는 정貞의 덕이 하강하고 원元의 덕이 일어나면서 자회子會에 가까워지고……."(제1권 1회 27쪽)

여기서는 송나라 때의 소옹(1011~1077, 자字는 요부堯夫, 시호諡號는 강절선생康節先生)이 쓴 『황극경세皇極經世』에 들어 있는 천지의 개벽과 순환에 관한 설명을 빌려 쓰고 있다. 『주역』 「건괘乾卦」의 괘를 풀어놓은 글에 '원형이정元亨利貞'이라는 표현이 들어 있는데, 흔히 이것을 건괘의 '네 가지 덕성[四德]'이라고 부르며, 그 하나하나가 네 계절과 짝을 이룬다고 설명하곤 한다. 그런 속설에 입각하면 "정의 덕이 하강하고 원의 덕이 일어난다"는 것은 겨울이 가고 봄이 오기 시작한다는 뜻이 된다.

대단大丹

도가 용어로 오랜 기간의 수련과 고행을 통해 얻어지는 내단內丹을 가리킨다.

대라천

도교에서 말하는 서른여섯 층의 하늘 중 가장 높은 곳에 위치한 하늘.

대승교법大乘敎法

1세기 무렵에 형성된 불교의 교파로서, 대자대비한 마음으로 중생을 두루 제도하여 불국정토佛國淨土를 건립하는 것을 최고의 목표로 삼으면서, 개인적 자아 해탈을 추구하던 원시불교와 다른 교파를 '소승'이라고 비판했다. 대승불교에서는 삼세시방三世十方에 무수한 부처가 있다고 여기는 데 비해, 소승불교에서는 석가모니만을 섬긴다.

대천大千

'대천세계大千世界', '삼천대천세계三千大千世界'를 줄인 말로 석가모니의 교화가 미친 지역을 가리킨다. 불교에서는 수미산을 중심으로 하여 사대부주四大部洲의 일월이 비추는 곳을 합쳐서 하나의 소세계小世界로, 천 개의 소세계를 소천세계小千世界로, 천 개의 소천세계를 중천세계中千世界로, 천 개의 중천세계를 대천세계로 생각한다.

도솔천궁兜率天宮

도교 전설에서는 태상노군이 거주하는 곳이다. 불교에도 도솔천이 있는데, 욕계慾界의 육천六天 가운데 네 번째 하늘이다. 욕계의 정토로 미륵보살이 사는 곳이다.

동승신주東勝神洲 · 서우하주西牛賀洲 · 남섬부주南贍部洲 · 북구로주北俱蘆洲

여기에 언급된 4개 대륙은 불경에서 말하는, 수미산을 사방으로 둘러싼 염해海에 떠 있는 4개의 큰 대륙을 가리킨다. 다만 여기서는 그 명칭을 약간 바꾸어 사용하고 있다. '동승신주'는 원래 '동승신주東勝身洲'라고 되어 있는데, 이것은 반달 모양의 그 지역에 사는 사람들이 신체와 용모가 빼어나고 각종 질병을 앓지 않는다는 뜻이었다. 그리고 '서우하주'는 본래 '서우화주西牛貨洲'라고 되어 있는데, 이것은 보름달 모양의 그 지역에서는 소를 화폐로 사용했기 때문에 붙여진 명칭이라고 한다. 또 '남섬부주'의 명칭은 '염부閻浮'라는 나무의 이름을 뜻하는 '섬부贍部'라는 표현을 이용해서 만든 것인데, 수레의 윗부분에 얹은 상자처럼 생긴 이 대륙에 염부나무가 많이 자라기 때문에 붙여진 것이다. 마지막으로 '북구로주'는 '북구로주北拘盧洲'라고 쓰기도 하는데, 정사각형의 그릇 덮개 모양으로 생긴 이 땅에 사는 사람들은 천 년 동안 장수를 누리고, 다른 지역보다 평등하고 안락한 생활을 한다고 했다.

【ㅁ】

만겁의 세월

고대 인도에서는 세계가 일정한 시간이 지나면 멸망했다가 다시 시작된다고 믿었는데, 그 한 번의 주기를 하나의 '칼파kalpa'라고 불렀다. '겁'은 칼파를 음역한 것이다. 80차례의 작은 겁이 모이면 하나의 큰 겁이 되는데, 하나의 큰 겁에는 '성成', '주住', '괴壞', '공空'의 네 단계가 들어 있어서, 이것을 '사겁四劫'이라 부른다. '괴겁'의 때에 이르면 물과 불과 바람의 세 가지 재앙이 나타나 세상은 훼멸의 단계로 들어가기 시작한다고 하는데, 이 때문에 후세에는 '겁'을 '풀기 어려운 재난'의 뜻으로 사용하기도 했다.

"모든 것이 결국은 정과 기와 신이니……."(제1권 2회 72쪽)

정신력과 체력[精], 원기[氣], 정력[神]을 가리킨다. 도교에서는 이 세 가지를 조화롭게 키우고 수양하면 신선이 될 수 있다고 생각했다. 이는 주로 『황정경』의 주장을 인용한 것이다.

"무상문의 진정한 법주이시니……."(제1권 7회 224쪽)

무상문은 여기서 불문佛門을 범칭하는 것으로 쓰였다. 불교의 삼론종三論宗이 '모든 법이 모두 공'이란 사상을 종지로 삼기 때문에 무상종無相宗이라고 불린다. 법주法主는 불경에서 석가모니에 대한 칭호로 쓰인다. 설법주說法主라고 쓰기도 하며 교의를 선양하는 스승이란 의미를 갖는다.

문수보살文殊菩薩

대승불교의 보살 가운데 하나로, 지혜를 상징한다. 특히 보현보살과 함께 석가모니를 좌우에서 모시고 있는데, 일반적으로 석가모니의 왼쪽에서 머리에 큰 태양과 다섯 지혜를 상징하는 상투를 틀고, 손에는 칼을 쥔 채 푸른 사자를 탄 모습으로 묘사된다.

【ㅂ】

반야般若

범어 '푸라쥬냐Prājuuñā'를 음역한 것으로 '포어루어[波若]'라고도 하며 '지혜'라는 뜻이다. 즉, '모든 사물을 여실히 이해하는 지혜'를 가리키는 것으로 일반적인 지혜와는 다르다.

법계法界

불법의 범위로 원시불교에서는 열두 인연[因緣], 대승에서는 만유의 본체인 진여眞如, 우주를 가리킨다. 또 불교도의 사회라는 의미도 가질 수 있는데, 여기서는 전자와 후자의 의미를 겸한다고 할 수 있다.

법상法相

모든 사물에 내재하거나 외재하는 표상을 통틀어 가리키는 말이다.

"별자리 밟으니……."(제5권 44회 117쪽)

본문의 '사강포두査勍佈斗'는 '답강포두踏勍佈斗', 즉 도교의 법사가 단을 세우고 의식을 치를 때 별자리를 따라 걷는 걸음걸이를 가리킨다. 이렇게 걸으면 신령을 불러낼 수 있다는 것인데, 이 걸음을 만들어낸 이가 우禹임금이라 해서 '우보禹步'라고도 부른다.

보타낙가산普陀落伽山

'흰 꽃이 피어 있는 작은 산' 또는 '꽃과 나무로 가득한 작은 산'이라는 뜻을 가진 범어 '포탈라카potalaka'의 음역이다. 지금의 저쟝성浙江省 포투어시앤普陀縣 동북쪽 바다 가운데 '보타도'라는 섬이 있다. 이 섬은 옛날에 산서山西의 오대산五臺山과 안휘安徽의 구화산九華山, 사천四川의 아미산峨眉山과 더불어 중국 불교의 4대 사찰이 자리 잡은 명산으로 꼽혔다.

복기服氣

도교에서는 선인仙人들이 여름에는 화성火星의 적기赤氣를, 겨울에는 화성의 흑기黑氣를 마시면 배고픔을 잊는다고 한다.

"불법은 본래 마음에서 생겨나고 또한 마음을 따라 사라진다네."(제2권 20회 271쪽)

법은 범어 '다르마dharma'의 의역이다. 여기서는 모든 사물과 현상을 가리킨다. '심'이란 모든 정신 현상을 가리킨다. 불교에는 '만법일심설萬法一心說'이라는 것이 있다. 『반야경般若經』에 이런 기록이 있다. "모든 법과 마음을 잘 인도해야 한다. 마음을 안다면 모든 법을 다 알 수 있다. 세상의 모든 법은 다 마음에서 비롯된다."

불이법문不二法門

불교 용어로, 모든 현상과 모순이 '분별이 없고' 각종 차이를 초월해야 한다는 뜻이다. 이른바 언어나 문자를 떠난 '진여眞如', '실상實相'의 깨달음으로, 그들은 서로 평등하며 서로 간에 구별도 없다. 보살이 이 '불이不二'의 이치를 깨달은 것을 '불이법문不二法門'에 들었다고 한다. 여기에서 불이법문은 '불문佛門'을 뜻한다.

【ㅅ】

사대천왕四大天王

불교에서는 33개 하늘의 군주를 제석이라고 부른다. 이들은 수미산 꼭대기 도리천 중앙의 희견성喜見城에 거주하고 있다. 이들 밑에 수미산의 사방을 지키는 외장外將이 있는데 이들을 사대천왕, 혹은 사대금강四大金剛이라고 부른다. 천하의 네 방위를 맡아 지키고 있기 때문에 호세사천왕護世四天王이라고도 불린다. 동방의 다라타多羅咤는 지국천왕持國天王으로 몸은 흰색이고 비파를 들고 있다. 남방의 비유리毗琉璃는 증장천왕增長天王으로 몸은 청색이고 보검을 쥐고 있다. 서방의 비류박차毗留博叉는 광목천왕廣目天王으로 몸은 붉은색이고 손에는 용이 똬리를 틀고 있다. 북방의 비사문毗沙門은 다문천왕多聞天王으로 몸은 녹색이고 오른손에는 우산을, 왼손에는 은 쥐를 쥐고 있다.

"사람이 죽어 삼칠 이십일 일 혹은 오칠 삼십오 일, 칠칠 사십구 일이 다 차면 이승의 죄를 다 씻어내고 환생할 수 있습니다."(제4권 38회 228쪽)

불교에서는 7일을 하나의 주기로 삼는다. 죽은 자의 영혼은 이 주기가 일곱 번 끝날 때까지 자신이 내세의 이승에 다시 태어날 곳을 찾을 수 있으며, 그것이 적절한 선택인지 여부는 저승의 판관들이 심사하여 결정한다. 만약 그가 스스로 마땅한 곳을 찾지 못했다면 저승의 판관이 다시 태어날 곳을 지정해 준다. 어쨌든 49일이 지난 후에는 모든 영혼이 반드시 윤회하여 이승의 어딘가에 태어나게 된다.

"사부님, 겁내지 마십시오. 저건 원래 사부님의 껍질이었습니다."(제10권 98회 228쪽)

이것은 본래 불교의 해탈 과정이라기보다는 육신을 버리고 우화등선羽化登仙하는 도교의 '시해尸解'에 가까운 묘사이다. '시해'에는 숯불에 몸을 던지는 '화해火解'와 물에 빠져 죽는 '수해水解', 칼로 목숨을 끊는 '검해劍解' 등 다양한 방법이 있다.

사상四相

불교 용어로, 아래와 같은 여러 가지 다른 의미를 가지고 있다. 첫째 인과사상因果四相이라 하여 생生, 노老, 병病, 사死를 가리킨다. 둘째 만물의 변화를 나타내는 네 가지 상, 곧 생상生相, 주상住相, 이상移相, 멸상滅相을 가리킨다. 셋째 중생이 실재實在라고 착각하는 네 가지 상, 곧 아상我相, 인상人相, 중생상衆生相, 수자상壽者相을 가리킨다.

사생四生

불교에서는 중생의 출생을 네 가지로 나눈다. 사람과 가축 같은 태생胎生, 날짐승과 길짐승 및 물고기 같은 난생卵生, 벌레와 같이 습기에 의지해 형체를 이루는 습생濕生, 의탁하는 것 없이 업력業力을 빌려 홀연히 출현하는 화생化生이 그것이다.

사인四忍

고통이나 모욕을 당해도 원망하는 마음이 없고 편안한 마음으로 불교의 교리를 믿고 지키며 동요되지 않는 것을 말한다. 지혜의 일부분으로 이인二忍, 삼인三忍, 사인四忍 등이 있다.

사위성舍衛城

사위[śrāvastī]는 원래 코살라국의 도성 이름이었는데, 남쪽에 있었던 또 하나의 코살라국과 구별하기 위하여 '사위舍衛'라는 도시 이름으로 국명을 대체하였다. 이곳에는 불교를 숭상하는 것으로 유명하던 파사닉왕波斯匿王이 살았는데, 성안에 급고독장자給孤獨長者가 보시한 기원정사祇園精舍가 있는데 유적이 아직도 남아 있다. 전하는 바에 따르면, 석가모니가 성불한 후 이곳에서 25년 살았다고 한다. 7세기에 당나라 현장법사가 이곳을 찾은 적이 있다.

사치공조四値功曹

도교에서 신봉하는 치년値年, 치월値月, 치일値日, 치시値時 네 신의 총칭으로 신들이 사는 천정天庭에 기도문을 전달하는 관직을 맡고 있다.

삼계三界

불교에서는 인간 세상을 세 단계로 나눈다. 욕계慾界는 온갖 욕망을 다 가지고 있는 중생의 세계이고, 색계色界는 욕계의 윗단계로서 욕망은 없으나 외형과 형태는 존재하는 세계이고, 무색계無色界는 다시 색계의 윗단계로서, 색상色相(사물의 형태와 외관)이 모두 사라지고 오로지 정신만이 정지 상태에 머무르는 중생계이다. 여기에선 인간세계에 대한 범칭으로 쓰였다. 감원坎源이란 수원水源을 의미한다. 『주역』「감괘坎卦」가 수에 속하므로 이렇게 일컫는 것이다.

삼공三空

불가 용어로, 삼해탈三解脫, 삼삼매三三昧라고도 한다. 아공我空, 법공法空, 아법구공我法俱空을 가리키기도 하고 삼공해탈三空解脫, 무상해탈無相解脫, 무원해탈無愿解脫을 가리키기도 한다.

삼관

도교의 기氣 수련에 관련된 용어인데, 그에 대한 해설은 각각이다. 『회남자淮南子』「주술훈主術訓」에서는 귀, 눈, 입이라고 했고, 『황정경』에서는 손, 입, 발이라고 했다. 명당明堂, 가슴에 있는 동방洞房, 단전丹田의 셋이라고 하기도 하고(『원양자元陽子』), 머리 뒤쪽의 옥침玉枕, 녹로翁晤, 등뼈 끝부분의 미려尾閭의 셋이라고 하기도 한다(『제진현오집성諸眞玄奧集成』).

삼귀오계

삼귀는 '삼귀의三皋依'의 준말이다. 불교에 입문할 때 반드시 스승에게서 '삼귀의'를 전수받게 되니, 즉 부처[佛], 불법[法], 승려[僧]의 삼보三寶를 가리킨다. 오계五戒는 살생하지 말고, 도둑질하지 말고, 음란하고 사악한 짓을 말며, 망령된 말을 하지 말고, 술을 마시지 말라는, 불교도가 평생 지켜야 할 다섯 가지 계율이다. 도가에도 오계가 있으니, 살생하지 말고, 육식과 술을 하지 말며, 속 다르고 겉 다른 말을 말며, 도둑질하지 말고, 사악하고 음란한 짓을 하지 말라는 것이다.

삼단해회대신三壇海會大神

덕이 깊고 넓은 것이나 수량이 엄청난 것을 비유하여 쓰는 말이다. 『화엄현소華嚴玄疏』에 따르면, '바다가 모인다[海會]'고 말하는 것은 그 깊고 넓음 때문이다. 어짊이 두루 미쳐 중생들에게 골고루 퍼지고 덕이 깊어 불성佛性을 구하는 것이 헤아릴 수 없이 넓고 크기 때문에 '바다'라고 한 것이라고 했다.

삼도三塗

'삼악취三惡趣' 또는 '삼악도三惡道'라고도 하는데, 뜨거운 불로 몸을 태우는 지옥도地獄道와 서로 잡아먹는 축생도畜生道, 그리고 칼과 몽둥이로 핍박하는 아귀도餓鬼道를 가리킨다. 불교에서는 악행을 저지른 사람은 죽어서 반드시 이 셋 가운데 하나에 빠지게 된다고 한다.

삼매화三昧火

삼매란 범어 '사마디Samadhi'의 역어로서 '고정되다', '정해지다'의 뜻을 가지고 있다. 보통 한 가지에 집중하여 흩어짐이 없는 정신 상태를 가리킨다. 삼매화란 삼매의 수양을 쌓은 사람의 몸 안에서 돌고 있는 기운이며 진화眞火라고 부르기도 한다.

삼승三乘

승乘이란 물건을 실어 나르는 기구로서, 중생을 구제해 현실 세계인 차안此岸에서 깨달음의 세계인 피안彼岸에 도달함을 비유한 것이다. 불교에선 인간을 세 종류의 '근기根器'로 나눌 수 있다고 보므로, 수양에도 세 종류의 경로가 있게 되고, 수레로 실어 나르는 것의 비유에 따라 세 종류의 수행 방법을 '삼승'이라고 일컬으니, 성문승聲聞乘, 연각승緣覺乘, 보살승菩薩乘이 그것이다. 도가에도 '삼승'이 있는데, 동진부洞眞部가 대승, 동현부洞玄部가 중승中乘, 동신부洞神部가 소승이다.

삼시신三尸神

도교에서는 인간의 신체에 세 가지 벌레가 있다고 여기는데, 이를 삼충三蟲, 삼팽三彭, 삼시신三尸神이라 한다. 『태상삼시중경太上三尸中經』에 이르기를, "상시上尸는 팽거彭倨라 하는데 사람 수염 속에 있고, 중시中尸는 팽질彭質이라 하는데 사람 배 속에 있고, 하시下尸는 팽교彭蟜라고 하는데 사람 발 속에 있다"고 한다. 송나라 때 섭몽득葉夢得이 쓴 『피서록화避暑錄話』에 따르면, 삼시신은 "인간의 잘못을 기억해 경신일庚申日에 사람이 잠든 틈을 타 상제께 그것을 일러바친다"고 한다.

삼원三元

도교 용어로 도교에서는 천天, 지地, 수水를 삼원三元 혹은 삼관三官이라고 한다.

삼재三災의 재앙

불교에는 큰 '삼재'와 작은 '삼재'가 있다. 전자는 한 겁이 끝날 무렵마다 나타나 세상 만물을 없애버리는 바람과 물과 불의 세 가지 재앙을 가리키고, 후자는 기근과 역병과 전쟁을 가리킨다. 여기서는 전자를 의미한다.

삼청三淸

도교에서 추앙하는 세 명의 최고신으로 옥청원시천존玉淸元始天尊(혹은 천보군天寶君), 상청영보천존上淸靈寶天尊(혹은 태상노군太上道君), 태청도덕천존太淸道德天尊(혹은 태상노군太上老君)을 말한다. 도교에서는 사람과 하늘 밖의 선경, 곧 삼청경三

淸境이라는 곳에 이들 세 신이 살고 있다고 생각한다.

"세 송이 꽃 정수리에 모여 근본으로 돌아갈 수 있었고……."(제2권 19회 240쪽)

도교의 연단술에서는 정情, 기氣, 신神을 세 송이 꽃 혹은 세 가지 보물이라고 부른다. 세 송이 꽃이 정수리에 모였다는 것은 신체가 영원히 훼손당하지 않는 경지에 이르렀다는 것을 뜻한다.

세 혼

도가에서는 사람에게 혼이 세 개가 있다고 여겼으니, 탈광脫光, 상령爽靈, 유정幽精이 그것이다. 『운급칠첨雲笈七籤』 54권 「혼신魂神」에 따르면, 도가에서는 그 세 개의 혼을 굳게 지키는 법술이 있다고 한다.

"손에 든 여의봉은 위로 서른세 곳의 하늘……."(제1권 3회 107쪽)

범어 '도리천瀟利天'의 의역이다. 『불지경론佛地經論』에 따르면, 이 명칭은 수미산 정상의 네 면에 각기 팔대천왕이 자리 잡고 있고, 가운데 제석帝釋이 살고 있다고 해서, 그 수에 맞춰서 붙여진 것이다.

수미산

인도의 전설에 나오는 산 이름이다. '수미須彌'는 '오묘하고 높다[妙高]'는 뜻을 가진 범어 '수메루sumeru'를 잘못 음역한 것이다. 불교에서는 이 산을 인간세계의 중심이자, 해와 달이 돌아서 뜨고 지는 곳이며, 삼계三界의 모든 하늘들을 지탱하는 기둥으로 여긴다.

수보리조사須菩提祖師

'수보리'는 본래 부처의 십대제자 가운데 하나이나, 여기서는 불교와 도교의 수련을 겸한 신선의 하나로 설정된 허구적 등장인물이다.

수중세계[下元]

도교에서는 하늘나라[天上]를 상원上元이라 하고, 육지를 중원中元, 물속을 하원下元이라 부른다.

"신묘한 거북과 삼족오三足烏의 정기 흡수했지."(제2권 19회 240쪽)

이 구절은 도가에서 물과 불을 조화롭게 하고 정精과 기氣가 서로 호응하는 연단술을 사용함을 나타내고 있다. '이離'와 '감坎'은 각각 팔괘의 하나로서, 이는 불이고 감은 물이다. 용과 호랑이는 도가에서 각각 물과 불, 납과 수은을 의미한다. 연단술에서 신묘한 거북은 신장 속의 검은 액체이다. '금오'는 신화 속의 '삼족오'로서 태양을 의미하고, 결국 심장을 뜻한다. '신령한 거북'과 '금오'는 연단술의 정과 기이다.

"신장腎臟의 물 두루 흘려 입속의 화지로 들어가게 하고……."(제2권 19회 240쪽)

도교에서는 혀 아래쪽에 있는 침샘을 화지華池라고 부른다. 여기서는 오행 가운데 물에 해당하는 신장腎臟에서 정화된 기운이 온몸에 흐른다는 관념을 엿볼 수 있다.

십지十地

불교 용어로 '십주十住'라고도 한다. 보살이 수행하는 열 가지 경계를 말한다. 『화엄경華嚴經』에 따르면, 이것은 환희지歡喜地, 이구지離垢地, 발광지發光地, 염승지聆勝地, 난승지難勝地, 현전지現前地, 원행지遠行地, 부동지不動地, 선혜지善彗地, 법운지法雲地를 가리킨다.

【ㅇ】

"아래로는 십팔 층 지옥……."(제1권 3회 107쪽)

지옥은 범어 '나락가那洛迦'의 의역이며, 불락不樂, 가염可厭, 고기苦器 등으로도 쓴다. 지하에는 팔한八寒, 팔열八熱, 무간無間 등이 있다. 불교에서는 사람이 생전에 악업을 지으면 사후에 지옥에 떨어져 각종 고통을 당한다고 한다. 『남사南史』「이맥전夷貊傳」에 따르면, 유살하劉薩何가 갑자기 병으로 죽었다가 나중에 다시 소생했는데, 스스로 십팔 층 지옥에 다녀온 적이 있다고 말했다는 기록이 있다.

아비지옥

불교에서 말하는 팔대지옥 중에서 여덟 번째 지옥으로서 거기에 떨어지면 영원히 벗어나지 못한다.

"아홉 등급 연화대가 있네."(제1권 7회 224쪽)

구품화九品花란 곧 구품 연화대蓮花台를 가리킨다. 불교 정토종淨土宗에서는 수행자의 공덕이 각기 다르므로 극락왕생해서 앉게 되는 연화대 또한 등급이 있게 된다고 본다. 상상上上, 상중上中, 상하上下, 중상中上, 중중中中, 중하中下, 하상下上, 하중下中, 하하下下 종 아홉 등급이다.

여산노모驪山老母

여자 신선의 이름이다. 전설에 따르면, 은나라와 주나라가 교체될 무렵에 천자가 된 여인이라고 한다. 당나라와 송나라 이후로 신선으로 받들어져서 '여산모驪山姆' 또는 '여산노모'라고 불렸다. 『집선전集仙傳』에 따르면, 당나라 때의 이전李筌이 신선의 도를 좋아했는데, 숭산嵩山 호구암虎口岩의 석벽에서 『황제음부경黃帝陰符經』을 얻고, 그것을 베껴 수천 번을 읽었으나 그 뜻을 이해할 수 없었다. 그러다가 여산에서 한 노파를 만났는데, 신령한 생김새가 예사롭지 않았다. 마침 길가에 불에 탄 나무가 있었는데, 노파가 "불은 나무에서 일어나지만 재앙은 반드시 극복된다(火生於木 禍發必剋)"고 중얼거렸다. 이전이 깜짝 놀라서 "그건 『황제음부경』의 비밀스러운 문장인데, 노파께서 어찌 알고 언급하시는 겁니까?" 하고 물었더니, 노파는 이전에게 그 경전의 오묘한 뜻을 풀어 설명해주고 보리밥을 대접해주고는 바람을 타고 사라져버렸다. 이전은 이때부터 밥을 먹지 않아도 배가 고프지 않아서, 그 참에 곡식을 끊고 도를 추구했다고 한다. 여산은 당나라 때 장안 부근(지금의 산시성陝西省 린동시앤臨潼縣 동남쪽)에 있는 산이다. 당나라 현종玄宗은 이곳의 온천에 화청궁華淸宮을 지어 양귀비楊貴妃와 함께 놀았으며, 근처에는 진秦 시황제始皇帝의 무덤이 있다.

연등고불燃燈古佛

정광불錠光佛이라고도 한다. 『지도론智度論』의 기록에 따르면,

그가 태어났을 때 몸 주변의 빛이 등과 같아서 그런 이름이 붙여졌다고 한다. 석가모니가 부처가 되기 전에, 연등불燃燈佛은 그가 장래에 부처가 될 거라고 예언했다고 한다.

영대방촌산靈臺方寸山

'영대'는 도가에서 사람의 마음을 비유하는 표현이며 '영부靈府'라고도 한다. '방촌' 역시 사람의 마음을 나타내는 표현이다. 이런 표현 때문에 일반적으로 『서유기』는 사람이 마음을 수양하는 과정을 비유와 상징으로 묘사한 작품이라고 여겨지곤 한다.

"예로부터 연단술과 『역경易經』, 황로黃老 사상의 뜻을 하나로 합쳤으니……."(제10권 99회 258쪽)

동한의 방사方士 위백양魏伯陽은 『주역참동계周易參同契』를 지어 『주역』의 효상론爻象論을 통해 연단하여 신선을 이루는 법을 설명하면서, 연단술과 『주역』, 황로 사상을 합쳐 하나로 만들었다.

예수기고재預修寄庫齋

기고寄庫란 요나라에서 제사 의식을 이르던 말이다. 또 한편으로는 민간신앙의 하나로 생전에 지전을 사르며 불사를 행하여 저승 관리에게 미리 돈을 주어 사후에 쓸 수 있도록 준비하는 의식을 가리키기도 한다.

오방오로五方五老

도교에서는 동왕공東王公(동화제군東華帝君), 단령丹靈, 황노黃老, 호령皓靈, 현로玄老를 오방오로라고 한다.

오온五蘊

'오음五陰'이라고도 하며 색色, 수受, 상想, 행行, 식識의 다섯 가지를 가리킨다. 이것은 순서대로 형상形相, 기욕嗜慾, 의념意念, 업연業緣, 심령心靈을 의미한다. 불교에서는 일체의 중생이 다섯 가지에 의해 이루어진다고 여긴다.

옥국보좌玉局寶座

태상노군의 보좌를 가리킨다. 옥국玉局은 지명으로 현재 청두

시成都市에 있다. 도교의 전적에 따르면, 동한東漢 환제桓帝 영수永壽 원년(155)에 태상노군이 장도릉張道陵과 함께 이곳에 도착했는데, 다리가 달린 옥 침상이 땅에서 솟아올라 태상노군이 보좌에 앉아 공중으로 올라가 장도릉에게 경전을 강설하였다고 한다. 그리고 그가 떠나자 침상은 사라지고 땅에는 구멍이 생겼는데, 후에 그것을 옥국화玉局化라고 불렀다 한다. 송나라 때는 이곳에 옥국관玉局觀이 설립되었다.

"우리는 정精을 기르고, 기氣를 단련하고, 신神을 보존해서 용과 호랑이를 조화롭게 만들고, 감坎으로부터 이離를 채워야 하니……."(제3권 26회 151쪽)

도교의 연단煉丹에 대한 설명이다. 용과 호랑이는 음양오행의 원리에 따라 내단內丹을 설명하는 말이다. 용은 양陽에 속해서 이離에서 생기는데, 이는 불에 속하기 때문에 "용은 불 속에서 나온다(龍從火裏出)"고 한다. 이에 비해 호랑이는 음陰에 속해서 감坎에서 생기는데, 감은 물에 속하기 때문에 "호랑이는 물가에서 태어난다(虎向水邊生)"고 한다. 이 두 가지를 합쳐서 '도의 근본[道本]'이라 하는 것이다. 인체의 경우 간肝은 용에 해당되고 신장腎臟은 호랑이에 해당한다. 용과 호랑이의 근본은 원래 '참된 하나[眞一]'에 있으니, 음양의 융합이란 곧 그 근본을 합쳐 하나가 되는 것을 가리킨다. 한편, 외단外丹에서도 용과 호랑이로 음양을 비유하며, 수은[汞]을 구워 약을 제련하는 것을 일컬어 "용과 호랑이를 만든다(爲龍虎)"라고 하는데, 이 또한 음양의 융합을 가리키는 말이다.

원신元神

도교에서는 인간의 영혼이 수련을 거친 경우에 그것을 '원신'이라고 부른다. 신선의 도를 터득한 사람은 원신이 육체를 떠나 자유자재로 다닐 수 있다.

원양元陽

원양지기元陽之氣를 가리킨다. 도교에서는 이것을 선천적으로 타고나는 것이자 후천적인 양생의 노력으로 키울 수 있다고 본다. 이 기운은 타고난 정기精氣가 변화된 것으로, 오장육부

등의 모든 기관과 조직의 활동을 추동하고, 생명 변화의 원천이 된다.

육도六道

불교 용어로 '육취六趣'라고도 한다. 불교에서는 중생의 세계를 여섯 가지, 즉 하늘, 사람, 아수라阿修羅, 아귀餓鬼, 축생畜生, 지옥地獄으로 나눈다. 『엄경楞嚴經』에 따르면, 불문에 귀의하지 않으면 영원히 이 여섯 세계 안에서 윤회를 거듭하고 해탈할 수 없다고 말한다.

육도윤회六道輪廻

불교에서는 중생이 선악의 업인業因에 따라 지옥과 아귀餓鬼, 축생, 수라修羅, 인간, 천상의 여섯 세계를 윤회한다고 여겼다.

육욕

여섯 가지 탐욕. 첫째는 색욕色慾으로 빛깔에 대한 탐욕이고, 둘째는 형모욕形貌慾으로 미모에 대한 탐욕, 셋째는 위의자태욕威儀姿態慾으로 걷고 앉고 웃고 하는 애교에 대한 탐욕, 넷째는 언어음성욕言語音聲慾으로 말소리, 음성, 노래에 대한 탐욕, 다섯째는 세활욕細滑慾으로 이성의 부드러운 살결에 대한 탐욕, 여섯째는 인상욕人相慾으로 남녀의 사랑스런 인상에 대한 탐욕을 가리킨다.

육정六丁과 육갑六甲

도교에서 받들고 있는 천제天帝가 부리는 신으로 바람과 우레를 일으킬 수 있고 귀신을 제압할 수 있다. 육정은 정묘丁卯, 정사丁巳, 정미丁未, 정유丁酉, 정해丁亥, 정축丁丑으로 음신陰神, 즉 여신이고, 육갑은 갑자甲子, 갑술甲戌, 갑신甲申, 갑오甲午, 갑신甲辰, 갑인甲寅으로 양신陽神, 즉 남신이다.

은혜

불교에서 말하는 "네 가지 크나큰 은혜[四重恩]"란 세상 사람들이 마땅히 갚아야 될 네 가지 은덕을 가리킨다. 『석씨요람釋氏要覽』「권중卷中」에 따르면 두 가지 설이 있다. 하나는 부모의 은혜, 중생의 은혜, 임금의 은혜, 삼보三寶의 은혜를 말한다. 다른 하나는 부모의 은혜, 스승과 나이 많은 어른의 은혜, 임금의 은혜, 시주施主의 은혜를 말한다.

일곱 부처

불가에서는 비파시불毗婆尸佛, 시기불尸棄佛, 비사부불毗舍浮佛, 구류손불拘留孫佛, 구나함모니불拘那含牟尼佛, 가섭불迦葉佛, 석가모니불釋迦牟尼佛을 '과거의 칠불' 혹은 약칭으로 '칠불'이라 부른다.

입정入靜

불교에서 좌선을 하고 모든 잡념이 끊어진 고요한 상태에 들어가는 것을 일컫는 말이다.

【ㅈ】

작소관정鵲巢貫頂

석가여래가 참선을 하느라 나무 아래 앉아 있는데, 새 한 마리가 그런 석가여래를 나무인 줄 알고 머리에다 집을 짓고 알을 낳았다. 참선을 끝낸 석가여래는 머리 속에 알이 있는 줄 알고는 참선을 계속하여 그 알이 부화하여 새가 되어 날아간 다음에야 일어섰다는 이야기에서 유래한 표현이다.

장생제長生帝

도교에서 숭상하는 태산신泰山神을 가리킨다. 이 신이 인간의 생사를 주관한다는 전설이 있다. 그래서 '장생제'라고 부른다.

재동제군梓潼帝君

도교에서 공명功名과 녹위祿位를 주재한다고 여겨 모시는 신이다. 『명사明史』「예지禮志」와 『삼교원류수신대전三教源流搜神大全』에 따르면, 그의 이름은 장아자張亞子이고 촉蜀 땅의 칠곡산七曲山(지금의 쓰촨성四川省 쯔통시앤梓潼縣 북쪽)에 살았다고 한다. 그는 진晉나라에서 벼슬살이를 하다가 전사했는데, 후세 사람들이 그를 위해 사당을 세워주었다. 당나라와 송나라 때 여러 차례 벼슬이 더해져서 '영현왕英顯王'에까지 봉해졌다. 도교에서는 그가 문창부文昌府의 일과 인간 세상의 벼슬살이를 관장한다고 여겼기 때문에, 원나라 인종仁宗 연우延佑 3년(1316)에는 '보원개화문창사록굉인제군輔元開化文昌司祿宏仁帝君'에 봉해져서 흔히 '문창제군文昌帝君'으로 불렸다.

"절로 거북과 뱀이 얽히게 되리라."(제1권 2회 73쪽)

모두 도교에서 내단內丹을 수련함을 의미하는 용어이다. 옥토끼는 달에서 약을 찧고 있다는 신화 속의 동물이고, 까마귀는 해에 산다는 다리 셋 달린 새로서 보통 금조金烏라고 부른다. 여기에선 이것들로 인체 내의 정, 기, 신, 음양이 서로 어울려 조화되는 이치를 비유하고 있다. 거북과 뱀이 뒤얽혀 있다는 것은, 도교에서 떠받드는 북방의 신 현무玄武로서 거북과 뱀이 합체된 모습을 하고 있다. 북방 현무가 수水에 속한 것을 가지고 중의中醫에서는 오행 가운데 수에 속하는 콩팥[腎臟]을 비유하고 있는데, 콩팥은 타고난 원양 진기眞氣를 보존하는 곳이다.

"제호醍醐를 정수리에 들이부은 듯……."(제4권 31회 16쪽)

불교 용어로 지혜를 불어 넣어 깨닫게 한다는 뜻이다. 제호醍醐란 치즈[峯酪]에서 추출한 정화로, 불가에서 최고의 불법을 비유하는 말이다.

좌관坐觀

자기 몸 하나가 들어갈 만한 작은 방에 들어가 외부와 일체의 교섭을 단절한 채 수행하는 것으로 90일이 한 단위가 된다.

지장왕보살地藏王菩薩

불교의 대승보살大乘菩薩 가운데 하나로, 범어 '걸차저얼파乞叉底蘖婆'의 의역이다. 그는 "대지처럼 편안히 참아내는 부동심을 갖고 있고, 비장의 보물처럼 고요하게 생각에 잠겨 깊고 은밀한 성품을 나타낸다(安忍不動如大地 靜慮深密如秘藏)"(『지장십륜경地藏十輪經』)는 데서 '지장'이라는 이름을 갖게 되었다. 불교에서는 그가 석가모니가 사라지고 미륵彌勒이 세상에 나타나기 전에 육도六道에 현신하여 천상에서 지옥에 이르기까지 모든 중생의 고난을 구제해주는 보살이라고 한다.

진언眞言

불교 밀종의 경전을 진언이라고 하니, 범어 '만다라mandala'의 의역으로서 망령되지 않고 진실된 말이란 의미이다. 또 승려나 도사가 귀신을 항복시키고 사악한 기운을 쫓기 위해 암송하는 구결을 진언이라고 하기도 했다. 여기서는 후자에 해당한다.

진여

'진眞'은 허망하지 않고 진실한 것을 가리키며, '여如'는 '여상如常', 즉 항상 변하지 않는 것을 가리킨다. 이런 경지는 투철한 깨달음을 통해서 도달할 수 있는 것이라고 한다.

【ㅊ】

천강성天勍星

도교에서는 북두성 주변에 있는 36개의 별을 지칭하여 천강성天勍星이라 한다.

천화天花

양나라 무제 때 운광雲光법사가 경전을 강의하자 하늘이 감동하여 천화가 떨어져 내렸다는 말이 양나라 혜교慧皎의 『고승전高僧傳』에 실려 있다. 또 『법화경』 「서품序品」에 의하면, 부처가 『법화경』 강론을 끝내자 하늘에서 만다라화, 마하만다라화, 만수사화와 마하만수사화가 부처와 청중들 몸으로 어지러이 떨어져 내렸다고 한다. 여기서는 이 두 가지 의미를 함께 가지고 있다.

칠보七寶

불교 용어로 『법화경法華經』에 따르면 금, 은, 유리, 거거硨磲(인도에서 나는 보석), 마노瑪瑙, 진주, 매괴玫瑰(붉은빛의 옥)를 칠보라 한다.

【ㅌ】

탈태환골

도교의 연단煉丹에서는 어미의 몸에 태胎가 생기는 것으로 정精, 기氣, 신神이 뭉쳐 내단內丹을 이루는 것을 비유한다. 이런 경지에 이르면 보통 인간의 육신을 벗어던지고 신선의 몸으로 탈바꿈한다는 것인데, 이것을 일컬어 '탈태환골'이라 한다. 오대五代 무렵의 진박陳樸이 편찬한 『내단담內丹談』에 따르면, 도가의 수련은 아홉 단계를 거쳐 연단하게 되는데, 그 과정은 다음과 같다. 첫 번째 단계를 지나면 생기가 유통하고 음양이 화합하면서 내단이 단전丹田을 향해 내려오기 시작하고, 두 번째 단계를 지나면 참된 정기가 단약처럼 둥글게 뭉쳐 단전으로 갈무리되고, 세 번째 단계를 거치면 신선의 태가 어린애 같은 모양을 갖추고, 네 번째 단계를 거치면 신선의 태와 정신이 넉넉해져서 혼백이 모두 갖춰지고, 다섯 번째 단계를 거치면 신선의 태가 자라면서 마음대로 신통력을 부릴 수 있게 되고, 여섯 번째 단계가 지나면 신체 안팎의 음양이 모두 넉넉해져서 신선의 태와 정신이 인간의 육체와 하나로 합쳐지고, 일곱 번째 단계가 지나면 오장五臟의 타고난 기운이 모두 신선의 그것으로 바뀌고, 여덟 번째 단계가 지나면 어린애에게 탯줄[臍帶]이 있는 것처럼 배꼽 가운데 '지대地帶'가 생겨서 태식胎息, 즉 코와 입을 쓰지 않는 호흡을 통해 기운을 온몸에 두루 흐르게 할 수 있으며, 최후의 아홉 번째 단계에 이르면 육신이 도와 하나가 되어 지대가 저절로 떨어지고 발아래 구름이 생겨 하늘로 날아오를 수 있다고 한다.

태상노군급급여율령봉칙太上老君急急如律令奉勑

'급급여율령急急如律令'이란 도교에서 사용하는 일상적 주문이다. 원래 한나라 때의 공문서에 '여율령'이라는 표현이 자주 쓰였는데, 나중에 도교에서 '신을 부르고 귀신을 잡는[召神拘鬼]' 주문의 말미에 종종 이 표현을 모방해서 썼다. 이것은 율법의 명령과 같이 반드시 긴급하게 집행해야 한다는 뜻을 나타낸 것이다.

태을太乙

태일太一이라고도 한다. 여기서는 하늘과 땅이 나뉘지 않고 혼돈된 상태로 있을 때의 원기元氣를 의미한다. 도가에서도 텅 비어 있는 '도道'의 별칭으로 쓴다.

태을천선太乙天仙

천선이란 도교에서 승천升天한 신선을 가리키는 말이다. 『포박자抱朴子』「논선論仙」에 따르면, "『선경仙經』에 이르기를, '상사上士'는 육신을 이끌고 허공으로 올라가니 천선天仙이라 하고, 중사中士는 명산에서 노니니 이를 지선地仙이라 하고, 하사下士는 죽은 후에야 육신의 허물을 벗으니, 이를 시해선尸解仙이라 한다'고 하였다"고 한다.

【ㅍ】

팔난八難

팔난이란 부처님을 만나고 불법을 구하기 어려운 여덟 가지 상황을 말하는 것이다. 즉 지옥, 축생, 아귀, 장수천長壽天, 북울단월北鬱單越, 맹롱음아盲聾瘖啞, 세지변총世智辯聰, 불전불후佛前佛後이다.

팔대금강八大金剛

팔대금강명왕八大金剛明王의 약칭으로 금강수보살金剛手菩薩, 묘길상보살妙吉祥菩薩, 허공장보살虛空藏菩薩, 자씨보살慈氏菩薩, 관자재보살觀自在菩薩, 지장보살地藏菩薩, 제개장보살除蓋障菩薩, 보현보살普賢菩薩을 가리킨다.

【ㅎ】

현무玄武

도교의 사방신四方神 가운데 북방의 신을 가리킨다. 그 모습은 대체로 거북과 뱀이 합쳐진 모양으로 묘사된다. 송나라 대중상부(大中祥符, 1008~1016) 연간에는 휘諱를 피하기 위해 '진무眞武'라고 칭했다. 송나라 진종眞宗 때는 '진천진무령응우성제군鎭天眞武靈應祐聖帝君'으로 추존되어 '진무제군'으로 불리기 시작했다. 도교 사당에 조각상이 모셔진 경우가 많은데, 그 모습은 검은 옷을 입고 머리를 풀어헤친 채, 손에 칼을 짚고 발로 거북과 뱀이 합쳐진 괴물을 밟고 있으며, 그 하인은 검은 깃발을 들고 있는 것으로 묘사된다.

현장玄奘

당나라의 실존했던 고승으로, 속세의 성명은 진위(陳褘, 602~664)이며, 낙천洛川 구씨柳氏(지금의 허난성河南省 이앤스시앤偃師縣 꺼우스쩐柳氏鎭) 사람이다. 어려서 출가하여 불교 경전을 연구했고, 천축天竺, 즉 인도에 유학하여 17년 동안 공부하고 장안으로 돌아와 불경의 번역에 힘써서, 중국 불교 법상종法相宗의 창시자 가운데 하나가 되었다. 『서유기』에서는 비록 이 인물을 모델로 삼았지만, 오랫동안 민간에서 전설로 전해지면서 실제 역사에 나타난 것과는 많은 차이가 생기게 되었다.

현제玄帝

노자老子를 가리킨다. 당나라 고종高宗 건봉乾封 원년(666)에 노자를 태상현원황제太上玄元皇帝로 추존하였는데, 간략히 현제라고도 불린다.

화생化生

『유가론瑜迦論』에 따르면, 껍질에 의지해서 나는 것을 난생卵生, 암수 교합을 통해 몸에 담고 있다가 낳은 것을 태생胎生, 습기를 빌려 나는 것을 습생傀生, 아무것도 없는 상태에서 변화하여 생겨난 것을 화생化生이라 한다고 했다.

『황정경黃庭經』

도가의 경전 가운데 하나로, 원래는 『태상황정내경경太上黃庭內景經』과 『태상황정외경경太上黃庭外景經』이라는 두 권의 책으로 되어 있다. 이 책에 담긴 내용은 주로 양생수련養生修練의 방법들이라고 한다.

"할멈과 어린아이는 본래 다름이 없다네."(제3권 23회 63쪽)

시에서 '할멈'은 도교에서 신봉하는 비장脾臟의 신이다. 비장은 오행 가운데 토土에 속하고, 그 색은 황색이기 때문에 이런 명칭이 붙었다. 『서유기』에서 황파는 종종 사오정의 별칭으로 쓰인다. '어린아이'는 심장의 신으로, '적성동자赤城童子'라고도 한다. 심장을 상징하는 색은 적색이기 때문에 이런 명칭이 붙었다.

서유기 8

1판 1쇄 인쇄 2019년 10월 30일
1판 3쇄 발행 2024년 9월 26일

지은이 오승은
옮긴이 홍상훈 외
펴낸이 임양묵
펴낸곳 솔출판사

편집 윤정빈 임윤영
경영관리 박현주

주소 서울시 마포구 와우산로29가길 80(서교동)
전화 02-332-1526
팩스 02-332-1529
블로그 blog.naver.com/sol_book
이메일 solbook@solbook.co.kr
출판등록 1990년 9월 15일 제10-420호

ISBN 979-11-6020-112-3 (04820)
979-11-6020-104-8 (세트)